外国文学名著丛书

〔德〕豪普特曼／著

豪普特曼戏剧三种

章鹏高 等／译

"外国文学名著丛书"编委会

人民文学出版社

Gerhart Hauptmann
DIE WEBER DER BIBERPELZ DIE RATTEN

图书在版编目(CIP)数据

豪普特曼戏剧三种/(德)豪普特曼著;章鹏高等译.—北京:人民文学出版社,2022（2022.11重印）
（外国文学名著丛书）
ISBN 978-7-02-016536-0

Ⅰ.①豪… Ⅱ.①豪…②章… Ⅲ.①戏剧文学—剧本—作品集—德国—现代 Ⅳ.①I516.35

中国版本图书馆 CIP 数据核字（2021）第 241378 号

责任编辑　欧阳韬
装帧设计　刘　静
责任印制　王重艺

出版发行　人民文学出版社
社　　址　北京市朝内大街 166 号
邮政编码　100705

印　　刷　北京盛通印刷股份有限公司
经　　销　全国新华书店等

字　　数　221 千字
开　　本　850 毫米×1168 毫米　1/32
印　　张　10.25　插页 3
印　　数　4001—7000
版　　次　2022 年 2 月北京第 1 版
印　　次　2022 年 11 月第 2 次印刷

书　　号　978-7-02-016536-0
定　　价　65.00 元

如有印装质量问题,请与本社图书销售中心调换。电话:010-65233595

豪普特曼

出 版 说 明

　　人民文学出版社自一九五一年成立起,就承担起向中国读者介绍优秀外国文学作品的重任。一九五八年,中宣部指示中国科学院文学研究所筹组编委会,组织朱光潜、冯至、戈宝权、叶水夫等三十余位外国文学权威专家,编选三套丛书——"马克思主义文艺理论丛书""外国古典文艺理论丛书""外国古典文学名著丛书"。

　　人民文学出版社与中国科学院文学研究所,根据"一流的原著、一流的译本、一流的译者"的原则进行翻译和出版工作。一九六四年,中国社会科学院外国文学研究所成立,是中国外国文学的最高研究机构。一九七八年,"外国古典文学名著丛书"更名为"外国文学名著丛书",至二〇〇〇年完成。这是新中国第一套系统介绍外国文学作品的大型丛书,是外国文学名著翻译的奠基性工程,其作品之多、质量之精、跨度之大,至今仍是中国外国文学出版史上之最,体现了中国外国文学研究界、翻译界和出版界的最高水平。

　　历经半个多世纪,"外国文学名著丛书"在中国读者中依然以系统性、权威性与普及性著称,但由于时代久远,许多图书在市场上已难见踪影,甚至成为收藏对象,稀缺品种更是一书难求。在中国读者阅读力持续增强的二十一世纪,在世界文明交流互鉴空前频繁的新时代,为满足人民日益增长的美好生活的需要，人民文学出版社决定再度与中国社会科学院外国文学研究所合作，以"网罗经典，格高意远，本色传承"为出发点，优中选优，推陈出新，出版新版"外国文学名著丛书"。

值此新版"外国文学名著丛书"面世之际，人民文学出版社与中国社会科学院外国文学研究所谨向为本丛书做出卓越贡献的翻译家们和热爱外国文学名著的广大读者致以崇高敬意！

"外国文学名著丛书"编委会
二〇一九年三月

编委会名单
(以姓氏笔画为序)

1958—1966

卞之琳	戈宝权	叶水夫	包文棣	冯 至	田德望
朱光潜	孙家晋	孙绳武	陈占元	杨季康	杨周翰
杨宪益	李健吾	罗大冈	金克木	郑效洵	季羡林
闻家驷	钱学熙	钱锺书	楼适夷	蒯斯曛	蔡 仪

1978—2001

卞之琳	巴 金	戈宝权	叶水夫	包文棣	卢永福
冯 至	田德望	叶麟鎏	朱光潜	朱 虹	孙家晋
孙绳武	陈占元	张 羽	陈冰夷	杨季康	杨周翰
杨宪益	李健吾	陈 燊	罗大冈	金克木	郑效洵
季羡林	姚 见	骆兆添	闻家驷	赵家璧	秦顺新
钱锺书	绿 原	蒋 路	董衡巽	楼适夷	蒯斯曛
蔡 仪

2019—

王焕生	刘文飞	任吉生	刘 建	许金龙	李永平
陈众议	肖丽媛	吴岳添	陆建德	赵白生	高 兴
秦顺新	聂震宁	臧永清

目　次

译本序 …………………………………… 章国锋 1

织工 …………………………………… 韩世钟 译 1
海狸皮大衣 …………………………… 章鹏高 译 105
群鼠 …………………………………… 章国锋 译 183

译 本 序

他像一块岩石屹立在那里,任凭变幻不定的文学潮流从他身边匆匆流过。有人称他为自然主义戏剧家,也有人说他是现实主义作家,还有人把他归入新浪漫主义或象征主义的行列,或者甚至说他是超现实主义的先驱。所有这些说法似乎都有一定的根据,但又片面,难以概括他的全部创作。

在他长达六十多年的写作生涯中,他创作了近六十部戏剧、十几部小说,此外还有相当数量的散文和诗歌,其数量之丰在文学史上甚为罕见,但作品的质量却参差不齐,有的被誉为德国戏剧的"杰作"和"经典",有些则未能引起任何反响,甚至无声无息地被人遗忘。

他虽然在世界文坛享有盛誉,并获得过包括诺贝尔奖在内的几十种文学奖,但也常常引起激烈的争论,遭到过许多人的非难与攻击。

他毕生孜孜不倦地用他的笔表现着时代的矛盾和冲突,揭露着社会的弊病与问题,并试图在一个非人的时代维护人的生存权利和尊严,可是在历史的关键时刻,他对一些重大问题的认识,如第一次世界大战和法西斯政权的性质,开始时却往往暧昧不清。

然而,没有人能够否定他对德国戏剧及至世界戏剧所作的巨大贡献。

盖哈特·豪普特曼,一种复杂的文学现象,一个充满矛盾与争议的人物。

一

豪普特曼1862年生于上萨尔茨布隆一个旅店老板家庭,青年时代当过农场学徒,学过雕塑,在大学攻读过哲学和历史。然而,对这一切他似乎都没有才能和兴趣,因此不得不半途而废。他所真正向往的是当一名作家,把他丰富的想象和内心体验以文学的形式表现出来。

早在1880年以前,这个内向而敏感的青年便开始了文学创作,尝试过诗歌、戏剧、小说等多种形式,但都未取得成功。直到1887年他的第一部小说《道口看守员蒂尔》公开发表,他当一名作家的梦想才如愿以偿。此后,他又写过不少小说和诗歌,但均未能引起公众的注意。他的第一部戏剧《日出之前》才奠定了他在文坛上的声誉。

《日出之前》是在海克尔的遗传生物学以及欧洲自然主义文学运动,特别是易卜生和左拉的影响下创作的,因而自然主义色彩十分浓厚。作者称它为"社会剧",旨在探索环境和遗传因素对人的命运所造成的深刻影响,以及带来的一系列社会矛盾与问题。这部取材于现实生活的戏剧通过社会改革家洛特同海伦娜——一个因酗酒和乱伦而遭人唾弃的破落富农的女儿——的爱情悲剧,揭露了社会道德观念的虚伪,批判了小市民的自私和狭隘,展现了一幅病态、没落的社会画面。《日出之前》作为德国舞台上演的第一部自然主义戏剧,以崭新的题材和艺术手法有力地冲击了古典主义戏剧在德国的统治地位,打破了传统的审美习惯,因而引起了激烈的反响和争论。1889年该剧在柏林莱辛剧院的"自由舞台"首次公演时,出现了德国戏剧史上前所未有的混乱场面。一些保守的观众大声喧哗,吹口哨,谩骂,使演出数次中断,演出后,许多评论家连篇累牍地发表文章,攻击《日出之前》是一出"下流的戏","宣扬了犯罪、疾病和堕落",指责豪普特曼为"文学无政府主义者""罪犯的代言人""下等酒馆的卖唱者""本世纪最不道德的剧作家"等等。但与此同时,此剧却受到许多不满现状、主张革新德国戏剧的评论家和观众的热情欢迎和支持。著名作家冯塔纳在一封信中赞扬它"真实地描写了生活",是一出"了不起的剧","写出了易卜生想写而未能写出的东西"。另一位批评家巴金斯基则认为,《日出之前》是"德国戏剧史上的转折点",是"自歌德、席勒以来最成功的戏剧"。

应当说,这部戏剧引起的激烈争论并不奇怪,因为在此之前,德国戏剧舞台完全被古典主义的戏剧所统治,剧院上演的剧目几乎都以"高贵"人物——王公大臣、英雄美人、富有的权势者——为主人公,表现的题材远离生活,脱离人民大众,且风格浮华,矫揉造作。对于长期处于沉闷、保守状态的德国戏剧来说,《日出之前》无疑是一股清新的风。

如果说,《日出之前》以崭新的题材和风格震动了观众和批评界,引起了一场轩然大波,那么,通过《和平节》(1890)和《孤独的人》(1891)的上演,自然主义这一新的艺术形式及其表现手法已逐渐为德国观众所适应,豪普特曼也得到了戏剧界的承认。1892年《织工》的首演便证明了这一点。

《织工》是以发生在德国的真实事件为题材而创作的。

1844年6月4日至6日,西里西亚地区彼得斯瓦尔道和朗根比劳等村庄的纺织工人,不堪包买商和工厂主的残酷盘剥举行了起义。他们捣毁了工厂主的住宅、厂房和机器,焚毁了票据和账簿,与地方军队展开战斗,牺牲十一人,重伤二十四人,但仍坚持斗争。最后普鲁士当局调来大批军队,起义才被镇压。著名马克思主义文学批评家弗兰茨·梅林认为,这次起义是德国工人阶级同资产阶级的第一次正面较量,表明工人阶级已作为一支独立的政治力量登上历史舞台。1844年的这次织工起义曾激起过不少诗人的创作灵感,如著名诗人海涅便写过脍炙人口的诗歌《西里西亚的纺织工人》。

豪普特曼创作这部戏剧,无疑有他个人的原因。他的祖父早年曾当过织工,还在童年时代,豪普特曼就多次听他父亲讲述过祖父的经历和织工们的悲惨生活,印象十分深刻。因此,他在这个剧本的开头这样写道:"祖父年轻时也是个穷织工,像这儿描绘的坐在织机后面的织工一样;此剧就是脱胎于你所口述的关于祖父的那些故事。无论这部作品具有生命力还是内部已经腐朽,它总算是'一个像哈姆雷特那样的可怜人'所能献上的最美好的东西。"1888年,豪普特曼在瑞士漫游时,曾在苏黎世访问过一些织工家庭,对他们的辛勤劳动和贫困处境有进一步了解,并产生了创作《织工》的念头。为了写好这个剧本,他又阅读了有关这次起义的书籍和资料,如阿尔弗雷德·齐默尔曼的《西里西亚棉纺业的兴衰》和威廉·沃尔夫的《西里西亚纺织工人的贫困》等。

《织工》虽以历史事件为题材,但作者对它进行了大量的艺术加工,使它以独特的艺术风格区别于过去的任何一部历史剧。

首先,此剧人物众多,总共超过四十个,但是没有一位传统戏剧中的主人公。以往的戏剧,如歌德的《哀格蒙特》、席勒的《威廉·退尔》等,在描写人民起义或反抗斗争时,总是以某一个英雄人物为核心和主人公。而在《织工》中,作者虽然对一些人物形象做了重点的艺术刻画,但并未突出个人的作用,而是把他们作为织工集体中的普通一分子。因此应当说,这部戏剧的主人公是一个集体,即织工的集体。

其次,在这部戏剧里,织工的战斗歌曲《血腥的审判》像一条红线贯穿全剧,起到作品主题的作用。这首歌既揭露了工厂主对织工的残酷压榨,描写了织工们的贫困,也表达了他们对资本家穷奢极侈的生活的强烈愤怒以及奋起反抗的决心。还在剧的开头(第一幕),工厂主德赖西格便威胁工人们不许在晚间到他家门口去唱这首"卑鄙的歌曲"。第二幕,退伍士兵耶格尔已经将这首歌的歌词教给许多织工,对织工们的觉醒起到了巨大的推动作用。他们认为,这首歌所讲的道理"像《圣经》里的话一样正确"。第三幕,织工们唱着这首歌与军队展开了面对面的斗争。而在最后一幕,织工们的歌声汇成一股巨大的洪流,"几百人齐声同唱"鼓舞着起义者向前来镇压的军队展开了殊死的战斗。

此外,此剧以极其细致的环境描写和人物刻画真实地再现了西里西亚地区的风土人情和织工们的生活状况,剧中人物的语言全部是西里西亚方言,给人以真实、自然的感觉。

《织工》上演后受到观众和批评界的高度赞扬,但也引起了统治当局的恐慌。1892年,柏林警察当局宣布禁止这部"煽动阶级仇恨"的戏继续上演。然而,一纸禁令并不能阻止《织工》的广泛流传。1894年,由于此剧相继在英、法等国上演,当局不得不取消对它的禁令。从此,《织工》成为德国许多剧院经常上演的剧目。

1893年春,豪普特曼的新作《海狸皮大衣》问世。这部戏剧一反他以往剧作的题材与风格,以讽刺喜剧的形式写成。这部豪普特曼称之为"窃贼喜剧"的作品有两条主线:一条围绕沃尔夫大妈展开,写她运用自己的机警和智慧相继窃走为富不仁的财主克吕格的大量木柴和一件值钱的海狸皮大衣,并巧妙地骗过警察、密探,使事情不了了之;另一条线写刚愎自用而又愚蠢无能的警察局长韦尔哈恩如何小题大做,诬陷持社会民主党观点的作家费莱歇尔。前一条线带有浓厚的喜剧幽默色彩,后一条线则充满辛辣的讽刺。这出戏与莱辛的《明娜·封·巴恩海姆》、克莱斯特的《破瓮记》一起,被戏剧史家称为"德国的三大喜剧",在德国长演不衰。

然而,《海狸皮大衣》在柏林德意志剧院首演并未取得成功,以致剧院经理不得不取消此后的演出。一些剧评家认为,《海狸皮大衣》是一部结构不完整的作品,缺少一个惩恶扬善的结尾,剧中的"窃贼"并未受到惩罚,甚至没有受到谴责,这与社会的道德准则是不相符的。过了几年,豪普特曼的创作意图才渐渐被人理解。1897年,此剧重新在德国和奥地利一些大剧院上演,引起了强烈反响,上座率迅速提高。到1902年,德意志剧院已连续演出一百场。此后,它又三次被改编成电影。《海狸皮大衣》终于成为豪普特曼最受欢迎、演出场次最多的戏剧之一。

在传统喜剧,如莫里哀的《悭吝人》和《伪君子》、克莱斯特的《破瓮记》、果戈理的《钦差大臣》中,坏人最后都无一例外地受到惩罚,这使得作品往往带有道德教化的色彩。豪普特曼的《海狸皮大衣》却与此不同,剧中的"窃贼"沃尔夫大妈并不是批判的对象,而是受作者同情的人物。他赋予这个形象勤劳、能干、机智、幽默等品质,并通过她的口批判了不合理的社会现象:"要是有一天你阔绰了,可以坐上大马车,那时候再没有人问你这是哪儿来的了。即使是抢了穷人的东西!"在这出戏里,偷窃是沃尔夫大妈维护自己的生存权利、向社会的不公正抗议并进行报复的手段,因为那个社会是一个强盗和骗子横行的场所。应当说,她对十九世纪末威廉皇帝时代的德国社会的揭露是一针见血的。沃尔夫大妈被德国戏剧界称为"德国戏剧中最有性格、最富特色的人物",成为人民大众喜爱的形象,是毫不奇怪的。

二

豪普特曼的前期作品尽管引起了激烈争论,招致了严厉的批评,但却获得了巨大的成功,不仅奠定了他在戏剧界的声誉,而且使自然主义文学运动在德国取得了决定性的突破。然而,豪普特曼的发展并非一帆风顺。在此后的十年里,无论在个人生活还是在思想上,他都遇到了严重的危机。这深深地困扰着他,使他陷入极度苦闷之中。

首先,在家庭生活中,他与妻子玛丽·蒂内曼的关系日益恶化。虽然他一再努力试图弥合两人之间的裂痕,但最终不得不在1904年与她彻底决裂。此外,德国九十年代的现实也使他深感忧虑。在俾斯麦"铁血政策"的推动下统一起来的德国,此时已进入帝国主义阶段,对外推行军国主义的侵略扩张政策,对内实行专制统治,残酷镇压民主进步力量。工人阶级与资产阶级的矛盾日益尖锐,下层人民生活在极度贫困之中。豪普特曼对此十分不满,但又深感无能为力。一方面,作为虔诚的基督教徒,消极遁世的思想在他心中逐渐占了上风;另一方面,作为艺术家,他又感到有责任和义务去表现时代的问题,揭露社会的弊端。这种矛盾心情在他这一时期的创作中反映得极其明显。

1893年,随着《小汉娜升天记》问世,豪普特曼的戏剧创作风格发生了重大变化。出现这一变化一方面有他个人的原因,另一方面也由于当时在欧洲兴起的新浪漫主义文学潮流对他的影响。对于这种变化,人们反应不一。一些人指责他"抛弃了进步立场""陷入了消极的神秘主义",另一些人则表示欢迎,认为他"终于认识到自然主义的有害倾向,回到正确的道路上来了"。从这一年到1906年,他连续写了好几部充满童话和幻想色彩的戏剧,如《小汉娜升天记》(1893)、《沉钟》(1896)、《可怜的海因里希》(1902)、《碧芭在跳舞》(1906)等。这些作品或取材于德国民间传说,或根据童话改编。剧评家大多认为,豪普特曼的这些作品体现了鲜明的新浪漫主义倾向。

《小汉娜升天记》的副标题是"梦幻剧",描写生活在堕落和穷困环境中的小女孩汉娜·马特恩不堪忍受虐待和生活的折磨而投水自尽,在幻觉中仿佛升入天堂,受到天父、圣母和天使们亲切接待和爱抚而幸福地死去的故事。这部戏剧用诗体写成,首演后公众的褒贬不一。剧评家恩斯特·巴尔拉赫称它为"最纯粹、最奇妙、最真诚的德国诗歌";著名作家福伊希特万格认为,"自德国宫廷抒情诗沉寂以来,再也没有出现过如此热爱儿童、满怀激情、阳光般温暖、钟声般清澈的诗句"。然而,此剧却同时遭到另一些知名人物的严厉批评。梅林指责这出戏是"向剥削和压迫阶级谄媚的虚伪的神秘主义",冯塔纳和弗赖塔克也认为它是一部"令人沮丧的拙劣作品"。在他们看来,此剧十分明显地流露出作者逃避现实、沉溺于基督教遁世思想的消极倾向。

《沉钟》与《小汉娜升天记》不同,1896年底在柏林德意志剧院上演后立即受到观众的热烈欢迎。这部"德国童话剧"在一个月之内为剧院带来了六万马克的收入,后来又被译成法、英等文字在法国、英国和美国上演,同样取得了"童话般成功",并多次被改编成歌剧。

《沉钟》叙述了这样一个故事:铸钟匠海因利希为乡村教堂铸造了一口声音洪亮的大钟,但在运往教堂的途中不幸滚下山坡,沉入深深的湖底。海因利希也因此受伤而濒临死亡。美丽的水妖劳滕德莱救了他,并重新赋予他青春和力量。恢复了勇气和信心的海因利希爱上了水妖并重新开始工作,打算铸造一个更大、更神奇的杰作,胜过世界上所有的钟。然而,此时乡村牧师却带领村民们找到海因利希,指责他被妖魔迷住了眼睛,忘记了自己的家庭和职责。海因利希执迷不悟,拒绝回到村里。海因利希的妻子玛格达因此而投水自尽,手碰到水底的沉钟。沉钟发出洪亮的响声,使海因利希突然醒悟。他意识到自己是一个凡人,无法摆脱尘世的羁绊,完全献身于艺术。最后,他回到村里,在渴望和忧愁中郁闷而死。

《沉钟》明显地流露了豪普特曼这一时期的内心矛盾和痛苦:他渴望将全部身心投入艺术创作,获得艺术的自由,但又无法摆脱个人生活纠纷的困扰和对德国现状的忧虑;他的宗教信仰要求他逃避现实的矛盾和冲突,但艺术家的责任感又召唤他投身于争取民主、维护人的生存权利和尊严的斗争,用他的笔表现那个时代的暗淡和人民的苦难。

豪普特曼这一时期的剧作在艺术上有以下特点:首先,所有作品都取材于宗教传说、童话和民间神话,因而带有浓重的神秘和梦幻色彩。剧中充满奇特的想象和神妙的意境,人间、天国和地府的景象相互交织,变幻不定,天使、上帝、妖魔、鬼怪频繁出现。这一切组成一幅幅光怪陆离、绚丽多彩的画面,使作品具有一种独特的艺术情调。

其次,作者比较注重结构的完整和表现形式的完美。这些剧作大多以诗体写成,在艺术上达到了较高的水准。豪普特曼的前期作品,如《织工》和《海狸皮大衣》,常常由于结构的不完整和艺术上的粗糙,受到批评家的非难,但这一时期的戏剧则恰恰相反,虽然思想内容遭到尖锐的批评,在艺术形式和技巧上却获得相当高的评价。

此外,这些戏剧一反豪普特曼过去喜欢使用方言的习惯(他的早期作品使用的都是西里西亚和柏林等地的方言),均用规范的德语写成。

三

1906年后,豪普特曼开始摆脱新浪漫主义文学潮流的影响,由家庭纠纷和宗教信仰引起的沮丧、消沉的情绪也基本得到克服。从1907年直到他逝世,他一共写了十八部戏剧、三部小说和一些诗歌、散文。他这一时期的剧作有的以历史事件和人物为题材,有的根据《荷马史诗》和莎士比亚、歌德的某些作品的主题创作而成,也有的紧密结合德国现实,描写和揭露社会的矛盾与弊病。然而,这些作品大部分未能产生广泛的影响,只有《群鼠》(1911)、《奥德修斯之弓》(1914)和《日落之前》(1932)取得了较大成功。某些批评家把豪普特曼后期创作的大部分作品,尤其是《群鼠》和《日落之前》划入现实主义范畴,无疑是有一定道理的。

《群鼠》是豪普特曼影响最大、最为出色的戏剧,也是他荣获诺贝尔文学奖的主要作品。它两次被搬上银幕,并各有三次被改编成广播剧和电视剧,在国内外广为流传。通过发生在柏林一幢破旧公寓里的一场悲剧,这部戏剧真实地反映了二十世纪初德国社会的状况,描写了下层人民的悲惨处境。剧中的主人公约恩太太,丈夫长年在遥远的汉堡当泥瓦匠,她本人也为了生活替人打扫卫生。在贫困和孤独中,她拿出仅有的一点儿积蓄,"买下"了当女佣的波兰姑娘鲍丽娜刚刚出世的私生子,希望能给她的生活增添一点儿乐趣。然而,强烈的母爱使鲍丽娜无法割舍自己的亲生儿子。当她试图要回孩子时,约恩太太指使自己的弟弟杀死了她。事情终于败露,约恩太太在绝望中跳楼自杀。

《群鼠》1911年初在柏林首演后,并未引起公众的特别注意,当年仅演出三十二场。然而,德国社会的发展很快证明了它的巨大现实意义。次年,它就在戏剧界和观众中产生了强烈反响,成为一些大剧院的保留剧目,并被译成多种文字在国外上演,为作者赢得了国际性声誉。1913年,德国当时最重要的剧评杂志《戏剧舞台》的创始人弗利德里希·雅各布森在一篇评论中写道:"我们最初为什么没有注意到《群鼠》?今天活着的人,除了豪普特曼,还有谁能以这样锐利的目光、这样的心、这样的勇气写出这样深刻的作品?老鼠的牙齿已经把德国这幢大厦的基础啃空了,而我们直到今天才理解,他所描绘的情景并非出自臆想,而是来自他对我们这个社会的问题的深刻认识。"

的确,在这部剧作中,作者以深刻的洞察力和极大的勇气对病入膏肓的德意志帝国的状况做了无情的诊断,揭示了它的腐朽本质。这个貌似强大的中欧帝国已经陷入内外交困的境地:对外,与欧洲各大国的关系急剧恶化,第一次世界大战迫在眉睫;在国内,阶级矛盾空前尖锐,反对专制、争取民主的斗争和工人运动此起彼伏。这样一个社会的基础早已腐烂、动摇了。作者通过剧中人泥瓦匠约恩之口指出:"这儿的一切都已经腐烂,一切都被蛀虫蛀空,被老鼠啃光了! 一切都在摇晃,每时每刻都可能彻底倒塌!"剧中,豪普特曼抨击了德国军国主义和大国沙文主义的政策,并通过哈森罗伊特这个形象尖锐地讽刺了为这种政策辩护的陈词滥调。这个俾斯麦的忠实崇拜者声称,"谁不拥护俾斯麦,谁就没有一颗德意志人的心",指责反对德国内外政策的人"正在毁掉新近才统一起来的伟大的德意志帝国","骗走了我们辛辛苦苦得来的成果"。然而,与此形成鲜明对照的是泥瓦匠约恩的驳斥:"所有的工人都不喜欢俾斯麦!""谁也不愿把自己的孩子送上前线当炮灰。"这些话反映了德国人民的心声。

《群鼠》还真实地描绘了柏林社会底层人民的凄凉处境,表达了对他们的深切同情。剧中描写的那幢破旧公寓的居民都是些失业者、妓女、木匠、生痨病的女裁缝、扫街妇、烟厂女工等。他们在饥饿线上挣扎,"穿得破破烂烂,邋邋遢遢,成天打架,吵嘴,叹气,挨饿,像牛马一样干活,可还是填不饱肚子",除了生活的煎熬,还必须忍受密探的监视和警察的欺凌，他们的孩子由于饥饿和疾病，大多未成年便夭折。

作者通过几个"堕落"的女人——克诺伯太太、女佣鲍丽娜和施皮塔的姐姐（未出场）——的命运，揭露了社会道德的虚伪和神职人员的冷酷、凶狠。这些遭到社会迫害的被遗弃的女人，有的在绝望中自杀，有的沦为妓女，有的流落街头，找不到工作和住所。剧中神学院学生施皮塔愤怒地谴责了这个罪恶的社会对她们的摧残："这些基督徒，这些上帝的牧羊人，就是这样对待他们所谓的迷途的羔羊的！啊，上帝，你的训谕完全被颠倒了，你的教诲被篡改了，完全走向了反面！""这些受到九十九个所谓正直的人谴责的可怜的堕落者和罪人，承受了罪恶的世界全部压力的被遗弃者及其控诉，应当活在我们心里！这些被欺凌、被践踏的女人所受到的屈辱是这个世界上所有冷酷无情和虚伪的道德说教所无法掩盖的！"

《群鼠》在艺术上也是豪普特曼最成功的戏剧之一。这部作品结构严谨，情节由两条平行的线索构成，除了主线描写因争夺一个婴儿而发生的悲剧，还有一条次要的线索写大学生施皮塔与落魄的演员哈森罗伊特的女儿瓦尔布尔迦的爱情纠葛，以及施皮塔与哈森罗伊特在戏剧观和对德国现状的看法上的分歧与争论。两条线索交替展开，前者带有浓重的悲剧色彩，后者蕴含着讽刺和幽默的意味。作者把此剧称为"柏林的悲喜剧"是恰如其分的。

这部作品含有明显的象征成分，因而有人将它归入象征主义戏剧的行列。首先，作者将它定名为《群鼠》是意味深长的，目的在于暗示，统治阶级及其帮凶像一群大大小小的老鼠，不仅窃走了德国人民辛勤劳动的成果，将他们推入苦难的深渊，而且摧毁了德意志民族生存的基础，带来种种无法克服的社会弊病,使德国陷入严重的危机。其次,剧中笼罩着一层令人窒息的阴沉、压抑的气氛,像噩梦一样震撼着观众的心灵。它所描绘的暗淡情景正是二十世纪初整个病态的德国社会的缩影;而剧中那幢颓败的公寓建筑则象征着德意志帝国这栋表面上如此辉煌的大厦内部早已腐朽不堪,基础已经动摇,在即将来临的暴风雨中必然彻底倒塌。

如果说,豪普特曼以《日出之前》开始了他的戏剧创作并且奠定了他在文坛上的声誉,那么,他所写的最后一部较为成功的戏剧则是《日落之前》。这两部剧作不仅标题遥相呼应,而且题材也完全相同,写的都是爱情和婚姻悲剧。然而,两者又有明显的不同,《日出之前》带有鲜明的自然主义色彩,描写了环境和遗传因素如何决定人的命运,并毁灭了一对相爱的年轻人;而四十三年之后问世的《日落之前》则是一部典型的现实主义戏剧,叙述了一位七十岁的老人与一个出身卑贱的年轻女子的不幸的爱情,揭露了社会道德观念的褊狭以及人的自私、贪婪和狠毒。

《日落之前》的故事情节是:年迈、富有的商业枢密顾问和出版家克劳森爱上了年轻的园丁姑娘茵肯,并准备同她结婚。但他的儿子、女儿和女婿早已觊觎他的大笔财产,因而以维护道德为借口极力阻挠,破坏老人与茵肯的婚姻。当克劳森一气之下打算同茵肯移居瑞士时,他们又联合起来串通法院,宣布克劳森精神失常,剥夺了他的全部财产,并将他置于法院的医疗监护之下。失去了自由、财产和爱情的老人最后在愤怒与绝望之中服毒自杀。

戏剧史家认为,《日落之前》与豪普特曼个人婚姻生活中的一段经历有密切联系,暗示他与第一个妻子玛丽·蒂内曼的决裂,以及与玛格蕾特·马沙尔克的爱情关系,剧中的主人公克劳森便是作者自己的影子。

《日落之前》于1932年2月16日在柏林德意志剧院首演,便获得了巨大成功。但是,由于纳粹上台后对德国文化的摧残,此剧遭禁演。直到第二次世界大战结束后,这部沉寂了十几年的戏剧才得以重新上演。

《日落之前》标志着一个伟大的戏剧家创作生涯的结束。在他逝世前,豪普特曼虽然又写了几部戏剧,但均未产生广泛影响,都无声无息地被后人遗忘。与此同时,这部戏剧也象征着一个时代的结束。1933年希特勒上台几天后,豪普特曼在一则日记中写道:"我有一种日落之前的感觉,这个剧本正是在这种感觉中写成的……一个时代结束了,从此,精神将沉入茫茫黑夜。"

章 国 锋

织 工

韩世钟 译

谨以此剧

献给

我的父亲罗伯特·豪普特曼

亲爱的父亲:

  你知道我写这个剧本来献给你是出于何种感情,我在这儿是无须多作分析的。祖父年轻时也是个穷织工,像这儿描绘的坐在织机后面的织工一样;此剧就是脱胎于你所口述的关于祖父的那些故事。不论这部作品具有生命力还是内部已经腐朽,它总算是"一个像哈姆雷特那样的可怜人"所能献上的最美好的东西。

你的盖哈特

剧中人物

德赖西格——棉布工厂老板

德赖西格太太

普法伊费尔——收发货总管(德赖西格的雇员)

诺伊曼——账房(同上)

学徒(同上)

车夫约翰(同上)

女仆(同上)

魏因霍尔德——德赖西格儿子的家庭教师

基特尔豪斯牧师

基特尔豪斯牧师太太

海德——警察局长

库切——乡村警察

韦尔策尔——酒店老板

韦尔策尔老板娘

安娜·韦尔策尔

维甘德——木匠

一个推销商

一个富农

一个看林人

施密特——外科医生

霍尼希——拾破烂者

年老的维蒂希——铁匠师傅

织工：

贝克尔

莫里茨·耶格尔

鲍默尔特老人

鲍默尔特大娘

贝尔塔·鲍默尔特

埃玛·鲍默尔特

弗里茨,埃玛的儿子(四岁)

奥古斯特·鲍默尔特

安佐尔格老人

海因里希大嫂

希尔泽老人

希尔泽大妈

戈特利布·希尔泽

路易丝,戈特利布的妻子

米尔茜,他们的女儿(六岁)

雷曼

海贝尔

一个男孩(八岁)

染坊工人多名

一大群织工,男女老少都有

剧情发生在四十年代①奥伊伦山的卡希巴赫,以及奥伊伦山麓的彼得斯瓦尔道和朗根比劳。

① 指十九世纪四十年代。

第 一 幕

〔彼得斯瓦尔道村德赖西格家楼下一个大房间,左、右、后三面是灰色粉墙,织工们把织好的布匹送来这儿验收。左边几扇窗子没挂窗帘;后墙有扇玻璃门;右边也有同样式样的一扇门,男女织工和孩子们都打这儿进进出出。三堵墙的大部分都给一排排安放布匹的木架所遮住。紧靠右墙有条长凳,不少织工把布摊开,放在凳上。织工们均以先后来到的次序,把布匹送呈德赖西格的收发总管普法伊费尔检查。普法伊费尔拿着仪器和放大镜站在桌子后边验看放在桌上的布匹。在普法伊费尔检验完毕以后,织工们才把各自的布匹放到秤盘上,由一个学徒过秤,然后他收下布匹,搁到木架上。普法伊费尔每回都将该付的工钱呼幺喝六地通知坐在一张小桌前的账房先生诺伊曼。

〔这是五月底的一天,天气燠热,时钟正敲十二点。等候验布的大多数织工,好像站在法庭前面,忧心似焚地等待对他们的生死攸关的判决。他们又显得垂头丧气,好像接受施舍的人受了不少侮辱,觉得只有逆来顺受,尽量做得谦恭自卑。个个人脸上愁眉紧锁,阴云密布。男织工的共同特点是,一半身材矮小,一半带有几分教书先生气。他们大多胸腹干瘪,面黄肌瘦,咳嗽连连,他们都是困守在织机上的可怜虫,由于整天坐在织机上,连腿都变弯了。相对来说,女织工初看没有明显的特征,她们筋疲力尽,形容憔悴,衰败不堪;而男织工在哀怨中还带一丝矜持的神情。女织工衣衫褴褛,男织工的衣服上则满是补丁。年轻的姑娘们也有几分楚楚动人之处,这表现在蜡白的脸色,窈窕的身材和突出、忧郁的大眼睛上。

诺伊曼　(数钱)总共是一块六毛二①。

织工妻甲　(三十岁左右,形容消瘦,用发抖的手指取钱)谢谢您。

诺伊曼　(见她不走)嗯,这会儿又不对头啦?

织工妻甲　(十分激动,恳求地)您能预借几个钱吗?俺等钱用!

诺伊曼　我也需要几百块呢,光凭你需要,那怎么行!(忙着付钱给另一名织工,干脆地)预借工钱,要由德赖西格老板亲自决定。

织工妻甲　那么,俺也许可以找德赖西格老板谈谈吧?

普法伊费尔　(以前原是织工,现在当上总管,但身上的织工特征还很明显;他营养好,善于保养,穿着考究,脸面修得干干净净,吸大量鼻烟,这时粗暴地叫道)要是鸡毛蒜皮的小事都得由德赖西格先生亲自出马,那天晓得,他会忙成什么样儿。那要我们在这儿干吗呢。(他量布,用放

---

① 这儿原书用普鲁士币制名:十六银角二芬尼。为便于理解,改译为元角分,故为"一块六毛二",下同。

大镜仔细察看)该死！好大的一阵风呀！(用一条厚围巾裹住脖子)谁进来都得把门随手带上！

学　徒　(大声地对普法伊费尔)你简直像在对牛弹琴。

普法伊费尔　得了！——过秤吧！(织工把布放上秤盘)要是你多懂一点儿自己这一行手艺就好了！全是疙瘩……不用打开就知道了。没及时上纱，亏你自称是织工！

贝克尔　(上。他是个青年织工，身体十分茁壮；作风随随便便，简直有些莽撞。普法伊费尔、诺伊曼和学徒见他进来，彼此会意地看了一眼)真见鬼！挣的全是血汗钱。

织工甲　(低声地)天闷热，要下雨啦。

鲍默尔特老人　(从右边玻璃门挤进来。可以看见门后一大批织工肩并肩地挤在一起等待。老人踉踉跄跄地走向前来，把他的一包布放在长凳上，靠近贝克尔的布包，坐在一边，揩去额上的汗水)在这儿休息一下很值得。

贝克尔　休息比金钱还宝贵。

鲍默尔特老人　钱也要。您好，贝克尔！

贝克尔　您好，鲍默尔特老伯！谁知道咱们在这儿要等多久！

织工甲　问题不在于要等多久。一个织工等一个钟点或者等一天全一样。织工算个啥。

普法伊费尔　给我安静下来！我连自己的说话声也听不清了。

贝克尔　(低声地)今儿他又要耍脾气了。

普法伊费尔　(对站在他面前的织工)我跟你们讲过多少回了，布要织得光洁点儿，现在这副样子像个啥？这儿的疙瘩长得像我的指头，还有干草和各式各样的脏东西。

织工雷曼　这是因为缺少一把新镊子。

学　　徒　（已把布称好）分量也不足。

普法伊费尔　这样的织工像什么样子——给他们好棉纱，总是弄得不像样。哦，我的天呀，我当织工的时候不是这样的呀。要是弄成这样儿，早给师傅当面申斥了。那个时候情况完全两个样。人人都得精通自己这一行手艺。如今这一点不需要了。——雷曼，一块钱。

雷　　曼　损耗一磅一向是容许的。

普法伊费尔　我没有那么多工夫跟你拌嘴舌。算了吧。你拿什么来啦？

海贝尔　（把布放在桌上。在普法伊费尔检查质量时，走上前去，低声而热情地）请原谅，普法伊费尔先生，请您帮个忙，开开恩，这会儿别扣除俺预借的工钱了。

普法伊费尔　（检查布匹质量，仔细观察，冷言冷语地）这真是了不起。看来有一半棉纱还留在纱管上吧？

海贝尔　（接下去说）下个星期俺一定干得快一点儿。上个星期俺有两天给地主老爷扛活。俺那老伴又病倒在床上……

普法伊费尔　（把布放在秤上）这又是一件偷工减料的活儿。（已经在验看另一块布了）布边织得这么糟，一会儿宽，一会儿窄。一边的纱缩得这么紧，一边又织得那么稀，谁知道是怎么搞的。一英寸布不到七十根纱头。其余的纱到哪儿去了？你讲不讲信用？简直瞎胡闹！

海贝尔　（抑制眼泪，垂头丧气地站着，不知所措）

贝克尔　（轻声对鲍默尔特）要使他满意，你得自己买棉纱。

织工妻甲　（离开账房的桌子没有几步路，不时凝望四周寻求帮助，身子没离原地。现在鼓起勇气，重新向账房恳求)俺没法子了……如果这会儿您不给俺预支,俺不知道该怎么好……耶稣,耶稣。

普法伊费尔 (向这边呼喊)你哭什么啦。呼叫我主耶稣也没用,你平日是并不敬畏主耶稣的。先管好你男人,别让他老泡在酒馆里。我们不预借工钱。付款必须报账。钱也不是我们的。要不,事后要向我们追还。谁干活卖力,懂得手艺,怀着敬畏上帝的心,谁就用不到预借工钱。就是这样。

诺伊曼 要是比劳的织工赚四倍的工钱,他也会花光,甚至负债。

织工妻甲 (高声地,仿佛请求大家说句公道话)俺肯定不是个懒虫,可俺不能这样下去了。俺小产过两次。说到俺的男人,他干不了什么。他在泽劳牧羊人那儿干过活,牧羊人也帮不了俺男人多少忙,再说……凡事不能强求啊……俺有多少能力,就干多少活。俺有好几个星期没好好睡过觉;要是俺身子不这么虚弱,俺还能这样干下去。不过您也得照应俺(迫切地恳求),答应俺的请求,同意这回预借几个钱。

普法伊费尔 (不让对方打扰)费德勒,一块一毛。

织工妻甲 只借几个钱去买面包。俺没有别处好借。俺有一大堆孩子……!

诺伊曼 (低声地,带着又滑稽又严肃的神情对着学徒)织工年年生孩子,个个如此,呸,呸,呸。

学 徒 (接着对方腔调)小畜生开头六个星期就瞎眼——(把旋律哼到底)——个个如此,呸,呸,呸。

织工雷曼 (不去动账房数给他的钱)一匹布一向付工钱一

块三毛五。

普法伊费尔　（朝这边叫道）如果对你不合适，雷曼，你只消说一句。织工有的是。像你这号人多着呢。分量足，才给十足的工钱。

织工雷曼　这儿缺什么分量……

普法伊费尔　送来的棉布没毛病，工钱不会克扣。

织工雷曼　布上疵点太多，俺看不可能。

普法伊费尔　（正在检查）布织得好，生活就过得好。

织工海贝尔　（一直待在普法伊费尔附近，等待有利时刻。听了普法伊费尔的文字游戏，他也笑了起来，这时他走到普法伊费尔身边，像上回那样说）俺恳求您，法伊费尔先生①，也许您行个好，这会儿不扣俺的五毛预支。俺老伴从谢肉节起就一直躺在床上，不能帮俺干一点儿活。俺得雇个丫头卷线。因此……

普法伊费尔　（吸鼻烟）海贝尔，我不是只为你一个人办事的。也该轮到别人啦。

织工雷曼　俺把纱拿到手——回家装在织机上，后来又从机子上取下。俺拿去的是什么纱，交回的也是什么，俺怎能交回比拿去的更好的纱呢。

普法伊费尔　你如果认为不合适，就不用再来领棉纱。我们有的是人；他们找这样的活鞋底都跑穿啦。

诺伊曼　（对雷曼）你这钱不要了？

织工雷曼　俺不满意这样的工钱。

诺伊曼　（不再理睬雷曼）海贝尔，一块钱。扣去预借的五

---

① 即普法伊费尔。

毛,还剩五毛。

织工海贝尔　（走上前,瞅一眼钱,站停了,摇摇头,仿佛不敢相信似的,然后慢慢抚弄一下,把钱收起）哦,俺的天,俺的天！——（叹气）嗯,真是的！

鲍默尔特老人　（望着海贝尔的脸）就是这样,弗兰茨！有时要叫人叹气的。

织工海贝尔　（吃力地）你瞧,俺有个生病的女儿在家。需要买瓶药。

鲍默尔特老人　她生的什么病？

织工海贝尔　哦,你瞧,她自小就病恹恹的。俺压根儿不知道……喏,跟你说说没关系,她的病生下来就有。血不干净,常常发病。

鲍默尔特老人　到处都一样。人穷了,不幸的事儿一桩接一桩。真是没有个完哪。

织工海贝尔　你那包里装的是什么？

鲍默尔特老人　俺家里断口粮了。俺让人把俺家的狗宰了。狗肉没多少,因为狗也饿得半死了。这是一条美丽的小狗。俺不愿亲手宰它,俺下不了这条心。

普法伊费尔　（验看贝克尔的布,叫道）贝克尔,一块三毛五。

贝克尔　这是一点儿可怜的施舍,而不是工钱。

普法伊费尔　办完事的人统统出去。我们这儿连身子也转不过来了。

贝克尔　（并没压低嗓音,对站在四周的人）这无非是一点儿可怜巴巴的恩赐。起早摸黑踩踏板。八个整天扑在织机上,夜夜精疲力竭,尘土满面,热得难熬,挣到一块三毛五还算走运。

普法伊费尔　这儿不许你多嘴！

贝克尔　要俺不开口,那还差得远。

普法伊费尔　(跳起来叫道)咱们走着瞧！(走向玻璃门,向办公室叫道)德赖西格先生,德赖西格先生,请您来一下！

德赖西格　(上。四十岁不到。个子胖胖,患有哮喘。神情严厉)到底什么事呀,普法伊费尔?

普法伊费尔　(阴险地)贝克尔不肯停嘴。

德赖西格　(摆出一副架子,昂起头,盯着贝克尔,鼻翼一扇一扇)原来是这样——贝克尔！(对普法伊费尔)是这个人吗?

〔职员点点头。

贝克尔　(毫不畏惧地)是的,是的,德赖西格先生！(指着自己)就是这个人——(指着德赖西格)就是这个人。

德赖西格　(愤怒地)这家伙竟敢这样放肆！

普法伊费尔　他日子过得太好了！他在冰上跳舞,总有一天会出事。

贝克尔　(粗鲁地)哦,你这个东西,给我闭上嘴。你老娘一定在新月之夜跟恶魔干下好事,才生下了你这么一个鬼儿子。

德赖西格　(勃然大怒,咆哮道)给我住嘴,立即住嘴,要不……(浑身哆嗦,上前几步)

贝克尔　(巍然屹立)俺耳朵不聋,俺还听得清。

德赖西格　(克制自己,用明显的公事公办的口气问)这家伙不是也在场的?

普法伊费尔　这是比劳的织工,哪儿发生乱子,那儿总有他们在场。

德赖西格　（气得发抖）我警告你们：要是再发生那样的事，要是再像昨儿晚上那样，有一群喝得醉醺醺的人，有一帮无法无天的人打我屋子旁边经过——嘴里哼着那首卑鄙的歌曲……

贝克尔　您大概指《血腥的审判》那首歌吧？

德赖西格　你已经知道我指的是哪一首。我有言在前：如果我再次听见那首歌，我要派人把你们中间为首的一个抓出来，而且——凭我的荣誉起誓，我不开玩笑——我就把这个人移交给检察官。要是我查出是谁炮制了那首拙劣的歌曲……

贝克尔　这是一首动人的歌曲，是的！

德赖西格　你敢再说，我就派人去叫警察——马上就去。我不再跟你们多噜苏了。回头我还会收拾你们这些年轻人的。别的家伙我也收拾过。

贝克尔　这话我信。一个地道的工厂老板，在别人还没察觉的时候，就收拾了两三百名织工。吞吃了他们，连烂骨头也不剩几根。他有四个胃，像牛一样，他有一口利齿，像狼一样。不，不，这还不算什么哩！

德赖西格　（对他的职员）别让他们在咱们这儿干下去了。

贝克尔　哦，对俺来说，饿死在织机上还是被埋在路边，全一样。

德赖西格　立即滚出去，滚出去！

贝克尔　（坚定地）俺得先拿了工钱。

德赖西格　这家伙该拿多少，诺伊曼？

诺伊曼　一块两毛五。

德赖西格 （赶忙从账房手里抢过钱,扔在账台上,几个钱币滚到地板上）拿去！——这儿的拿去,快给我滚！

贝克尔 俺先要拿工钱。

德赖西格 你的工钱在这儿;你如果不马上拿了滚,……正好十二……我的染工都吃中饭去了。

贝克尔 俺的工钱要放在俺手里。放在这里。（他用右手手指指着左手手掌）

德赖西格 （对学徒）你捡起来,蒂尔格纳。

学 徒 （捡起钱,放在贝克尔手里）

贝克尔 一切都得照规定办。

〔他不慌不忙地把钱放进一个旧钱包。

德赖西格 怎么啦？（见贝克尔还一直不走,不耐烦地）要我帮忙不成？

〔在密密层层挤在一起的织工中,起了一阵骚动。有人长长地叹了一口气。有人摔倒,大伙儿的注意力都转移到刚才发生的事情上。

德赖西格 那儿到底发生了什么事？

许多男女织工 有人昏倒了,是个小男孩。他有病还是怎么的？！

德赖西格 嗯……到底怎么回事？昏倒了？（他走近些）

老织工 他躺在地上了。（让开一个位子）

〔有个八岁的男孩躺在地上像死了一般。

德赖西格 有谁认识这孩子？

老织工 他不是俺村上的。

鲍默尔特老人 看样子像海因里希家的。（他注视孩子良久）不错,不错！这是海因里希家的戈斯塔夫。

德赖西格 他们住哪儿?

鲍默尔特老人 噢,在俺那儿,在卡希巴赫,德赖西格先生。他爹夜晚帮人吹吹打打挣钱,白天织布。他们家有九个孩子,第十个也快生了。

男女织工同时说话 他们家经济真困难——屋漏偏遭连夜雨。——他女的拿不出两件衬衫给九个孩子穿。

鲍默尔特老人 (抓住孩子)嘿,孩子,你到底怎么啦?醒醒吧!

德赖西格 你们来帮个忙,把孩子扶起来。要这么个病孩赶这么远的路来这儿,真是不可理解。您拿点儿水来,普法伊费尔!

织工妻 (帮着扶孩子起来)别闹出事来,死不得呀,孩子!

德赖西格 或者拿点儿烧酒来,普法伊费尔,烧酒更好。

贝克尔 (被大伙儿忘了,他站在一边旁观。现在一只手搭在门把上,嘲弄人似的向这边大声吆喝)给孩子点儿东西吃,他就会醒过来。(下)

德赖西格 这家伙不会有好下场。——把他挟在胳膊下,诺伊曼。慢慢地,慢慢地……这样子,这样子……咱们把他抬到我那房间去。您到底想干啥?

诺伊曼 他说话了,德赖西格先生!他嘴唇动了动。

德赖西格 你到底要什么,孩子?

孩 子 (声音低微)我肚子饿!

德赖西格 (脸色变得苍白)我听不清。

织工妻 依俺看,他是说……

德赖西格 咱们等着瞧。只是别停下来。——他可以睡到那里的沙发上。咱们且听听大夫怎么说。

〔德赖西格、诺伊曼和织工妻带领孩子进办公室。织工中又起了一阵骚动,好像学校里的孩子在老师离开教室时那样。有人伸伸懒腰,有人窃窃私议,换脚站一会儿,一会儿,高声谈话的人越来越多。

鲍默尔特老人 我一直认为贝克尔的话说得对。

几个男女织工 他是说了这样的话的。——这儿的人饿得昏倒已经不是新鲜事了。——要是工钱一直减少下去,不知道冬天会发生什么事。——今年土豆收成糟透了。——这儿情况一天比一天坏,最终大伙儿都会死在大街上。

鲍默尔特老人 最好像织工伦特维希那样;脖子上套根索子吊死在织机上。喂,拿点儿鼻烟闻闻。俺到瑙伊罗德去过,俺小舅子在那边工厂里干活,他们那边制烟草。他给了俺一点儿。你那包里放着什么好东西?

老织工 只是一点儿珍珠麦。我跟在乌布里希磨坊老板的大车后面,因为车上有个袋子裂了缝,掉下来的麦正好给我捡了一些,你可以相信我的话。

鲍默尔特老人 彼得斯瓦尔道有二十二家磨坊,可没有一家是为俺开设的。

老织工 正因为这样,俺得鼓起勇气挺住。船到桥门自会直,办法总会有。

织工海贝尔 要是俺肚子饿,就得求告十四位救急救难的圣神,要是还吃不饱肚子,那就嘴里含块石子舔舔,对不对,鲍默尔特?

〔德赖西格、普法伊费尔和账房回来了。

德赖西格 没有什么大不了。孩子已经完全复原了。(喘着气,激动地走来走去)这毕竟是一件丧尽天良的事。这孩子像根草,风一吹就会倒。叫人不能理解的是,他们……孩子的爹妈怎么会这样没有头脑。要孩子背了两匹布,走几里路来这儿。这真叫人不敢相信。我干脆作出一项规定,今后凡是孩子送来的货物一律不收。(他又默默地踱来踱去好一阵)无论如何,我迫切希望今后再也不发生这样的事。——这样的事最终该由谁来负责呢?当然,责任全在我们这些老板身上。出什么事都要怪我们。要是有这样一个穷人家的孩子冬天陷在这儿雪地里睡着了,就会有个记者跑来调查,两天以后所有报纸上都会登出吓人的新闻。那个派孩子来这儿的爹,或者爹妈……毫无责任,事情怎能怪他们!要怪就怪老板,老板是头替罪羊。记者一直讲织工的好话,可对老板总是痛斥一顿,说这样的人没有良心,铁石心肠,危险家伙。报馆里的随便哪个狗记者都可以咬他一口:说什么老板自己过着花天酒地的生活,却给穷织工微薄的工资。——其实这样的人也有他的心事,也有他的不眠之夜,他要冒工人做梦也想不到的风险;有时为了加减乘除,算了又算,真不知道脑袋瓜往哪儿搁;他必须考虑和权衡上百件事情,真所谓作生死的搏斗和竞争,没有一天不碰到烦恼,没有一天不遇到损失;对于这一切,那些说好听话的人则客客气气地不作声了。有哪一样事情不依靠他,有哪个人不吸他的血,有哪个人不靠着他生活!不,不!他们只要处在我的地位,只待一会儿也受不了。(沉吟片刻之后)刚才那个家伙,那个小伙子,那个贝克尔在这儿玩的是什么把戏!如今他会去造谣,说我如何如何不讲仁义,为了一点儿小事就停人的生意。这是真实的吗?我是这样不讲仁义吗?

许多个声音　不,德赖西格先生!

德赖西格　唔,我也认为不是那样。可是那些无法无天的人到处唱些下流的歌子来骂我们这些老板,嘴里说什么饿肚子,口袋里却有余钱买一斤斤破烧酒喝。他们应该把鼻子好好伸出去嗅一嗅,瞧一瞧麻布工人的情况。只有麻布工人才配谈困难。但是你们这儿的棉布工人,你们的生活还过得不错,你们有理由默默地感谢上帝。我想问一下在场的勤奋、干练的老织工,一个好好干活的工人,在我这儿能不能生活下去?

许多个声音　能,德赖西格先生!

德赖西格　哼,可不是!——像贝克尔那样的家伙当然不行。可我奉劝你们好好管教这个年轻人。一旦弄得我厌烦了,我就撒手不管,让这个工厂关门。这时你们就会明白自己的处境。你们就会明白上哪儿去找活儿。在尊敬的贝克尔那里肯定不会有活儿给你们干的。

织工妻甲　(已经走近德赖西格,用讨好的办法,给他掸去外衣上的尘土)您身上的衣服弄脏了,仁慈的德赖西格先生。

德赖西格　如今生意难做,这点你们自己也知道。如今做生意不是赚钱,而是赔本。尽管如此,我还是想尽办法让我的织工有活儿干。我想这样的事会得到你们的理解。我这儿有存货几千匹,到今天还不知道能否卖得出去。——我听说,附近有许多织工失业,为此……普法伊费尔把详细情况说给你们听了——事情就是如此,好让你们明白我的好意……我当然不可能施舍周济,我的钱还不够多;不过我在某种程度上给失业工人以干活的机会,至少让他们挣点儿小钱。我这样做当然要担风险,不错,这是我自己的事情。我想,让人干活挣几片面包,总比让人挨饿好。我说得对不对?

许多个声音　对,对,德赖西格先生!

德赖西格　因此我准备再雇用两百名新织工,条件普法伊费尔会给你们讲。(欲下)

织工妻甲　(拦住他的去路,心急慌忙地恳切地说)仁慈的德赖西格先生,我想请您开个恩,如果有可能……我有两次病得厉害。

德赖西格　(匆忙地)你跟普法伊费尔谈吧,好嫂子,我已经来不及了。(他径自走了,让她站着)

织工雷曼　(同样拦住他的去路,用委屈和控诉的声调说)德赖西格先生,我得真正地诉一番苦,法伊费尔先生对俺……俺每匹布的工钱一直拿一块二毛五……

德赖西格　(岔断他的话)我的总管坐在那儿。你去找他,这才找准对象。

海贝尔　(拦住德赖西格)仁慈的德赖西格先生——(结结巴巴、慌慌张张地)俺向您多次请求过,也许您给俺……法伊费尔先生也许可以……他可以……

德赖西格　你到底要干啥?

织工海贝尔　俺上次预借的那笔钱,俺的意思是说,俺想请……

德赖西格　啊,我真的不懂你的意思。

织工海贝尔　俺有急难,因为……

德赖西格　这是普法伊费尔的事,普法伊费尔的事。我真的不能……你找普法伊费尔解决。(他避进办公室。恳求他的人面面相觑,无可奈何。一个又一个叹着气,退下去了)

普法伊费尔　(继续检查布匹)嗨,安儿,你带什么来啦?

鲍默尔特老人　织一匹布到底可得多少,法伊费尔先生?

普法伊费尔　一匹布一块钱。

鲍默尔特老人　居然是这样了!

〔织工中引起骚动,窃窃私议,喃喃不平。

第 二 幕

〔奥伊伦山区卡希巴赫村居民威廉·安佐尔格家的小房间。这房间十分狭窄,从破旧不堪的地板到给烟熏黑的天花板不到六英尺高,房间里的织机边坐着两个年轻的姑娘,即鲍默尔特的女儿埃玛和贝尔塔——鲍默尔特大妈,一个身子伛偻的老大娘,坐在床边的小凳上,面前有一架纺车——她的儿子奥古斯特,二十岁,是个白痴,身躯和头很小,但胳膊和腿较长,像蜘蛛的脚。他坐在一张矮凳上,同样在络纱。左边墙上有两个小窗洞,部分用纸糊着,或用麦草塞住,夕阳微弱的红光从这两个洞里钻进来,照在姑娘们的淡黄色的头发上,照在她们外露的、瘦削的肩膀和细长、苍白的后颈上,也照在她们粗布衬衣背后的褶裥上。配合这两件衬衣,她们各穿一条用硬麻布缝成的短裙,这是她们唯一的衣服。温暖的阳光也照在老大娘的脸上、脖子上和胸口。她的脸上皱纹满布,血色全无,瘦得只剩一副骨架。她的两眼深陷,因为长期在灰尘、烟雾和灯光下工作,弄得双眼红肿,迎风掉泪。长长的、甲状腺肿胀的脖子上全是皱纹和青筋。褪色的破衣罩住她干瘪的胸脯。

〔右边墙上一块地方,摆着炉子、炉凳、床架和几张色彩刺眼的圣像画。阳光也照在这些东西上面——炉杆上晾着破衣服,炉子背后堆着不值钱的破烂货。炉凳上放着几口旧锅子和烹饪用具;一些土豆皮放在纸上烘干——从横梁上挂下一束束棉纱和卷筒。小筐里放着纱团,小筐放在织机旁边。后墙上有一扇矮门没有上锁。门边沿墙放着一捆柳条,几只破篮放在柳条边。——织机的响声、木板有节奏的颤动声、地板和墙壁的震荡声以及梭子快速地穿来穿去的嗒嗒声,充满了整个房间。这中间还夹杂着深沉而有规律的持续不断的卷筒轮子声,仿佛大野蜂在嗡嗡叫。

鲍默尔特大娘 (当姑娘们停下织机俯伏在布上的时候,她以一种抱怨的声调,上气不接下气地说)又断了线头吗?

埃 玛 (年岁较大的女儿,二十二岁,把断线头接上)这是一种烂纱头呀!

贝尔塔 (十五岁)给这样的纱,简直不像话。

埃 玛 他待在哪儿这么久?九点钟他就出去了。

鲍默尔特大娘 就是说呀,就是说呀!他到底上哪儿去了?丫头?

贝尔塔 别担心,娘!

鲍默尔特大娘 老是为他担心!

埃 玛 (继续织布)

贝尔塔 等一等,埃玛!

埃 玛 到底什么事呀?

贝尔塔 俺好像听见有人来了。

埃 玛 可能是安佐尔格回家来了。

弗里茨 （一个赤着脚、衣着破烂的四岁小男孩哭哭啼啼走进屋来）娘，俺肚子饿。

埃　玛 等一下，弗里茨，稍微等一下！外公马上就回来。他会带面包和咖啡来。

弗里茨 可俺肚子饿得厉害呀，娘！

埃　玛 俺跟你说了。听话，别闹了。他马上就回来，他会带白面包来，还有咖啡。——俺一停手，娘就要把土豆皮拿去和农民换东西，农民会给一点儿牛奶让宝贝喝。

弗里茨 外公上哪儿去了？

埃　玛 找老板去了，送布去了，弗里茨。

弗里茨 在老板那儿吗？

埃　玛 嗯，嗯，弗里茨！在彼得斯瓦尔道的德赖西格那儿。

弗里茨 他在那儿能弄到面包吗？

埃　玛 是的，是的，老板给他钱，他去买面包。

弗里茨 老板会给外公很多钱吗？

埃　玛 （不耐烦地）哦，别说了，孩子。（她继续织布，贝尔塔也一样。接着两人又停了下来）

贝尔塔 走，奥古斯特，你去问安佐尔格，他是否愿意给俺点个火。

〔奥古斯特随同弗里茨下。

鲍默尔特大娘 （怀着越来越厉害的、莫名其妙的恐惧，几乎要哀泣起来）孩子们，孩子们，爹上哪儿去啦？

贝尔塔 他可能找豪芬去了。

鲍默尔特大娘 （哭）如果他不去那儿，而上酒店去呢！

埃　玛 别空担心，娘，俺爹不是这号人。

鲍默尔特大娘 （因为心事重重而神思恍惚）喏，哦……哦，你们说说看,现在该怎么办?要是他不回来……俺该咋办?……要是他把钱喝光了,啥东西也不带回家来,那咋办?家里连一把盐、一块儿面包也没有了,连一锹柴火也烧完了……
贝尔塔　甭着急,娘!这几天晚上有月亮,俺上林子去砍柴,带着奥古斯特一块儿去。
鲍默尔特大娘　这么干,准给看林人抓了去!
安佐尔格　(是个老织工,身材高大,必须伛偻着身子才能进入房间。他把脑袋和上身先探进门,头发和胡子乱成一团)什么事呀?
贝尔塔　请给一个火!
安佐尔格　(轻声地像对病人说话)天还亮呢。
鲍默尔特大娘　那么你让俺仍旧坐在黑暗里啰。
安佐尔格　俺也只好这样。(下)
贝尔塔　看他多吝啬。
埃　玛　那就只好坐在黑暗里等待了。
海因里希大嫂　(上。一个年约三十的妇女,怀着身孕。从她疲惫的脸上可以看出她忧心如焚,焦灼异常)晚上好!
鲍默尔特大娘　喂,海因里希大嫂,你给俺带来了什么新闻呀?
海因里希人嫂　(一瘸一拐地)俺踩上一块儿碎玻璃了。
贝尔塔　那么过来坐下。俺看看能不能取出来。
　　〔海因里希大嫂坐下,贝尔塔跪在她面前,在她脚底板上检查。
鲍默尔特大娘　你家里人都好吧,海因里希大嫂?
海因里希大嫂　(绝望地哭出声来)俺家快完了。(想抑制泪

水,但没有用,泪水滚滚而下。她默默地抽泣)

鲍默尔特大娘　对俺这号人,海因里希大嫂,最好亲爱的老天爷开开恩;让俺早日离开这个世界。

海因里希大嫂　(再也没法控制自己,大声哭起来)俺可怜的孩子饿得快死了!(呜咽而哀诉)俺不知道究竟该怎么办。有什么活儿就干什么,东奔西跑,直到病倒为止。俺弄得三分像人,七分像鬼。但也没有多少用处。九张等着吃东西的嘴巴都要喂饱,用什么来喂呢?昨晚弄到一个面包,还不够给两个最小的吃。俺该给谁好呢,嗯?个个都向我叫道:娘,给我,娘,给我……不行啊,不行啊!俺现在还能够奔跑尚且如此,一旦俺躺下了,那会怎样呢?地里的一点儿土豆给大水冲走了。俺家里揭不开锅啦。

贝尔塔　(已经从海因里希大嫂的脚底板上取出碎片,洗过伤口)俺用块儿布把它包扎起来,——(对埃玛)你去找一块儿!

鲍默尔特大娘　俺家不比你们好,海因里希大嫂。

海因里希大嫂　你至少还有两个丫头,有个能干活的男人,可俺的那个,上星期老毛病又犯了。病得挺厉害,俺吓得不知道怎么办才好。他这样发一回病,八天起不了床。

鲍默尔特大娘　俺那个不见得比你那个高明多少。他也生病了,一家伙便躺倒。不但犯气喘,还连声喊腰痠。家里连一个子儿也没有了。今儿他如果不带几个钱回家,俺真不知道下一步该咋办。

埃　玛　这话你可以相信,海因里希大嫂,俺没有办法……让爹把小狗带去宰掉,这样多少有点儿东西可以下肚。

海因里希大嫂　你家连一把面粉也不剩下吗?

鲍默尔特大娘　确实没有了,海因里希大嫂,家里连盐巴都没有了。

海因里希大嫂　现在俺不知道咋办!(站起身,留在原地不动,沉思起来)俺真的不知道咋办!——俺想不出点子来。(愤怒而恐惧地高声叫道)只要能弄到一点儿猪食,俺也就心满意足了!俺不能空着一双手回家。这不行啊。但愿老天爷饶恕。俺没有别的法子好想了。(她左脚只能脚跟着地,一瘸一拐地迅速下)

鲍默尔特大娘　(用警告的口气在她背后喊道)海因里希大嫂,海因里希大嫂,你千万不能干蠢事呀!

贝尔塔　她不会的。你别相信她会走绝路。

埃　玛　她一直是这样干的。(重又坐上织机,织了几秒钟)

奥古斯特　(手里擎一支燃着的油烛,照着他父亲鲍默尔特老人。老人跟在后面,扛着一包棉纱)

鲍默尔特大娘　哦,天哪,哦,天哪,孩子爹,你在哪儿耽搁这么久?

鲍默尔特老人　唷,别这样埋怨人啦。让俺先喘口气。你还是瞧我把谁带来啦。

莫里茨·耶格尔　(伛偻着身子进门。他是个身子结实、身材中等、双颊红润的后备兵,头上斜戴一顶骠骑兵的帽子。身穿整套制服和鞋子以及一件无领的干净衬衫。进屋以后立正、行军礼。以一种探究的声调说)晚上好,鲍默尔特大妈!

鲍默尔特大娘　好啊,好啊!你回家来了吗?你还没有把俺忘记吗?你坐吧。过来,你坐。

29

埃　玛　（用围裙揩一张木椅,然后把椅子推给耶格尔）晚上好,莫里茨！你想再次看看穷人是怎样生活的吗？

耶格尔　你告诉我,埃玛！你有过一个马上就要当兵的男朋友吗,我是不大相信的。这人你是从哪儿找来的？

贝尔塔　（接下她父亲带回来的一点儿食物,把肉放进一只小锅,炖上炉子,奥古斯特生起炉火）你是认识织工芬格尔的吧？

鲍默尔特大娘　从前俺跟他住在这儿。他想娶埃玛,可是他的肺病很重。俺对俺女儿警告多次。可是她怎肯听我话？如今芬格尔早已死了,被人遗忘了。她现在明白怎样把留下的孩子带大。现在你讲给俺听听,莫里茨,你近况到底怎样？

鲍默尔特老人　还是少问问吧,孩子他娘,你不见他吃的东西多呢；他讪笑俺；他衣服穿得像个大公子,怀里有块银表,口袋里还装着十块现金。

耶格尔　（大模大样地挺挺身子,脸上挂着扬扬自得的狂笑）我不能抱怨谁,我当兵的日子过得不坏。

鲍默尔特老人　他在骑兵队长那儿当差。你们听,他说起话来像个上等人。

耶格尔　谈吐文雅我已经成了习惯,要改也改不了啦。

鲍默尔特大娘　啊唷,你倒说说看,像你这样一个没出息的人,居然发了大财。你啥也不懂,从前你连坐着纺纱也坐不住,老是东奔西跑；你只知道设圈套,抓雀子,你只喜欢那玩意儿,俺这话对不对,嗯？

耶格尔　这话不错,鲍默尔特大妈。我不单抓雀子,我还捕捉燕子呢。

埃　玛　俺一直跟你说,燕子有毒。

耶格尔　对我全一样。你们生活得怎样,鲍默尔特大妈?

鲍默尔特大娘　哦,天哪,最近四年糟透了。俺痛得厉害,你看看俺的指头就知道了。俺根本不知道,俺这种病是风湿症还是别的什么。俺真苦得要命!俺的四肢动弹不得。有谁相信俺受的痛楚呢。

鲍默尔特老人　她身体坏极了。她日子不长啦。

贝尔塔　早上得帮她穿衣,晚上得帮她脱衣,俺得像喂婴孩那样喂她。

鲍默尔特大娘　(声泪俱下地哭诉说)俺前前后后得让人侍候。俺比生病还讨厌。俺是家里的一个累赘。俺已经祈求过亲爱的上帝,请他干脆把俺召回去算啦。哦,耶稣,哦,耶稣,让俺留在世界上简直是活受罪。俺根本不知道……有人可能会想……不过俺从小起就干苦活。自己这份活儿总是对付得了的,可眼下突然——(她想坐起身来,但坐不起)——如今什么也不行啦。俺有个好男人,有好的子女,可俺怎能坐在一旁看着他们干活啊……你看俺的两个丫头脸色多难看!一点儿血色也没有。简直像块白布,可她们不管挣得到钱还是挣不到钱,总是坐在织机上干活。她们过的是怎样一种生活,她们一年到头坐板凳,破衣服没几件,弄得见不得人,上不了教堂,听不到安慰的话。她们的样子像绞架上的尸体,哪里像十五、二十岁的大姑娘。

贝尔塔　(在炉边)炉子又冒烟了!

鲍默尔特老人　嘀,瞧那烟,俺对它束手无策,你能够改变一下吗?炉子快要破了。俺也只得让它去,日后俺吞煤烟。

俺全家个个都在咳嗽,一个比一个厉害。俺们咳得上气不接下气,有谁来管?就连肺也咳出来了,又有谁来过问一下?

耶格尔　这是安佐尔格的分内事,他该来修一下炉子的。

贝尔塔　他管的事多呢。不满的事儿多着呢。

鲍默尔特大娘　他可讨厌俺呢。

鲍默尔特老人　只要发点儿牢骚,俺们得滚蛋。快半年了,他没收到一点儿房钱。

鲍默尔特大娘　像他这样手头有钱,到处都吃得开。

鲍默尔特老人　他也不宽裕,孩子娘,他也有困难,尽管他没把困难挂在嘴上。

鲍默尔特大娘　他毕竟有房子。

鲍默尔特老人　不,孩子他娘,你说什么呀?说起那房子连一张瓦片也不是他的了。

耶格尔　(已经坐下,从上衣的一只口袋里摸出一根挂有漂亮流苏的短烟斗,从另一只口袋里掏出一只装有一夸脱烧酒的瓶子)这里的情况也不能这样继续下去了。我看到这儿人们过的生活,十分惊异,连城里的狗生活得比他们都好。

鲍默尔特老人　(殷切地)是吗,是这样吗?你也知道了吗?人们如果说这样的话,回答你的是只怪年成不好。

安佐尔格　(上。一只手里拿着盛汤的瓦罐,另一只手里拿了一只编织好一半的篮子)欢迎,莫里茨!你也回来啦?

耶格尔　多谢,安佐尔格伯伯!

安佐尔格　(把瓦罐推到炉火上)不妨这样说,你看起来像个伯爵啦。

鲍默尔特老人　把你漂亮的银表拿出来看看。他还带来一套新衣服，外加十块现金。

安佐尔格　（摇头）是真的！——不是真的！

埃　玛　（把土豆皮装进一个小袋子）现在俺把土豆皮送走。也许可以换到一点儿撇去奶油的牛奶。（下）

耶格尔　（所有的人带着紧张而专心的神情注视着他）你们回想一下，你们以前是怎样常常吓唬我的。你们总是说，莫里茨，等你当了兵，人家就会教你好好做人。现在你们瞧瞧我，我一帆风顺，只有半年，就被提升了。干什么都要劲头十足，这是主要的。我给骑兵队长擦靴子，喂马，端啤酒。我机灵得很，像只黄鼠狼。时刻准备，不离岗位，以身作则，装配都擦得精光锃亮。上马厩我是第一个到，点名时第一个到，上马也是第一个到。一旦发起进攻——我得冲锋陷阵！他娘的枪林弹雨，横尸遍地，全不考虑！！！我像猎犬那样警惕、注意。我一直想：现在别无出路，要有信心；下定决心，冲杀在前，事情也就这样闯过来了。骑兵队长当着全队人员的面表扬我说：这是个货真价实的骠骑兵。（沉默。他点上烟斗）

安佐尔格　（摇摇头）你总算走运！是吧！——喏！（他坐在地板上，身边放着一捆柳条，双腿之间夹着个篮子，继续在编织）

鲍默尔特老人　希望你带点儿幸福给俺，俺一块儿干一杯好吗？

耶格尔　当然，当然，鲍默尔特大伯。喝完这点儿，再来一瓶。

（他把一块钱币扔在桌上）

安佐尔格　（吃惊而傻头傻脑，露出一副怪相）哦，什么，什么,有这等事……锅里有烤肉,桌上有烧酒——(从瓶里喝一口)——祝你健康,莫里茨!啊哟!喔唷!(从这时开始,酒瓶从一人手里递到另一个人手里)

鲍默尔特老人　咱们至少要逢到假日有点儿烤肉吃,而不是一年到头看不到一点儿肉,这行不行?——像眼下的样子,要等另一条小狗闯进屋来,像四个星期前那样,才有可能吃到肉:这样侥幸的事也许一辈子都不会再有了。

安佐尔格　你把小狗叫人宰了吗?

鲍默尔特老人　不这样就挨饿……

安佐尔格　哟哟,唷唷。

鲍默尔特大娘　那条狗挺好,挺讨人喜欢。

耶格尔　你还一直喜欢吃这儿的烤狗肉吗?

鲍默尔特老人　哦,天呀,天呀,不但喜欢,还嫌少呢。

鲍默尔特大娘　这样的肉吃一块儿也难得。

鲍默尔特老人　你对狗肉已经不感兴趣了吗?你在俺这儿待几天,莫里茨,保险你又会有兴趣。

安佐尔格　(闻一闻)哟哟,唷唷,这味道一定好,闻闻就香喷喷的。

鲍默尔特老人　(闻闻)真香呀,谁都会说。

安佐尔格　说说你的看法吧,莫里茨。你知道天下大事。这儿俺织工的情况会不会改变,或者……

耶格尔　大伙儿真的希望有所改变。

安佐尔格　俺在这儿没法生活下去,不能坐着等死。你可以相信,俺的境况实在糟糕啊。有的人拼死拼活干,最后落得一场空。头上没有半片瓦,脚下没有立足之地。从前,从前人们还能在织机上干点儿活儿,尽管生活困难一点儿,还能勉强维持。如今有多少日子找不到那样一份活儿了。现在想靠编编篮子,苟延残喘。俺每天干到深夜,直到俺上床的时候,才只挣了六分钱。你是有经验的,在这物价昂贵的时候,能靠这点儿钱开销吗?俺房捐得付三块,土地税一块,押息三块。假定我一年能挣上十四块,那么付掉上述七块,还剩七块来开销全年生活。这儿包括吃用穿戴几个方面;俺编编结结,还得保留一个住宿的地方和别的什么。——在这种情况下付不出利息,是不是怪事?

鲍默尔特老人 得有一个人到柏林去向王上报告俺这儿的困难情况。

耶格尔 不会有多大用处,鲍默尔特大伯。报纸上已经登了不少。可是那些有钱人,偏偏会翻手为云,覆手为雨……把事情黑白颠倒……

鲍默尔特老人 (摇摇头)柏林的人居然也这样不明事理!

安佐尔格 你说,莫里茨,一点儿可能性也没有吗?对此连一条法律也没有吗?一个人活干得连手上的皮都蜕掉了,但还付不出房租,非得让那混蛋来夺走我的草房吗?不然就要还他的钱。现在俺根本不知道,他还会玩什么花样——要是俺硬顶不付,俺得搬出这草房……(哽咽起来)俺在这儿出生,俺爹在这儿织布四十多年。他时常对俺娘说:孩子他娘,有朝一日俺死了,房子还在,房子你要守住。我为它干了一辈子。每根钉子就是一夜的血汗,每根横梁就是啃一年干面包。你一定要想到……

耶格尔 他们会把你最后的一点儿东西夺了去。

安佐尔格 啊哟哟——喔唷唷!现在已经到了这样的地步!俺宁愿给人从这儿抬出去,也不愿一把年纪给人从这儿撑出去。这也就是说,情愿死在这儿也不走!俺爹也是宁死不走。——他临死的那个时候,心里也害怕了,可俺爬上床去,他又变得安静了。——记得那个时候俺才十三岁。俺困了,便酣睡在病人身边——俺不知道更好的办法——当俺醒过来时,他早已冰凉了。

鲍默尔特大娘　(歇了一会儿后)你去看看炉子上的汤,贝尔塔,拿来给安佐尔格。

贝尔塔　喝了吧,安佐尔格伯伯!

安佐尔格　(一边喝,一边掉泪)啊哟哟——喔唷唷!

〔鲍默尔特老人开始吃锅里的狗肉。

鲍默尔特大娘　喂,孩子他爹,孩子他爹,你不好稍等一下,让贝尔塔端上来再吃。

鲍默尔特老人　(嘴里啃着肉)俺还是两年前吃的圣餐,此后俺立即把那件做礼拜穿的上衣卖掉,买了一块儿猪肉。从那以后,俺一直没有吃过肉,只有今晚才吃到。

耶格尔　我用不到吃肉,那些大老板代我吃了。他们一直吃得肠肥脑满。谁要是不相信,只消到比劳和彼得斯瓦尔道去瞧瞧就知道了。他会看到奇迹:一座座老板住的大厦幢幢相接,一幢幢宫殿连成一线。玻璃镜、钟楼、铁栏杆。那儿看不出市场不景气,生意难做。那儿烤、煮、煎的食品样样都有,侍童、车夫、家庭教师也不缺少,还有别的叫不出的名堂。他们有的是钱,他们根本不知道自己有了钱财之后就把别人不放在眼里了。

安佐尔格　从前可不是这样的。那个时候老板还让织工生活得下去。今天他们把啥都独个儿包了。俺告诉你们,原因在于这些有钱有势的人既不信仰上帝,也不相信魔鬼。

他们不知道禁律和惩罚。因此他们只要可能,便把俺最后的面包也夺走了,弄得俺糊口的东西也没有。这些人给俺带来了灾难。要是俺的老板都是些好人,那么俺也不会过这种苦日子了。

耶格尔　请你们注意,我念一点儿好玩意儿给你们听。(他从口袋里掏出几张纸条)来,奥古斯特,赶快上酒店去拿瓶酒来。嗯,奥古斯特,你笑弯了腰吧?

鲍默尔特大娘　俺不知道奥古斯特是怎么搞的,他一直高高兴兴。不管遇到什么事情,他总是嘻嘻哈哈。啊,走吧,走吧!(奥古斯特拿了空烧酒瓶下)哦,老伴,你是不是也知道什么是好味道吧?

鲍默尔特老人　(嘴里嚼着东西,酒醉饭饱后精神抖擞)莫里茨,你是俺的人。你能念,又能写。你知道织布这一行,你关心穷织工的疾苦。你应该帮助俺办事情。

耶格尔　要是为了这样的事,我才不会犹豫。我很乐意叫那些工厂老板当心当心。我本来也不想干这种事。我是个好说话的人,可是谁要是惹得我光起火来,我就一手抓住德赖西格,一手抓住狄特里希,让他们脑袋瓜相撞,眼睛里跳出火星来。——咱们要是团结一致,就能跟大老板针锋相对,……到这时咱们既用不到国王,也用不到政府,咱们可以干脆说:咱们要这个和那个,不要这个和那个,那个时候情况便会改观。一旦看到咱们也不让步,他们就后退了。我知道这些人!他们是些胆小鬼!

鲍默尔特大娘　这话一点儿不假。俺肯定不是个坏女人。俺一直在说,世上也得有有钱人才行。但是如果这样……

耶格尔　愿魔鬼把他们统统抓去,我要消灭这些人。

贝尔塔　爹到底在哪儿？

〔鲍默尔特老人这时已经默默地离开了。

鲍默尔特大娘　俺不知道他上哪儿去了。

贝尔塔　是不是因为肉吃多了，一时受不了？

鲍默尔特大娘　（控制不住自己，痛哭失声地）他好久不吃肉，胃里受不了，现在又吐出来啦。

鲍默尔特老人　（又上，因气愤而哭泣）不中用了，不中用了！俺快完了。俺的身子已经这么差了！好不容易吃到点儿好菜，可在肚子里留不住。（他痛哭着坐到炉边的凳子上）

耶格尔　（突然愤怒，狂热地）可离这儿不远有一些人，他们是法官、寄生虫、饱食终日，无所用心，一年到头闲着无事，如同咱们天上的上帝。他们声称，织工本来可以过得好一些，收入多一些，他们就是太偷懒。

安佐尔格　说这话的根本不是人，他们是畜生。

耶格尔　别理这些话，他们吃得白白胖胖。我和红贝克尔做了报复，我们临走前给他唱了《血腥的审判》这首歌。

安佐尔格　哦，天呀，天呀，是那首歌吗？

耶格尔　是的，是的，这歌我有。

安佐尔格　俺记得，人们叫它为《德赖西格之歌》，或者什么别的。

耶格尔　我来念给各位听。

鲍默尔特大娘　这首歌是谁编的？

耶格尔　这个谁也不知道，听我念吧。

〔他就像学生那样，一个字一个字地念，重音读不准，但带着明显的强烈感情。绝望、痛苦、愤怒、憎恨和复仇的渴望全表示出来了。

这儿是个刑讯的场所，
　　　比秘密法庭①更加可恶，
　　　最后判决还没有宣布，
　　　生命已经被很快剥夺。

　　　这儿把人慢慢地折磨，
　　　这儿就是拷问的场所。
　　　这儿叹气的人许许多，
　　　诉说不完人间的悲苦。

鲍默尔特老人　（歌词打入他的心坎，他深受震动，多次想去打断耶格尔的话，但又吃力地制止自己，如今已经到了非说不可的时候了；在哭笑不得的情况下，吞吞吐吐地对自己的老伴说）"这儿就是拷问的场所"，写下这首诗的人，倒是说了真话。孩子他娘，这点你可以相信……什么叫做"这儿叹气的人……"还有什么？他们有"许许多多……"

耶格尔　诉说不完人间的悲苦。

鲍默尔特老人　你知道俺怎样叹气，从白天到夜晚，从站着到躺倒，俺都在叹气。

　　〔这时安佐尔格已经停下手头活儿，深受感动，缩拢身子坐着。鲍默尔特大娘和贝尔塔一边听耶格尔念歌词，一边在不停地揩泪水。

耶格尔　（接下去念）
　　　特赖西格们是刽子手，

━━━━━
①　中世纪教会常私设秘密法庭，对"异端邪说"进行残酷镇压。

　　　　　他们的随从全是走狗，
　　　　　主子和奴才臭味相投，
　　　　　欺压俺穷人不怕丢丑。

　　　　　你们全是流氓，你们这些撒旦①的子孙……
鲍默尔特老人　（用脚跺地，气得发抖）嗯，撒旦的子孙！！！
耶格尔　（念）
　　　　　你们是地狱里的小丑，
　　　　　大口吞食穷人的所有，
　　　　　诅咒将是你们的报酬。
安佐尔格　哎呀呀，他们活该受诅咒。
鲍默尔特老人　（紧握拳头，作咄咄逼人的样子）大口吞食穷人的所有。
耶格尔　（念）
　　　　　哀告和恳求全然无用，
　　　　　所有的悲诉白费辛苦。
　　　　　"你们不愿干可以走路，
　　　　　干脆回家去坐着挨饿。"
鲍默尔特老人　这句话怎么讲？"所有的悲诉白费辛苦"？每一个词……每一个单词……真像《圣经》里的话一样准确。"哀告和恳求全然无用"。
安佐尔格　哎呀呀！喔唷唷！那是没有用的。
耶格尔　（念）
　　　　　想想穷人所受的痛苦，

---

① 撒旦，基督教《圣经》用词，意即魔鬼。

> 辛酸的日子实在难忍,
> 家里常常会揭不开锅,
> 难道他们不值得同情?
>
> 同情!这感情多高贵,
> 你们这些吃人的魔鬼,
> 只会对穷人敲骨吸髓,
> 哪里知道怜悯和慈悲。

鲍默尔特老人 (跳起身来,凝神谛听,有点儿气得发狂)敲骨吸髓,太对了,这是穷人的膏血。这儿站着俺罗伯特·鲍默尔特,卡希巴赫的织工师傅,谁能够站出来说……俺是个正派人,一辈子都这样,你们瞧俺!俺因此得到什么呢?俺成了什么样子呢?他们把俺弄成个怎样的人呢?"这儿把人慢慢地折磨。"(伸出胳膊)这儿,你们来摸摸看,一片皮包骨头!"你们全是流氓,你们这些撒旦的子孙!!"(他因绝望而愤怒,倒在一张椅子上,突然号啕大哭起来)

安佐尔格 (把篮子扔到墙角,站起身来,气得浑身发抖,结结巴巴地)这种局面非改变不可,俺说,现在正是时候了。咱们再也忍受不了!咱们再也忍受不了啦,让该来的到来吧!

第 三 幕

〔彼得斯瓦尔道一家中等规模酒家的店堂。这是个大房间,房间中央有根木柱,一头顶着天花板,另一头撑在一张圆桌上面。木柱右边后墙上有一扇大门,它遮住了门柱。通过此门可见另一个大房间,里面放着酒桶和酿酒用具。店堂门右角是斟酒处,那儿横放一张一人高的柜台。柜台里有个摆各类酒杯的格子;柜台后墙上有个大橱,橱内摆有一排排烧酒瓶。柜台和酒橱之间有块小地方留给卖酒人活动。柜台前面有张用五彩台布装饰起来的桌子。桌子上面挂着一盏漂亮的灯,桌子四周有多张藤椅。离此不远的右墙上也设有一道门,门上有"内设雅座"几个字。靠近舞台前方右边,一只古老的落地座钟在嘀嗒嘀嗒地响。后墙大门左手靠墙,有张放酒瓶和玻璃杯的桌子,左手墙角是一只用釉砖砌成的大火炉,墙上有三扇小窗,窗下有条长凳,每扇窗前摆着一张长方形大木桌,每张桌子狭的一边对着墙壁,宽的两边放着靠背长凳,桌子朝窗的狭的一边各摆一张木椅。墙壁粉成蓝色,墙上挂有招贴画、图片和彩印,中间是腓特烈·威廉四世像。

〔酒店老板朔尔茨·韦尔策尔是个脾气挺好的又高

又大的汉子,年纪在五十开外,站在柜台后面把啤酒从桶里斟进玻璃杯。韦尔策尔老板娘在炉边熨衣。她是个落落大方、衣衫整洁的女人,年纪还不到三十五岁。

〔安娜·韦尔策尔,是个十七岁的漂亮姑娘,一头美丽的金色头发,配着一身整齐的衣衫,坐在铺有台布的桌子后面刺绣。有一会儿她抬起头来侧耳倾听,因为这时从远处传来学童唱送丧歌的声音。

〔木匠师傅维甘德穿着工装,坐在同一张桌子边,面前放一杯巴伐利亚啤酒。人们看得出这样一个人懂得八面玲珑的处世诀窍,这也就是说,做人要随机应变,看风使舵,不择手段。

〔一个推销商坐在环绕木柱的圆桌旁边,起劲地啃着一块牛排。他中等身材,吃得白白胖胖,红光满面,很注意营养。生性快活,好动,脸皮老,穿着时髦。他随身的行李:拎包,样品提箱,伞,外套和旅行毛毯,都放在身边的几把椅子上。

韦尔策尔　(端给推销商一杯啤酒,一边对维甘德)今儿彼得斯瓦尔道魔鬼在捣乱。
维甘德　(用尖厉的破嗓门大声说)嗯,今天是德赖西格工厂交货的日子。
韦尔策尔　可平时没有像今天闹得凶。
维甘德　是啊,也许因为他要雇用两百名新织工。
韦尔策尔老板娘　(一直在熨衣)不错,不错,大概为了这档子事儿。假若他要两百名,定有六百名前来应试。这样的人有的是。

维甘德　哦,天啊,天啊,有的是人。他们虽然生活困难,可他们没有死绝。他们生了一大堆孩子。不知道该怎样安排他们。(送丧歌有一阵子唱得更响了)今天也还有人出丧。织工法比希死了。

韦尔策尔　他早该死了嘛。他这些日子来东奔西跑,像个幽灵。

维甘德　你可以相信,韦尔策尔,你不会见过这么小的棺材,这样一口小棺材我从来没有做过。尸体小,不到九十磅。

推销商　(啃着牛排)我真弄不懂……不管你去念哪张报纸,总可以读到一篇关于织工苦难生活的叫人寒毛凛凛的报道,你对这事的印象仿佛这儿的人有四分之三快要饿死了。你又看到这样的出丧场面,我刚来村里的时候就见到了。管乐队、教员、小学生、牧师,后面还跟着长长的一队人,我的上帝啊,这像中国皇帝出殡。嗯,要是有人还能为这档子事儿花钱……(他喝啤酒。他在放下玻璃杯后,突然笑嘻嘻地说)对吗,小姐?我的话有道理吗?

安　娜　(尴尬地笑笑,继续起劲地刺绣)

推销商　肯定是为令尊大人绣一双拖鞋。

韦尔策尔　我才不喜欢穿这种玩意儿呢。

推销商　您听好!如果把这双拖鞋给我,我情愿拿出我的一半财产。

韦尔策尔老板娘　对这档子事儿,你一窍不通。

维甘德　(咳嗽数次以后推过一张椅子,准备开口)这位先生对出丧的言论妙极了。请您告诉我,年轻的老板娘,这是一次小小的出丧吗?

推销商　是的,可我问自己……这样的事一定要花一大笔钱吗?他们的钱是从哪儿来的?

维甘德 请您多多原谅,我的先生,这样一群穷苦老百姓简直不可理解。请允许我这么说——他们有一种过分的理想,他们要对去世的人表示尊敬和责任。如果死的是嫡亲爹娘,那就有一种迷信的说法,死者的子孙和近亲要把最后几块钱都凑拢来办丧事,如果子女凑不齐这笔钱,那就向附近的大老板告借。这样一来,就债台高筑,欠牧师的钱,欠守教堂人的钱,欠所有人的钱。欠吃喝和其他必需品方面所花的钱。当然,我对孩子们的孝道表示赞赏,但不希望守丧的家属还不清一辈子的债。

推销商 容许我插一句,牧师一定奉劝过这些人了。

维甘德 先请多多原谅,我的先生,我在这儿得讲一句话:这儿的每个小教堂都有自己的教区,都得供养他们的灵魂的牧者牧师大人。在这样一桩盛大的丧事中,牧师得到极大的好处。参加丧事的人越多,奉献的金银也越多。谁知道这儿的工人们的情况,谁就能十分肯定地说,牧师们是不能容忍冷冷清清地出丧的。

霍尼希 (上。是个罗圈腿的矮老头,肩头和胸口绷着一条带子。他是个拾破烂的)你们好!请来一杯酒,喂,年轻的老板娘,今儿您有破烂扔掉吗?安娜小姐,俺车上有美丽的头带、衬衫带子和袜带,漂亮的别针、发针、钩子和支架。统统在内只换几块破布。(改变声调)破布可以造出洁白的纸张,供你的宝贝儿情人写情书。

安娜 哦,谢谢您,我可不要宝贝儿情人。

韦尔策尔老板娘 (插上熨斗的铁心)她不是那种丫头。她不想结婚。

推销商 （跳起身来，显出惊喜交集的样子，走到铺有台布的桌子前，把手伸给安娜）这是聪明的，小姐，您干的和我一个样，把您的手给我握！咱们俩抱独身。

安　娜 （脸儿涨得绯红，伸一只手给他）哼，您可结过婚啦?!

推销商 上帝保佑，我只是装装样子的。您一定以为我戴的是结婚戒指，对吗？啊，我所以戴这戒指，只是为了保护自己，不让别人因为我长得漂亮而向我无耻地进攻。我对您是不怕的。（他把戒指放进口袋）——请您老实告诉我，小姐，您真愿意一辈子都不结婚了吗？

安　娜 （摇摇头）喔，干吗要结婚呢？

韦尔策尔老板娘 她不打算结婚，除非遇上一门好亲事。

推销商 唔，干吗不能遇上呢？西里西亚的一个有钱的地主娶了他母亲的一个贴身丫头。再如，有钱的工厂老板德赖西格，也跟一个饭店老板的女儿结了婚。她还没有您一半俊呢，小姐。现在她进出都坐马车，还有穿号衣的侍从。怎么不会遇上呢？（他踱来踱去，不时伸腰蹬腿）我要喝一杯咖啡。

〔安佐尔格和鲍默尔特上，各自带一只小包，恭顺而默不作声地坐到霍尼希的身边，也就是坐到舞台左边最前沿的一张桌子上。

韦尔策尔 欢迎！安佐尔格大伯，又一次见到您啦！

霍尼希 您也从那给烟熏黑了的窝棚里爬出来了吗？

安佐尔格 （动作迟钝，显然狼狈地）俺又去接一匹布的活儿来干了。

鲍默尔特老人 他愿干一匹布一块钱工资的活儿了。

安佐尔格 俺本来是不想干的,可编篮子的活儿也完了。

维甘德 工钱少一点儿总比没有好。老板压低工资只是为了使大伙儿都有点儿活干。德赖西格这个人我是非常了解的。一星期以前我拆下了他家的双层窗。我们两人谈论过,他说,他这样做只是出于一片好心。

安佐尔格 啊哟哟——喔唷唷。

韦尔策尔 (在每位织工面前放了一杯烧酒)大伙儿都有了。你倒说说看,安佐尔格。你有多少日子不刮胡子啦?那位先生想知道一下。

推销商 (向这边招呼)啊,先生,我并没有说过这句话。只是织工师傅的端庄外貌才受到了我的注意。这样的大个子不是经常能见到的。

安佐尔格 (尴尬地搔搔头)啊哟哟——喔唷唷。

推销商 这种具有原始力量的自然人,眼下已经很难见到了。咱们受到了文明的洗礼……可我对本来面貌十分喜爱。毛毛糙糙的眉毛!乱七八糟的胡子……

霍尼希 请听好,尊敬的先生,俺来说几句,这些人上理发师那儿去没有钱,买把剃刀更无能为力。脸上长什么就听它长。他们顾不到自己的外表。

推销商 可我请您,老兄,我当然不会……(压低嗓子对韦尔策尔)我可以请长头发长胡子的朋友喝杯啤酒吗?

韦尔策尔 他从来不喜欢喝酒,不用了。他有他奇怪的观点。

推销商 那就不请吧。允许我敬您一杯吗,小姐?(他在铺有台布的桌边坐下)我可以向您保证,您的头发吸引我的眼睛,自从我跨进这儿以后,您的头发一直在我的眼里,光华四射,柔软浓密!(他同时神魂颠倒地吻了吻她的指尖)还有那个颜色……好像成熟了的麦子。要是您长着这种头发上柏林,准会叫全城轰动,您可以凭着这头发进王宫……(身子往后靠,瞪着她的头发)光彩夺目,光彩夺目哪。

维甘德　为了这头发,人家给她起了个漂亮绰号。

推销商　到底叫什么呀?

安　娜　(一直在暗自好笑)哦,您猜猜看!

霍尼希　小狐狸,对吗?

韦尔策尔　现在玩笑可以收场了!咱们别把这孩子弄得晕头转向!她脑袋瓜里已经装了不少古怪想法。她今天想嫁伯爵,明儿非公爵不嫁了。

韦尔策尔老板娘　你别把孩子弄得不高兴,老伴!要想出人头地并非坏事。幸而大家的想法并不跟你一样。要不,大家不求上进,个个原地踏步,无所作为了。要是德赖西格的爷爷也这么想,那他到如今还只是个穷织工。但现在人家已经用钱铺地。再看特罗姆特拉老头,如今不再是个穷织工,他有十二个大田庄,并且还是个贵族。

维甘德　一切事情,都有它的道理,韦尔策尔。这会儿你老伴的话说得有理,这点我可以作证。如果我的想法和你一样,那我今天也不会雇七个伙计了吧?

霍尼希　你当然知道怎样生财有道,这点大伙儿不得不承认,织工还没有拔脚逃跑,你已经为他们准备好了棺木。

维甘德　要想挣钱,就得处处小心。

霍尼希　是的,是的,你还能做到这一点。死神去找织工的一个孩子,你比大夫知道得还早。

维甘德　(收起笑容,勃然大怒起来)你比警察知道得还详细,你知道织工里面哪个人小偷小摸,哪个人每星期要揩油几管棉纱。你来捡破布,如果破布里夹有一点儿棉纱,你也照拿不误。

霍尼希　你在死人身上生财有道,睡在刨花上的人越多,你就越加发财。你看到许多孩子的坟墓,就拍拍肚子说:今年又是一个好年成,婴孩死得像掉下树的金龟子那么多,你这星期可以多喝一些。

维甘德　就算你的话全对,我还远不是一个销贼赃的坏蛋。

霍尼希　你至多给有钱的工厂老板开双笔账,或者趁老板家造房子的机会,如果晚间没有月亮,就偷几块木板。

维甘德　(把背对着他)哦,你高兴跟谁说就跟谁说,就是别跟我说话。(突然又说)撒谎鬼霍尼希!!

霍尼希　死人棺材匠!

维甘德　(对在场的其他人)他耍魔法,能把牲口迷住。

霍尼希　你且安心,要不,俺会念个咒语来糊弄你。(维甘德脸色顿时刷白)

韦尔策尔老板娘　(已经出去,给推销商端来咖啡)我给您的咖啡端到雅座里去吧?

推销商　咄,您怎么这样想!(眼睛死命盯住安娜)我宁可坐在这儿一辈子。

一个年轻的看林人和一个富农　(上。富农手里拿根鞭子,两人异口同声地)中午好!(两人站在柜台前)

富　农　来两杯烧酒。

韦尔策尔　欢迎二位光临!(把对方需要的烧酒斟进杯里,两人举杯相碰,一饮而尽,把杯子放在柜上)

推销商　喂,看林先生,赶了不少路吧?

49

看林人　还可以。我从施坦恩塞弗村来。

〔织工甲、乙上,坐到安佐尔格、鲍默尔特、霍尼希旁边。

推销商　对不起,您是霍赫哈姆伯爵家的看林先生吧?

看林人　我是在卡尔施伯爵家当差。

推销商　当然,当然,这个我也想说。在这儿有许许多多伯爵、男爵和别的老爷,实在太难记了。非得有极好的记忆力才能记得住。您手里拿把斧子干吗,看林先生?

看林人　这是从一个偷柴人那儿没收下来的。

鲍默尔特老人　为了几根木柴,俺的老爷跟俺非常顶真。

推销商　允许我说一句,如果每个人可以想要什么就拿什么,这也是行不通的啊……

鲍默尔特老人　请原谅,允许俺说一句,这儿跟其他地方一样,有小偷,有大贼;这儿有些人大搞偷盗来的木材生意,发了大财。但是一个穷织工如果……

老织工甲　(打断鲍默尔特的话)不许俺捡一根树枝,可那些老爷们呢,他们把俺的皮都剥了。要俺付保证金,纺纱钱,实物捐等等,不管俺愿不愿意,强迫俺给他们当跑腿,干田里活……

安佐尔格　事情就是这样,工厂老板剩给俺的,全都落进了贵族老爷的腰包。

老织工乙　(已经坐在旁边桌子上)俺对贵族老爷本人说过了。请您多多原谅,伯爵老爷,俺对他这样说,今年俺在他那儿没法干很多活。这俺不是罢工!那为什么?请您原谅,大水损坏了俺的所有庄稼。俺的一点儿田地全给淹了。如果俺要活下去的话,俺得不分昼夜干活。就是说暴风雨成灾害了俺。你们这些人哪,你们这些人哪!俺一直站在那儿绞着双手。肥沃的泥土从山上冲下来,闯进我的屋子!还有那些值钱的种子啊!……哦,耶稣,哦,耶稣,俺真像在腾云驾雾,俺号啕大哭了八天八夜,两眼简直连街道也看不见了……后来俺只好推沉重的八十车泥土上山,受尽了折磨。

富　　农　(粗鲁地)你们吵吵嚷嚷叫人害怕。上天怎样给咱们安排,咱们必须逆来顺受。要是说你们平时日子过得不是最好,这又该怪谁呢,还不是怪你们自己?生意好的时候,你们干了点儿什么呢?你们把所有挣来的钱赌光喝光。要是你们当时省下一点钱,如今就有几个子儿派急用场,这样你们就用不到偷纱偷木柴了。

年轻织工甲　(带着几个同伴进屋,待在门廊里,高声对着房门说)富农毕竟是富农,早上他要睡到九点。

老织工甲　如今是富农和贵族合穿一条开裆裤。如果一个织工想要房子住,富农说:我借给你一个小房间,你就给我付房租,帮我把稻草和谷子收到家里。要是你不愿干,那么随你上哪去。要是再找一家,回话和第一家一个样。

鲍默尔特老人　(怒火直冒地)织工好比肉骨头,谁都想来咬一口。

富　　农　(勃然大怒地)哦,你们这些饿得要死的畜生,你们还有什么用处?你们能犁地吗?你们能开一条笔直的田沟吗?或者抛一捆麦子到车上去吗?你们什么也不会干,游手好闲,跟女人睡觉。你们是些无赖!你们没有出息。

〔他这时付了酒账,走出屋去。看林人笑着跟在他

51

后面。韦尔策尔老板、木匠和韦尔策尔老板娘高声大笑，推销商自个儿笑。笑声一停，寂静了一阵。

霍尼希　像他这样一个富农，简直像条笨牛……俺还不知道这一带的灾荒。现在村里面的情况全都看到了！四五个人精赤条条合睡在唯一的一张草垫上。

推销商　（用一种和缓的声调表示不同看法说）请您允许我讲几句，老兄。关于山里的饥荒，大家的看法不一致，要是您能读……

霍尼希　哦，俺能读各种报纸，跟您一样。嗬，嗬，俺也知道一点儿情况，俺跟这儿的人打交道有多年了。像俺这样背了一包刺绣东西东奔西跑四十年，当然了解一点儿情况。富勒村的情况是怎样的呢？村里那些孩子就跟邻家的鹅在粪堆上玩儿。死去的人赤身裸体躺在屋里的石板地面上。他们肚子饿慌了，就喝臭水。他们成百上千地饿死。

推销商　要是您识得字，那您一定也知道，政府已经派人作详细的调查了。

霍尼希　这个大家都知道，这个大家都知道：从政府那儿来了一位先生，他比别人什么都知道得详细，好像亲眼看见似的。他在最漂亮的村子里转上一圈，那里溪水咚咚，房子的式样是最好看的。他不想多走几个村，生怕弄脏自己的靴子。他心里想，看来别的地方跟这儿一样漂亮，用不着进一步调查了。他登上车子回家去。然后写个报告送往柏林，说那儿根本没有闹灾荒。但如果他耐心一点儿，上别的村子看看，一直走到小河那儿，渡过河，到河那一边，或者干脆走到偏僻的地方，到山上用烂泥垒成的茅房那里瞧瞧，这些屋子像窝棚，又黑又脏，破烂不堪，就连擦根火柴把它们烧掉也不值得。要是那位先生看见送往柏林的报告跟这完全不一样那就好了。这样的先生应该来找俺,可他们是政府派来的,不信这儿有灾荒。俺偏领他们去看。俺要打开他们的眼睛,让他们了解所有饿死了人的窝棚。

〔人们听见外面有人唱《织工之歌》。

韦尔策尔　他们又在唱魔鬼之歌了。

维甘德　他们把全村闹得不太平。

韦尔策尔老板娘　看样子要出什么事情了。

〔耶格尔和贝克尔手臂挽着手臂,走在一群年轻织工前,沸反盈天地进入"门廊",来到店堂。

耶格尔　大家静下来,坐好位子!

〔到来的人分别坐到不同的桌子上,跟原来已经坐在桌上的织工攀谈起来。

霍尼希　(大声呼叫贝克尔)你聚集了这么一帮子人,到底发生了什么事,你倒说说看!

贝克尔　(意味深长地)也许要发生什么事情了。对吗,莫里茨?

霍尼希　喂,孩子们!别再闹事啦。

贝克尔　已经发生流血事件了,你想亲自看一看吗?

〔拉起袖子,赤裸的上臂露出滴血的种过牛痘的伤痕。别的桌子上的织工跟着他做同样的动作。

贝克尔　咱们在巴德尔·施密特家,让他种牛痘。

霍尼希　现在事情弄清楚了。有这么一群捣乱分子在各条胡同里来来往往,这也不会叫人奇怪的。要是这样的人在村子里到处乱闯……

耶格尔　（神气活现,高声说话）再来两斤,韦尔策尔！我来付账。你可能想,我没有那么多钱吧？那你看错人了！只要咱们愿意,就可以和一个推销商那样,在这儿通宵喝烧酒和咖啡。

〔年轻的织工哄堂大笑。

推销商　（显出一副既可笑又惊异的模样）您指的是我们,还是指的我？

〔酒店老板、老板娘和他们的女儿,木匠维甘德和推销商都笑了。

耶格尔　谁问就指谁。

推销商　容许我说一句,年轻人,你的生意看来搞得很兴隆嘛。

耶格尔　我没有什么可怨天尤人的。我是个时装推销商。我跟棉布工厂老板各得一半。织工越是挨饿,我吃的油水越多。织工越穷,我的面包越大。

贝克尔　说得妙极了,敬你一杯,莫里茨！

韦尔策尔　（已经把烧酒送来。他在回到柜台上去的半路上停下脚步,慢慢转过身子冷淡而有分寸地对着织工。平静而强调地说）你们放了这位先生吧,他没有害过你们。

年轻织工的声音　俺也没害过他呀。

〔韦尔策尔老板娘跟推销商交谈几句。她端起杯子,杯里剩有咖啡,走进隔壁一个房间。推销商跟着她过去,织工哄堂大笑。

年轻织工的声音　（唱道）

　　　　德赖西格们是刽子手,
　　　　　他们的随从全是走狗。

韦尔策尔　呸,呸!你们爱上哪儿唱就上哪儿唱吧,在我这里唱我可受不了。

老织工甲　他说得很对;你们别唱了吧。

贝克尔　(叫道)不过咱们得上德赖西格那儿去一趟。让他听听咱们这个歌子。

维甘德　你们别疯疯癫癫了,他从来不误解的呢!

〔众人哄堂大笑并发出"嚯嚯"的声音。

年老的维蒂希　(他是个头发花白的铁匠,不戴帽子,穿条皮围裙和一双木拖鞋,在铁匠铺里弄得浑身全是烟灰。上场以后走到柜台边站停等着递来的一杯烧酒)你们安静下来,给他点儿颜色瞧。凡是叫得起劲的狗儿,都不会咬人。

老织工的声音　维蒂希,维蒂希!

维蒂希　他待在这儿,有什么事?

老织工的声音　维蒂希在这儿。——维蒂希,维蒂希!——过来,到俺这儿来,维蒂希!

维蒂希　我得小心点儿,跟这些小子打交道可不容易。

耶格尔　过来,跟我们一起喝。

维蒂希　哦,留着你的烧酒自己喝吧。我要喝,自己付钱。(他拿了酒杯在鲍默尔特和安佐尔格身边坐下,拍拍后一个人的肚皮)织工们吃的什么菜啊?酸菜和虱子肉。

鲍默尔特老人　(兴奋异常)如果他们再也忍受不了,该怎么办?

维蒂希　(装作惊诧,呆呆地瞪着这个织工)喏,喏,喏,跟我说,海纳勒,你是说自己吧?(笑得无法控制自己)你们这些人哪,你们这些人哪,我真要笑死了。鲍默尔特老伯想造反啦。等着瞧吧：如今裁缝也上啦，往后小绵羊、小耗子和大耗子都要造反啦。哦，你，我的上帝啊，将有好戏看啦！（笑得捧住肚皮）

鲍默尔特老人　你瞧，维蒂希，俺还是像从前那样的一个人。俺现在还是这么说：要是一切经过顺利，那就更好了。

维蒂希　经过一定曲折，不会顺顺利利。怎么能太太平平呢？人们在法国大干，是太太平平的吗？罗伯斯庇尔跟财主是亲亲热热的吗？决不可能，全部彻底，统统滚蛋！都上断头台！非这样不可，伙计们，前进吧，烤鹅不会自动飞到你们的嘴巴里来的。

鲍默尔特老人　要是俺还能生活下去……

老织工甲　俺好像水已淹到脖子上，维蒂希。

老织工乙　俺怕回家去，不管回去干活还是躺在床上，两种情况都会饿死。

老织工甲　待在家里会发疯的。

安佐尔格　这样或者那样，对俺来说全无所谓。

老织工的声音　（越来越激动）到处都不太平，——干活没有精神——在俺山上施坦孔兹村里，有一个人整天坐在小溪旁洗澡，赤身露体，像上帝创造的亚当①那个样子。他已经神志不清了。

老织工丙　（站起身来，精神振奋，开始大着"舌头"说话，举起手威胁人）最后审判的要来到，别跟有钱人和高贵的

---

① 据基督教《圣经·旧约全书·创世记》传说，上帝创造了人类的始祖亚当和夏娃，他们当时住在伊甸园里没穿衣服。此处故引用此话，参见《创世记》第二章第二十五节。

人打交道！最后审判的日子快要来到,万军之耶和华①……

〔几个织工大笑。织工丙重又被按着坐到位子上。

韦尔策尔　这家伙一杯也喝不了,喝了就发酒疯。

老织工丙　(重又跳起身来)可是他们不同！他们不信上帝,也不信地狱和天堂。他们讥笑宗教……

老织工甲　安静点儿吧,别说了！

贝克尔　你让他说教。有些人听了会在心里记牢。

许多个声音　(七嘴八舌地)让他说！——让他说！

老织工丙　(提高嗓门)地狱的门和灵魂的门大大地打开了,地狱的血盆大口张开,要把所有压迫穷人、作威作福的人一口吞下,天上的主这样说。

〔群众哗然,老织工突然以小学生的口吻宣称。

要是把事情好好思量,

要是麻布织工的劳动被人看得不像样,

那么事情就会变得稀奇古怪！

贝克尔　可俺是棉布织工。

〔笑声。

霍尼希　麻布织工的情况更糟,他们在山间像幽灵似的悄悄地来往,不敢声张。你们这儿的人还有胆量和老板争吵。

维蒂希　你以为这儿最糟的情况已经过去了吗？要不了多少日子,你们身上剩下的一点儿油水,都要给老板榨得精光。

贝克尔　他曾经说过,织工要为一口面包而卖命干活。

---

① 指上帝。

〔引起一阵骚动。

年老和年轻的织工　这样的话是谁说的？

贝克尔　德赖西格跟织工说的。

一个年轻织工　应该把这死尸倒挂起来。

耶格尔　听我说,维蒂希,你老是讲那么多的法国革命。你老是吹牛说大话。也许时机将要到来,看看一个人能干点儿什么:他是个吹牛大王还是个老实人。

维蒂希　(怒气突然发作)你倒再说一句看,年轻人！你听到过枪弹呼呼地飞过吗？你在敌人的国土上放过哨吗？

耶格尔　喂,你不用发这么大脾气,咱们是同志,我并非怀有恶意。

维蒂希　我才不管同志不同志,你这毛头小子！

〔警察库切上。

几个人的声音　嘘,嘘,警察！

〔这样的叫声持续了好长一段时间,直到完完全全安静下来。

库切　(在一片寂静中,在中央撑木柱的圆桌边坐下来)来一杯烧酒。

〔又是一阵哑场。

维蒂希　喂,库切,你是来察看我们的动静吧,看我们是否奉公守法？

库切　(不理维蒂希)你好,维甘德老板。

维甘德　(一直还在柜子前的屋角里)谢谢,库切。

库切　生意怎么样？

维甘德　谢谢你的关心。

贝克尔　局长大人生怕俺挣来的许多工资拿去大吃大喝,把胃都搞坏了。

〔哄堂大笑。

耶格尔　是吗？韦尔策尔，我们已经大嚼了一顿，有肉块、肉圆和酸菜，眼下我们还在大喝香槟呢。

〔哄堂大笑。

韦尔策尔　今儿太阳打西方升起来啦。

库　切　即使你们有了香槟酒和烤肉，也不会感到满足的。我没有香槟酒，也同样过来了。

贝克尔　（暗示库切的鼻子）他用白兰地和啤酒浇他的红头黄瓜，它已经成熟啦。

〔哄堂大笑。

维蒂希　这么一个警察，生活也挺艰苦：一会儿有个饿得要死的小叫花要他收进监狱；一会儿有个漂亮的织工姑娘被他引上歧路；一会儿喝得酩酊大醉，拼命打老婆，打得她吓得要死，逃到邻家去避风；还有骑着马到处溜达，睡在弹簧床上直到九点钟，这全是不容易讨好的事儿。

库　切　你一直唠叨不停啦！总有一天，索子会套到你的脖子上。人家早就知道你是一个什么样的家伙。连县长都知道你有一根三寸不烂之舌。我知道那样的人，他喝酒把钱都花光，老婆和孩子上贫民收容所，自己进班房。我也知道有人到处煽风点火，弄得人心惶惶。

维蒂希　（苦笑）谁知道将来会怎样？！也许最终你的话讲得有道理。（突然发怒，高声大叫）要是到了这步田地，那么我也知道我当感谢谁，我知道谁在工厂老板和贵族老爷面前瞎话连篇，诬蔑诽谤，使我一份活儿也得不到。我知道谁在富农和磨坊老板面前挑拨离间，弄得我整个星

59

期没有一匹马上门来安装蹄铁,没有一辆车来安装轱辘。我知道这是谁干的。我有一回把这不要脸的家伙从马上拉下,因为他为了几个尚未成熟的梨子,鞭打一个傻小子。我说,你是知道我这个人的。如果你把我投进监狱,那你赶快准备好遗嘱。只要我听到一点儿消息,我就会随手拿起东西,不管是马蹄铁还是锤子,是车辐还是提水桶,就立刻去找你,我就把你从床上拖起,把你从家里人那儿拖出来,砸你的脑袋瓜。如果我不这样干,我就不叫维蒂希。(跳起身来,对着库切冲去)

年老的和年轻的织工 (拦住他)维蒂希,维蒂希,要冷静点儿呀!

库　切 (不由自主地站起来,脸色煞白。一面说话,一面后退。离门越近,勇气越大。走到门口讲了几句,便一溜烟地跑掉了)你要我干吗?我并不妨碍你。我要跟这儿的织工谈谈。我跟你没事,你也跟我不相干,但是我要跟你们织工谈谈:警察局长不准你们唱那首歌——就是那首《德赖西格之歌》,或者随你们高兴叫它什么歌吧。你们如果不马上在大街小巷停止唱那首歌,那你们就要被他送进牢房,你们在牢里有时间好好唱一唱,安安心心地唱。你们在那里有水有面包,高兴要唱多久就唱多久。

维蒂希 (在他背后大叫)他根本无权禁止我们唱歌,即使我们唱得窗子都震动了,即使莱亨巴赫都听得见,即使我唱得工厂老板的屋子塌下来砸在他们头上,弄得所有警察局长的头盔在脑袋瓜上飞舞,这也跟任何人没有关系。

贝克尔 (此刻已经站起,向大家做手势,叫大家唱歌,自己也开始跟大家一起唱)

> 这儿是个刑讯的场所,
> 比秘密法庭更加可恶,
> 最后判决还没有宣布,
> 生命已经被很快剥夺。

〔酒店老板想叫大伙儿安静下来,但是谁也听不见他的话。维甘德双手捂住耳朵跑开了。维蒂希和贝克尔做了个手势叫大伙儿散场,织工们便站起来,唱着歌跟在两人后面。

> 这儿把人慢慢地折磨,
> 这儿就是拷问的场所。
> 这儿叹气的人许许多,
> 诉说不完人间的悲苦。

〔大部分织工在街上唱着下面这首歌,只有几个年轻小伙子还留在店堂里付酒账。在下一节歌词结束的时候,房里除了韦尔策尔、他的妻子、他的女儿、霍尼希和鲍默尔特老人外,已经没有别人了。

> 你们全是流氓,你们这些撒旦的子孙……
> 你们是地狱里的小丑,
> 大口吞食穷人的所有,
> 诅咒将是你们的报酬。

韦尔策尔　(沉着地收拾杯子)他们今天下狠心了。

〔鲍默尔特欲下。

霍尼希　你说吧,鲍默尔特,到底发生了什么事?
鲍默尔特老人　他们去找德赖西格,看看能否加点儿工钱。
韦尔策尔　你也跟他们一起干傻事吗?
鲍默尔特老人　你瞧嘛,韦尔策尔,俺没别的牵挂,年轻人

61

也许还有办法,年老人可只有一条路。(有点儿尴尬地下)

霍尼希　（站起身来）如果没有别的办法,这倒叫俺感到奇怪。

韦尔策尔　这样一个老人居然也发疯啦!

霍尼希　各人有自己的念想。

第 四 幕

〔彼得斯瓦尔道。棉布工厂老板德赖西格的私人住宅。室内陈设豪华,带有我们这个世纪上半叶的冷冰冰的风味。天花板、炉子、门,都呈白色;壁纸有直线小花图案,具有铅灰色阴冷色调。此外还有成套红木家具,罩着红天鹅绒套子的家具上,有许多装饰和雕刻。大衣橱和椅子全由红木做成,家具的布置如下:右边两扇挂着樱桃红缎子窗帘的窗子之间,放着一张台罩可折叠的写字桌,桌子上面的罩子可以关锁;正对桌子,有一张沙发,离沙发不远放着一只铁制钱箱。沙发前面有桌子、安乐椅和普通椅子。后墙上有一只存放武器的柜子。这堵墙和其他的墙壁上,部分被放在金色框里的拙劣图画所掩盖。沙发上边,挂着一面镜子,洛可可式的镜框上涂过厚厚一层金。左边一扇简陋的门通往门廊,后墙上有一扇敞开的蝴蝶门。客厅里摆有许多豪华家具,但看上去很不顺眼。客厅里有两位女士,德赖西格太太和基特尔豪斯牧师太太,她们正在欣赏壁上的画。远处,基特尔豪斯牧师正在和家庭教师魏因霍尔德谈话。

基特尔豪斯 (是个身材矮小、对人和气的男子,他抽着烟,和同样抽着烟的家庭教师闲聊着走进前房,到了那里,他向四周环顾,发现房里阒无一人,便奇怪地摇摇头)根本用不到奇怪,家庭教师先生。您现在还年轻。在您这样的年纪和我们老年人——我不想说有同一的思想,但至少有类似的思想。无论如何有类似的思想。年轻人的眼里什么都是美的——有种种美丽的理想,家庭教师先生。可惜的是这种理想只是一瞬而过,像四月里的阳光。等您到了我这样的年纪就会明白了!一个人在讲坛上向下面的听众讲了三十年道,一年讲了五十二次——连一天休息也没有——那么这样的人必然变得比较沉着。要是您到了那个地步,您想想吧,家庭教师先生。

魏因霍尔德 (十九岁,脸色苍白,瘦削,个子长得很高,一头细长金发。他的动作非常不安,并且有点儿神经质)我对您十分尊敬,牧师先生……可我不知道……人的性格常常大不相同。

基特尔豪斯 亲爱的家庭教师先生,您还有一种暴躁不安的脾气——(带着一种指摘的口气)——您就是这样的一个人——,您尽管还十分猛烈而粗暴地抨击现存社会制度,末了还是一切如旧。是的,是的,我承认在我们的同行弟兄中,尽管有的人年纪已经相当大了,但他们仍在玩弄幼稚的把戏。一个人说烧酒同瘟疫一般,要创设一个什么禁酒协会;另一个却起草一份呼吁书,无可否认,这样的呼吁书相当动人。但是他又能达到什么目的呢?织工中间当前确实存在困难,而且没见减轻。社会的安定反而因此遭到破坏。不,不,人们几乎真的想说:笨手笨脚的人哪,守住您的本分!关心灵魂的人,别去管人家的

　　　　肚子！宣讲您纯真的上帝的道,上帝安置和养活天上的飞鸟,不让田野上百合花枯萎,其余的事让他去安排。——不过我现在真的想知道咱们受人爱戴的工厂老板突然上哪儿去了。

德赖西格太太　（和牧师太太走到前台。她是个年约三十的漂亮的太太,身体茁壮、结实。显然她的说话和举止跟她文雅的打扮某些地方不太协调）您说得完全对,牧师先生。威廉一直是这样,他忽然心血来潮,马上就一个人跑开,让我枯坐着。关于这事我已经说过了,可是人家当作耳边风。

基特尔豪斯　亲爱的仁慈的太太,生意人总是这样嘛。

魏因霍尔德　如果我没听错,楼下一定发生了什么事。

德赖西格　（上。怒火中烧,十分激动）唔,罗莎,咖啡好了吗?

德赖西格太太　（生气地）啊,你一直脚不停地的。

德赖西格　（一副漫不经心的样子）啊,你知道什么!

基特尔豪斯　请原谅！您生气啦,德赖西格先生?

德赖西格　天天都是这样,这个上帝知道,亲爱的牧师先生。对于这样的事我已经习惯了。唔,罗莎！咖啡大概好了吧。

德赖西格太太　（心情不愉快地下,多次使劲地拉拉宽阔的绣花领带）

德赖西格　现在正好——（绕了几个弯子）——,家庭教师先生,我本来希望您在现场。您本来可以亲眼看一下的。再说……您来,咱们还是打牌吧!

基特尔豪斯　行,行,行,再说一个行！摆脱您今天的烦恼和累赘吧,跟我们去溜达!
德赖西格　(走到窗子边,把一条窗帘拉到一边,望向窗外;情不自禁地)强盗帮!!你过来,罗莎!(她过来)你说他是谁:那边那个红头发的高个子!
基特尔豪斯　这个就是所谓赤色分子贝克尔。
德赖西格　你说,他也许就是两天前侮辱你的那个人吧?你还记得你跟我讲过的话吗?当时约翰正好扶你上马车。
德赖西格太太　(努着嘴,拖长声调说)我记不得了。
德赖西格　不过嘛,生气没有用。我一定要知道那人是谁。他那种厚颜无耻我已经受不了啦。如果确实是那个人,那我就要跟他算账。(此刻可以听见《织工之歌》的声音响起)您听吧,您听吧!
基特尔豪斯　(大发雷霆)这种可恶的事情难道就没完没了吗?不过现在说真的,警察来插一手也到时候了。请允许我这样吧!(他走到窗边)现在您瞧,魏因霍尔德先生!唱歌的不仅是一些年轻人,也有奉公守法的老织工参加。好多年来,我一直以为他们都很值得尊敬,并且都是虔诚地敬畏上帝的,可他们也卷了进去。他们参加了这场闻所未闻的骚动。他们践踏上帝的诫命。也许您还想为这些人撑腰吧?
魏因霍尔德　肯定不,牧师先生。还有一些保留,牧师先生。他们毕竟是一些经常挨饿、无知无识的人。他们懂得用他们的方法来发泄自己的不满情绪。我不希望这些人会……
基特尔豪斯太太　(又瘦又矮,形容憔悴,与其说像个老太婆,毋宁说像个老处女)魏因霍尔德先生,魏因霍尔德先生！可我请求您！

德赖西格　家庭教师先生,我很遗憾……我请您到我家里来,并不是叫您给我上人道主义课。我不得不提请您注意,您的职责仅仅限于教育我的孩子,别的事情请不用管,一概由我来办！您明白吗？

魏因霍尔德　（呆呆地站了一会儿,面似死灰,欠一欠身,怪模怪样地笑笑,低声说）当然,当然,我明白您的意思。我看出苗头了；这正好称我的心意。（下）

德赖西格　（蛮横地）请尽量快点儿,我们需要这个房间。

德赖西格太太　可是威廉,威廉！

德赖西格　你还有理智吗？他为这样一首卑鄙、下流的歌曲申辩,你难道还想为他讲话！

德赖西格太太　可是男人,男人啊,他没为这首歌申辩呀。

德赖西格　牧师先生,他为这首歌做了申辩,还是他没有为它进行申辩？

基特尔豪斯　德赖西格先生,他年轻,对他不能太认真。

基特尔豪斯太太　我不知道这年轻人出身于这样一个令人尊敬的好家庭。他爹当了四十年官,名声一直很好。他娘知道他在这儿得到一个好差使,心里极为高兴。然而他自己对这儿的工作抱无谓的态度。

普法伊费尔　（打开通向走道的那扇门）德赖西格先生,德赖西格先生！他们抓到他了。您来吧！他们抓到了一个！

德赖西格　（急遽地）派人去警察局报告了吗？

普法伊费尔　局长先生已经在上楼了。

德赖西格　（走到门口）您最恭顺的仆人在此请安,局长大人！您光临舍间,真是不胜荣幸。

基特尔豪斯 （向两位太太示意,要她们还是走开好。他,他的妻子和德赖西格太太退到客厅里去）

德赖西格 （极为气愤,对正在进来的警察局长）局长大人,我终于叫我的染工抓住了一个肇事的领头。我再也不能袖手旁观了。无耻的暴行简直不受任何约束。我真气愤到了极点。我有客人在家,这些流氓胆大包天……我的妻子一露面,他们侮辱我的妻子,我的男孩们生命没有保障。他们竟然殴打我的客人,我冒了很大风险。我可以向您斩钉截铁地说,要是在一个有秩序的社会里,人家可以一直公然诅咒我和我家眷那样无辜的人而不受到惩罚……那么……那么我不得不表示遗憾,我对法律和礼仪不得不产生动摇了。

警察局长 （年约五十的男子,中等个子,身体肥胖,面色红润。他穿一套骑兵服,挂着佩刀,佩着踢马刺）不会这样……不,肯定不会,德赖西格先生!我听候您的吩咐,您只管放心好了,我完全听候您的吩咐。……您这样做完全对……我很高兴,您抓到了一个带头闹事的家伙。我也十分满意,事情终于有了眉目。这儿有几个捣乱分子,我早已注意他们了。

德赖西格 这么几个毛头小子,不错,是终日闲荡的二流子,懒惰的野鬼,游手好闲,无所事事,天天蹲酒馆,把腰包里的钱喝个精光。现在我下了决心,我要让这些职业流氓完全洗手不干。这是为了公众的利益,不仅为了我个人。

警察局长 非这样不行!无条件地,德赖西格。人们不会责怪您。只要我有力量……

德赖西格 人们得用皮鞭揍打这些流氓。

警察局长　完全对,完全对。必须做个样子给他们看看。

警察库切　(上。敬礼。听见蝴蝶门打开,传来上楼的沉重的脚步声)局长先生,向您报告,我们抓了一个人。

德赖西格　您要看看这个家伙吗,警察局长先生?

警察局长　那还用说,那还用说。咱们首先走近一点儿打量打量。请您让我来办,德赖西格先生,您尽管安心。我保管使您满意。要不,我就不叫哈德①了。

德赖西格　单单这样处理,我还不满意,非把这家伙送给检察官严办不可。

耶格尔　(由五个染工押上,这五个染工刚放下活儿,脸上、手上、衣服上沾满颜料。被押上的他帽子歪戴,狂放不羁,毫无惧色,他刚才喝过烧酒,精神亢奋),哦,你们这些可怜的家伙!你们还想做工人吗?你们还自称同志!要我去抓自己的同志,我的手就是烂掉也不干!

〔局长做了个手势,库切要染工放开被抓的人。耶格尔大胆地、自由自在地站着,门边都有人把守。

警察局长　(向耶格尔大叫)把帽子脱下,流氓!(耶格尔把帽子除下,但动作缓慢,脸上挂着冷笑)你叫什么?

耶格尔　我不是跟你一起放过猪吗?

〔这句话很有分量,在在场的人中间引起骚动。

德赖西格　岂有此理!

警察局长　(脸色已变,正欲发怒,重把怒气压下)这个日后再算账。你叫什么,我问你!(不见对方搭理,狂暴地)你这家伙,说呀,要不,我就让你吃二十五下鞭子。

---

① 这里系音译,若意译,则为辣手辣脚的人。

耶格尔　（非常高兴,听了对方的恫吓,连睫毛也不动一下。他的目光越过众人的头顶,射向一个美丽的侍女,这侍女正欲端上咖啡,被这意外的目光弄得目瞪口呆,站在那儿发愣）你说说,艾米丽,你现在也在这个圈子里啦？你还是快点儿走吧。这儿可能要起风暴,一夜之间把一切都卷走。

〔姑娘呆呆地瞪着耶格尔,她弄明白这话是对她说的以后,便羞得满脸绯红,用手蒙住眼睛,奔出门去,咖啡盛具像刚才那样仍然留在桌上。在场的人中间又起了一阵骚动。

警察局长　（几乎失去控制地对德赖西格）我年纪一把,从未见过这种胆大包天的……

耶格尔　（轻蔑地啐了一口）

德赖西格　混账东西,这儿不是猪圈,懂吗？

警察局长　我已经没有耐心了。最后一次问你：你叫什么？

基特尔豪斯　（在出现最后一个场面时,他从稍微打开着的客厅门缝间向这边张望,现在再也沉不住气了,走进门来干涉,样儿非常激动）他姓耶格尔,局长先生,名叫莫里茨……对吗？莫里茨·耶格尔。（对耶格尔）喂,耶格尔,你开口呀,你不认得我了吗？

耶格尔　（严肃地）您是基特尔豪斯牧师吧！

基特尔豪斯　是的,你灵魂的牧者,耶格尔！我就是你在襁褓中把你接进圣教会的牧师。我就是给你第一次付圣餐的人,你第一次从我手里接受基督的圣体。你还记不记得？我现在一再努力让上帝的话留在你的心里。你不该感谢我吗？

耶格尔　（脸色阴沉,像一个俯首低头的学童）我曾经付过一块钱。

基特尔豪斯　钱,钱……你也许以为,你那少得可怜的钱……我倒情愿你不拿出这点儿钱来。这点儿又算得了什么！坚强地做个真正的基督徒！想想你许下的诺言。信守对上帝的誓言,好好地做人,对上帝虔诚。钱,钱……

耶格尔　我是个哇哇叫①信徒,牧师先生,我什么都不信。

基特尔豪斯　什么,哇哇叫,别这么说！没有吃透的字眼,最好不玩文字游戏！这是些虔诚的信徒,不像你那样是异教徒。哇哇叫！什么哇哇叫！

警察局长　请您准许,牧师先生。（他走到他和耶格尔之间）库切！把他的手绑起来！

〔外边一阵狂野的吼声：耶格尔！放耶格尔出来！

德赖西格　（像在场的人那样稍稍吃惊,情不自禁地走到窗边）这又算什么名堂？

警察局长　哦,这我懂。这叫做,他们要把这个流氓要回去。不过现在咱们不会同意他们的要求。明白吗,库切？把他拘留起来。

库　切　（手里拿条绳子,犹豫地）报告,局长先生,您这样一来,麻烦就在后头。他们有一帮子人,全是暴徒,他们中间有贝克尔,还有那个铁匠……

基特尔豪斯　允许我说一句——为了不引起更大的麻烦,局长先生,我们试着用和平方式解决,岂非更加恰当？也许

---

① 这个词有双重意义：一是英国教友派,二是哇哇叫的蛙声。这里耶格尔比喻自己喜欢哇哇叫,不信仰上帝了。

耶格尔自愿跟我们走,或者这样……
警察局长　您想到哪里去了?我的职责所在!这样的事我不可能听之任之。过去,库切!别再迟疑不决了。
耶格尔　(双手合在一起,笑着伸到前面)捆紧、捆紧,尽量捆紧。不过这不会太久的。
　　〔库切靠几个染工帮忙,把耶格尔双手捆住。
警察局长　现在走吧,走吧!(对德赖西格)要是您不放心,就派六个染工一起把他押走。他们可以把他夹在中间,我骑马走在前面,库切跟在后面。谁要挡路,就把谁扫除。
　　〔下面传来叫声:咯咯——咯!汪汪汪!
警察局长　(对着窗子作恐吓状)流氓!我要让你们咯咯啼,汪汪叫。走,走!(他拔出刀,走在前面,其余的人押着耶格尔跟在后面)
耶格尔　(一面下,一面大叫)仁慈的德赖西格太太,神气活现地摆起臭架子来,可并不比我们高明多少。她给我爹斟三个子儿的烧酒有过好几百回。队伍向左转,开步走,走!(大笑而下)
德赖西格　(沉吟片刻之后,装得若无其事地)您认为怎样,牧师先生?咱们现在来打牌好不好?我想,不会再有什么麻烦的事了。(他擦根火柴点燃雪茄,同时发出多次短促的笑声,这时雪茄还燃着)我现在开始认为这件事十分可笑。这个家伙!(爆发出神经质的笑声)不过也可笑得无法形容。首先是进餐的时候和家庭教师的那场争论。五分钟以后他便告别。跑到老远的地方去了!随后出了那件事。眼下咱们还是打咱们的纸牌。

基特尔豪斯　是的,不过……(下面有咆哮声)是的,不过……您要知道:这些人会干那么一件天大的丑事的。

德赖西格　咱们干脆到另外一个房间去。在那儿咱们不会受到一点儿干扰。

基特尔豪斯　(摇着头)要是我知道这些人给什么迷了心窍就好了。我不得不同意家庭教师的话,至少不久以前我也有同样的看法:织工低声下气,容易管教。这不也是您的看法吗,德赖西格先生?

德赖西格　当然他们是逆来顺受、容易管教的,当然他们从前是安分守己,规规矩矩的老百姓。这些所谓人道主义者一天不干预他们,他们就会一天这样生活。可是长久以来,这些家伙把工人的极端贫困状况硬是指给他们看。您想想,所有那些给织工困难援助的社团呀,委员会呀。最终织工们相信自己的脑袋瓜给搞糊涂了。要是现在有个人来,重新帮他们端正思想就好了。现在织工们已经动起来了。喃喃的怨言没有个完。现在他们觉得这也不是,那也不好。现在他们最好要什么就有什么。

〔幕地从人群中传来一阵"乌拉"的欢呼声。

基特尔豪斯　因此他们宣扬的那一套人道,无非使羔羊在一夜之间变成了不折不扣的豺狼。

德赖西格　啊,什么呀! 如果冷静地想一想,牧师先生,人们也许从这件事上甚至还能看到有利的一面。这样的事件不可能不受到当局的关注。可能当局得出这样的结论:事情不能再这样下去了,为了不使国内的工业完全崩溃,必须采取一定的措施。

基特尔豪斯　不错,经济大倒退的原因是什么,您倒说说看?

德赖西格　　外国利用关税来反对我们,使我们失去那里最好的市场,在国内我们又同样得进行你死我活的竞争,因为我们没有保障,完全没有保障。

普法伊费尔　（上气不接下气,脸色灰白,踉踉跄跄地进来）德赖西格先生,德赖西格先生!

德赖西格　　（已经到了客厅大门口,欲走,又不乐意地转过身子）喂,普法伊费尔,又有什么事呀?

普法伊费尔　不,不……不得了!

德赖西格　　到底发生了什么事?

基特尔豪斯　您真叫人吓坏了,您说呀。

普法伊费尔　（仍然六神无主）喏,不得了!这样的事!这样的事可还是有!警察局……唔,不会有好日子过了。

德赖西格　　我以魔鬼的名义问一下,您干吗这样惊慌失措,打死人了吗?

普法伊费尔　（吓得几乎哭了出来,叫道）他们放走了耶格尔·莫里茨,他们把警察局长痛打了一顿赶跑了,他们把乡村警察也痛打了一顿赶跑了。头盔掉落……佩刀折断……真的发了疯!

德赖西格　　普法伊费尔,您大概神经错乱了。

基特尔豪斯　这也许是场叛乱。

普法伊费尔　（坐在一张椅子上,全身发抖,呜咽）德赖西格先生,事态严重起来了!德赖西格先生,事态严重起来了!

德赖西格　　嗯,要是所有的警察对我……

普法伊费尔　德赖西格先生,事态严重起来啦!

德赖西格　　啊,您别作声,普法伊费尔!真他妈的!

德赖西格太太　（跟牧师太太从客厅里出来）啊,可这会儿真的犯了众怒,威廉。咱们的晚会全给破坏了。你瞧,牧师太太认为最好让她回家去。

基特尔豪斯　亲爱的、仁慈的德赖西格太太,也许今天这真是最好的……

德赖西格太太　可是威廉,你也应该出去叫他们别再闹了。

德赖西格　你且出去说说看！你去嘛！你去嘛！（在牧师前站停了,突然说）我是个暴君吗？我是个凶恶的老板吗？

车夫约翰　（上）太太,我已经把马套好了。家庭教师先生已经把约格尔和小卡尔放上车子。事态如果再严重,俺马上就走。

德赖西格太太　唔,还有什么更严重的事态呢？

约翰　这俺也不知道。俺只是说,人越来越多了,他们把警察局长和警察一起赶跑了。

普法伊费尔　事态严重起来了,德赖西格先生！事态严重起来了！

德赖西格太太　（心里越来越怕）喂,会发生什么事情呢？这些人要干什么？他们不会来冲击咱们吧？

约翰　太太,他们中间有几条疯狗。

普法伊费尔　事态严重起来了,十分严重啊。

德赖西格　给我闭嘴,笨蛋！门都闩上了吗？

基特尔豪斯　请您答应我一件事……请您答应我一件事……我有决心想……请您答应我一件事……（对约翰）这些人到底要求什么？

约翰　（尴尬地）他们要求增加工资,那些死鬼。

基特尔豪斯　好,行啊！我出去尽我的一分责任,我要跟这些

75

人好好地谈一谈。

约　翰　牧师先生,牧师先生!您还是不谈为好。跟他们说话全是白费。

基特尔豪斯　亲爱的德赖西格先生,容许我再说一句。我想请求您:请求您在门后布置几个人,我一出去,您就让他们把门关上。

基特尔豪斯太太　啊,你当真要出去吗,约瑟夫?

基特尔豪斯　我要出去。我要出去。我知道,我该干什么。你别担心,天上的主会保佑我的。

基特尔豪斯太太　(紧握他的手,退回来,揩去眼泪)

基特尔豪斯　(这时楼下不断传来一大群人的呼叫声)我出去……我出去,装得从从容容,像要回家去似的。我要看看,我这个神职人员……是否不再受到这些人的高度尊敬……我要看看……(他拿起帽子和手杖)那么前进吧,以上帝的名义。(下。德赖西格,普法伊费尔和约翰陪着他)

基特尔豪斯太太　亲爱的德赖西格太太——(她泪似雨下,搂住了德赖西格太太的脖子)——,但愿他平安无事!

德赖西格太太　(出神似的)我根本不知道,牧师太太,我……我根本说不出我自己的心情。实在料不到会有这样的事情。要是这……这似乎正像有了钱就有罪。你瞧,要是有人早告诉我这样的事,我压根儿不知道怎么办,牧师太太,临了我情愿像原来那样过穷日子。

基特尔豪斯太太　亲爱的德赖西格太太,如今不论处在什么地位,都有各自的难处。

德赖西格太太　那当然,那当然,这一点我也想到。要是说我们比别人多几个钱……耶稣啊,这钱我们又不是偷来的。每一个子儿都是通过正当途径挣得的。他们万万不应该怪在一个人身上。如今生意不景气,又不是我男人的过错。

〔从楼下传来一阵七嘴八舌的哄闹声。两个妇人脸色更加灰白,吓得要命,你看看我,我看看你。德赖西格破门而入。

德赖西格　罗莎,赶快穿点儿衣服就去上车,我随后就来!(他冲到钱箱那儿,把箱子打开,取出各种票据和贵重物品)

约　　翰　(上)一切都准备好了,不过要快,在他们没有占领后门以前。

德赖西格太太　(吓得要命,搂住车夫的脖子)约翰,最亲爱的约翰!救救我们,最最亲爱的约翰!救救我的孩子,啊,啊……

德赖西格　你冷静点儿,让约翰走路。

约　　翰　太太,太太!您定定神。我们的几匹骏马很有力气,谁也拦阻不了它们。谁想拦阻它们,就会被踩得稀烂。(下)

基特尔豪斯太太　(吓得手足无措)可是我的男人呢?可是,可是我的男人呢?可是,德赖西格先生,我的男人呢?

德赖西格　牧师太太,牧师太太,他平安无事。您尽管放心好了,他平安无事。

基特尔豪斯太太　他已经碰上了什么不幸吧。您只是不肯说,您只是不肯说罢了。

德赖西格　哦,您尽管安心,他们迟早要后悔的。我知道得一清二楚,谁出手打了人。这样一种叫不出名堂的可耻的

77

行径,不会不受到惩罚。教区里的人亏待他们的牧师,真是活见鬼!他们无非是些疯狗,是些发狂的野兽,必须把它们当作野兽。(对德赖西格太太,她呆呆地站在一边)走吧,你快走吧。(人们听见关门的声音)你到底听见没有,他们全成了疯狗。(听见玻璃打碎的声音,玻璃碎片落在楼下)他们个个都精神失常了。咱们没有别的办法,只有赶快离开。

〔传来众人的喊叫声:普法伊费尔总管滚出来!滚出来!

德赖西格太太　法伊费尔,法伊费尔,他们要法伊费尔出去。

普法伊费尔　(冲进来)德赖西格先生,后门边已经有人了。大门也支撑不了三分钟。铁匠用一只喂马的铅桶撞击大门,像个疯子。

〔外边的呼叫声越来越响,越来越清楚:法伊费尔总管滚出来!法伊费尔总管滚出来!

德赖西格太太　(像追赶什么似的奔过去;基特尔豪斯太太跟在她后边,两人下)

普法伊费尔　(侧耳谛听,听出呼叫声是何种意义之后,吓得好像发了疯。啼哭,呜咽,哀求,啜泣,混成一片,又像孩子似的抚弄德赖西格,摸他的脸庞和胳膊,吻他的双手,最后像个快要淹死的人死死拖住德赖西格,不让他走)啊,最亲爱的,最最好的最仁慈的德赖西格先生,别丢下我一个人,我一向对您忠心耿耿,为您办事;我对待那些人一向和和气气。根据规定,我不能擅自增加他们的工资,千万别留下我一个人,他们要我的老命。他们如果找到了我,一定会把我打死!我的老婆、孩子……

德赖西格 （欲撕下普法伊费尔,但没有成功）您至少该放开我,喂！天无绝人之路;办法总是有的。（跟普法伊费尔下）

〔有几秒钟之久室内空无一人。客厅里的窗玻璃哗啦一声散落一地。啪哒一声,响彻全屋,接着是一声欢叫的"乌拉",然后是一片寂静。过了几秒钟,听见一阵轻轻的、小心翼翼走路的脚步声传上楼来,此外还夹杂着怯生生的呼叫声:向左走——上楼！——嘘！——慢慢走！慢慢走！——别推人！——帮个忙！——帮个忙！——别挤啊！我有事！——你先走！我们来恭喜！——你先走！——不,你先走！

〔这时年轻的男女织工出现在蝴蝶门边,他们不敢进房间,这个想把另一个推到前面。几秒钟后,他们不再畏首畏尾,瞻前顾后了。这些可怜的织工形容消瘦,一部分人病恹恹的;他们穿得破破烂烂,有的衣服上全是补丁,此刻分别进入德赖西格的房间和客厅。开头大家一阵好奇,然后东张西望,摸这摸那。女工试坐沙发;人们三五成群地在镜子里欣赏自己的容貌。个别几个人登上椅子,为的想仔细看看油画,并把它们取下。许多模样贫困的人儿不断地涌进门来。

一个老织工 （上）不行,不行,这叫俺太不满意了！他们已经在楼下动手砸起东西来啦。简直发疯！简直丧失了理智,发了疯。他们这样干决不会有好下场。头脑清楚的人决不会这么干。俺可要退避一边,有谁会去和他们同流合污,胡作非为呢？

〔耶格尔、贝克尔、维蒂希提着一只木桶上,鲍默尔特老人和一群年轻和年老的织工像打猎似的涌进屋来，叫哑了的嗓子还在呼喊。

耶格尔　他上哪儿去了？

贝克尔　那个剥削人的老板在哪儿？

鲍默尔特老人　俺能吃草，你能吃刨花。

维蒂希　我抓到他，就把他吊死。

年轻织工甲　俺抓住他的两条腿，从窗口扔出去，把他扔在石头上，让他永远爬不起来。

年轻织工乙　（上）他已经逃走了。

大伙儿　到底是谁逃走了？

年轻织工乙　德赖西格。

贝克尔　法伊费尔也跑了吗？

声音　去找法伊费尔！去找法伊费尔！

鲍默尔特老人　去找，去找，法伊费尔，现在有个织工在这儿快饿死啦。（笑声）

耶格尔　要是我抓不到这个人，这个德赖西格畜生……我要把他的家产弄个精光。

鲍默尔特老人　要把他弄得像教堂里的耗子，让他也变成个穷光蛋。

〔大伙儿决心去砸东西，他们冲向客厅。

贝克尔　（冲在最前面，转过身来拦住其余的人）站住，听俺说一句，事情远没有结束，现在只是个开始。咱们在这儿干完后，就上比劳去，去找狄特里希，那儿有织布机。一切贫困来自工厂。

安佐尔格　（从蝴蝶门上。走了几步，站停下来，转身四顾，不知所措，摇摇头，敲敲额头，说道）俺是谁呢？是织工安东·安佐尔格。他疯了吗,安佐尔格?真的,俺的脑袋瓜像陀螺那样在旋转。这儿怎么啦?高兴干什么就干什么。这儿是什么地方,安佐尔格?(他接连敲自己的脑袋瓜)俺从来不害怕!俺不能为别人负责!俺神经不正常了。头滚吧,腿滚吧,手滚吧!你抢俺的房子,俺占你的屋子。永远向前!(他大声嚷嚷走进客厅。在场的人跟着他进去,又叫又笑)

第 五 幕

〔朗根比劳。希尔泽老人的织布间。左边有扇小窗,小窗前放一架织机,右边有张床,一张桌子紧靠床边。右边角落里有只炉子和炉架。桌子四周的织机、床沿和矮木凳上坐着希尔泽老人和他那眼瞎、耳朵差不多聋了的老伴,他的儿子戈特利布和儿媳路易丝,全家都在做晨祷。一架纺车连同纺管放在桌子和织机之间。被烟熏黑了的天花板和横梁上,搁着旧的纺纱、络纱和织布用具,一绞绞长长的棉纱垂挂着。不少破旧杂物堆放在房间各处。这间狭窄、低矮的平屋的后墙上有一扇门通向"门廊",正对这扇门的屋里,另有一扇敞开着的门,通过这扇门可以看见和第一个织布间相似的第二个织布间。"门廊"石头铺地,墙上泥灰已经剥落,一架摇摇欲坠的木梯通向阁楼上的住房。凳上有个洗衣盆从一边可以看见;穷人的破衣被以及家用什物,乱七八糟地堆在楼板上。

〔光线从左边射进各个房间。

希尔泽老人 (一个满腮胡子、骨骼魁梧的男子,由于年纪、工作、疾病和辛劳,已经弄得弯腰曲背,十分衰弱。他是一名退伍士兵,只剩一条胳膊。鼻子尖削,脸色灰白,身子打战,瘦得只剩一副皮包骨。他有一对红肿的眼睛,眼窝深陷——跟儿子媳妇站起身以后,便祷告道)亲爱的天父,俺对你感恩不够,你昨晚赐恩给俺,怜悯俺。但愿今晚也使俺脱离危险。主啊,你的恩惠天高海深,而俺是可怜的罪人,俺不配你践踏,俺罪孽深重,该遭毁灭。但是你,亲爱的天父,为了你尊贵的儿子,俺的救主耶稣基督,你看顾俺,接受俺。耶稣的宝血和义气,就是俺的荣耀和光彩。要是俺在你的试炼之下有时垂头丧气,要是赎罪之火烧得太炽烈,求你息怒,并饶恕俺的罪过,赐给俺忍耐。天上的父啊,在俺受尽世上的苦难以后,好让俺分享你永恒的天福。阿门。

希尔泽大娘　(俯着身子紧张地谛听,哭起来)喂,孩子爹,你做起祷告来总是那么动听。

〔路易丝走到洗衣盆边,戈特利布走进对面房间。

希尔泽老人　丫头在哪儿?

路易丝　上彼得斯瓦尔道去了,到德赖西格家去了。昨晚她络了好几束纱。

希尔泽老人　(高声说)喂,孩子娘,俺把纺车搬给你吧,啊?

希尔泽大娘　那好,你搬过来,老伴。

希尔泽老人　(把纺车放在她面前)啊哟,俺很想为你络点儿纱。

希尔泽大娘　不用……不用了。……不然俺怎么消磨这许多时间?!

希尔泽老人　俺来给你揩一下手指,不让手上的油腻弄脏棉纱好不好?(他用块抹布给她揩手)

路易丝　（从洗衣盆那儿）俺哪儿吃过猪油？！

希尔泽老人　俺没猪油，就啃干面包——要是没有干面包，那就啃土豆——要是土豆也没了，那就吞糠秕。

路易丝　（贫嘴薄舌地）要是黑面粉也没有了，那就像山下韦格勒家那样，找个马贩子埋死马的地方，把死马挖出来吃。俺靠死马可以吃上几个星期；那么就干吧，好不好？

戈特利布　（从后房里出来）瞧你，又在胡说八道了。

希尔泽老人　你讲这种违背上帝教导的话①应该小心才是！（他走到织机边，叫道）你帮俺一下吧，戈特利布，有几根线要穿一下。

路易丝　（从洗衣盆那儿）戈特利布，你去帮帮爹。（戈特利布上。老人和他的儿子开始干"穿综""上筘"的活儿：把经线穿过织布机的综绕或机杼。他们刚开始干活，霍尼希在"门廊"里出现）

霍尼希　（在房门口）祝你们工作顺利！

希尔泽老人和他的儿子　多谢，霍尼希！

希尔泽老人　喂，你说一说，你到底什么时候睡觉的？白天你穿街过巷做生意，夜里值班放哨。

霍尼希　这一阵俺根本不想睡。

路易丝　欢迎，霍尼希！

希尔泽老人　有什么新闻吗？

霍尼希　美好的新闻，师傅。彼得斯瓦尔道的织工起来造反了，他们把工厂老板德赖西格连同他一家人全都撵走了。

---

① 按《圣经》传说，教徒不能吃死动物。路易丝想挖死马吃，因此说违背上帝的教导。

路易丝 （露出激动的样子）霍尼希又在当面撒谎了。

霍尼希 这会儿不是的,年轻的太太！这会儿不是的。——俺车上有些漂亮的口涎布。不,不,俺说的全是真话。他们把他撵走了。昨儿晚上他逃到莱亨巴赫。啊哟,上帝保佑,那儿的人谁也不敢收留他,那是出于对织工们的害怕,他只得再逃个地方,直到施凡涅茨。——

希尔泽老人 （他小心翼翼地拿起线头,放到机杼的洞眼边,他的儿子在机杼的另一边用铁丝钩把一根根线头钩住,从洞眼里拉过来）你也该把话打住了,霍尼希！

霍尼希 俺决不会不受一点儿骨肉损伤便离开这里。不,不,这一点孩子们快都知道了。

希尔泽老人 你说,是俺一时糊涂呢,还是你神经不正常？

霍尼希 这叫做,凡是俺所说的,全是真话,像教堂里的"阿门"声一样。要是俺,俺不是站在那里亲眼看见,像在这儿看见你那样,那么,俺也不愿意这么说,戈特利布。他们把工厂老板的家,从屋顶到地下室,统统都砸个稀巴烂。他们把好多瓷器从顶楼的窗子里扔出来——一直不停地有东西从屋顶上滚下地。有多少匹布浸泡在小河里?! 河水都给堵住流不动啦,你可以相信水漫上岸了。从窗口倒出来的靛青,把河水染成粉蓝。天蓝色染料在空中飞舞像蓝烟一样。唷,唷,他们把一切都捣乱了,不但把老板的住宅,还有染坊和仓库！……他们砸断楼梯栏杆,掘起地板,打碎大镜子,劈碎家具,撕坏沙发和安乐椅的面布,简直不好想象,比一场战争的破坏还要厉害。

希尔泽老人 你要俺相信这样的事是这儿的织工干的吗？（他不相信地慢慢摇摇头。屋子里的其他房客好奇地聚

集在房门附近）

霍尼希　喏,不是他们干又是谁干的呢？俺能把他们的名字全都叫出来。俺领了县长大人经过屋子,俺跟许多人讲了话。他们跟平日一样挺随和的。他们不慌不忙地干他们的事儿,他们干得挺彻底。县长也跟他们许多人谈话。他们像平日那样有礼貌。但他们不肯停手。那些最漂亮的家具被砸得七歪八倒,好像他们是拿了工资干的活。

希尔泽老人　你带领一个县长穿过那屋子？

霍尼希　嗯,俺啥也不怕。他们个个都认得俺,像认得钱币那样。俺和每个人都讲得来,俺跟他们都很和和气气。就像俺名字叫霍尼希①那样,俺可是真的带了县长穿过屋子。你们可以相信俺：俺还因为看到这一切而心里挺难受——县长大人的脸上俺也看到这种表情。那是为什么呢？咱们连一句话也没听见,他们都死不开口一个劲儿干他们的事儿。那些可怜的忍饥挨饿的工人,这会儿要报仇啦,这是一个既严肃又像过节般的场面。

路易丝　（控制不住内心的激动,身子哆嗦起来,同时用围裙揩眼睛）他们干得完全对,非这样不可啊！

同屋居民的声音　这儿也有足够多的吃人的家伙。——河对面就有一个。——他厩房里有四匹马、六辆马车,他让他的织工饿得死去活来。

希尔泽老人　（还一直不信）这样的事儿是怎样在那边发生的？

霍尼希　谁知道呢？又有谁知道啊？这个人这么说,另一个

---

①　"霍尼希"系音译,按词意译,有"蜂蜜"之意。

又那么说。

希尔泽老人　他们到底怎么说的?

霍尼希　喏,上帝保佑你!据说德赖西格曾经说过:织工如果肚子饿,可以吃青草。俺旁的不知道。

〔屋子里的居民当中引起了一阵骚动,他们现出愤怒的神色,把德赖西格的那句话一个个传下去。

希尔泽老人　你听好,霍尼希。如果你对俺说:希尔泽老伯,你明天一定会死,那俺会说,这有可能,为什么不可能呢?——你也可以对俺说:希尔泽老伯,明天普鲁士国王要来拜访你,俺也会相信。但是你如果说,像俺和俺儿子那样的织工,干了那样的事——那是决不可能的,俺怎么也不会相信。

米尔茜　(一个俊美的七岁女孩,长着一头蓬松的亚麻色长发,胳膊上挎个小篮子跳进屋来。拿一只银调羹给母亲看)妈妈!你瞧,俺手里是什么东西!你要拿这玩意儿给俺买件衣服。

路易丝　你这样跌跌撞撞跳进来干吗,丫头?(越来越激动和紧张)你说,你手里拿的是什么。你跑得简直上气不接下气。纱管还在篮子里。这到底是什么,丫头?

希尔泽老人　丫头,这调羹你从哪儿弄来的?

路易丝　可能是捡来的。

霍尼希　这玩意儿值两三块钱。

希尔泽老人　(恼火地)滚出去,丫头!滚出去,马上滚出去,滚出这屋子。你如果不马上照办,是不是要自找苦吃?调羹哪儿弄来,送回到哪儿去。滚出去!你要俺大家都做贼吗,嗯?俺要给你颜色看。——(他寻找打人的

东西)

米尔茜　(抓住母亲的裙子哭起来)爷爷,别打俺,俺是捡——是的。络纱……的孩子都捡到了。

路易丝　(既害怕,又紧张,脱口而出)你瞧,她是捡来的。你是在哪儿捡来的?

米尔茜　(呜咽)在彼得斯瓦尔道捡来的,在工厂老板德赖西格的屋前。

希尔泽老人　这更加糟糕。你赶快拿回去,要不,俺要帮着赶你走了。

希尔泽大娘　出了什么事啦?

霍尼希　现在俺要跟你说几句,希尔泽伯伯。让戈特利布穿件上衣,拿了调羹上警察局自首。

希尔泽老人　戈特利布,你穿件上衣。

戈特利布　(开始穿衣,起劲地)俺会上警察局自首,请他们别怪俺,这样的小孩子懂什么,俺把调羹带走。别哭啦,米尔茜!

〔那个哭叫的孩子被母亲带进后房,母亲把门关上,然后回来。

霍尼希　这东西怕值三块钱。

戈特利布　给俺一块儿布,路易丝,把调羹包起来。免得损坏了。喔唷,喔唷,一样贵重东西。(他眼里噙着泪水把调羹包好)

路易丝　俺要有了这东西,便可以过好多星期的日子。

希尔泽老人　赶快,赶快,你快一点儿!你要尽可能快一点儿!你不能当做小事!正巧碰到这件事。快把这鬼调羹送走。

〔戈特利布带着调羹下。

霍尼希　看来俺也要走了。(他动身走,在屋里还跟人谈了一会儿,然后下)

外科医生施密特　(一个水银般滚圆的、坐不住的小男人,红光满面,神态狡黠,走进屋来)早上好,各位老乡！嗯,干得挺出色。只是要小心！(用手指作威胁的样子)你们是狡猾的无赖。(站在门边,没有进屋)早上好,希尔泽大伯！(对屋里的一个女人)喂,大娘,关节痛怎样了？好一点儿吗？嗯？你们样子都不错！希尔泽大伯,我也得看看你们的情况。大娘什么不好呀？

路易丝　大夫先生,眼睛里的微血管萎缩了,她已经一点儿看不见了。

外科医生施密特　那是屋里灰尘多,加上灯光下织布造成的。请您告诉我,整个彼得斯瓦尔道的人都上这里来,这是什么意思？今天一早我坐车出来诊病,以后不会有什么坏事发生,其实情况并不如此。我听到了一些奇怪的事情。这些人是不是鬼迷心窍了,希尔泽？他们凶残得像一群饿狼。暴动,造反,反抗当局,掳掠,抢劫什么都干……米尔茜！米尔茜在哪儿？(米尔茜刚才哭过,眼睛通红,她母亲把她推进屋来)喂,米尔茜,把你的手伸进我上衣口袋(米尔茜照着去做)这些姜汁饼给你了。当然,别一家伙全吃光。淘气的丫头！先唱个歌！狐狸,你有……对不对？狐狸,你有……白鹅……你只消等待,你干的好事我听到了:你骂了教区树篱上的麻雀,它们就去向牧师先生告密。只有一个人说话。一千五百个人都在行动。(远处传来钟声)听啊,莱亨巴赫那儿响起了警钟。一共有一千五百人。完全像世界要灭亡了。真可怕!

希尔泽老人　他们真的要到这儿比劳来吗?

外科医生施密特　那还用说,当然要来,我的车子曾在这样一群顽民中间穿过。我恨不得下车来。当场给他们每人一颗弹丸。他们一个跟在一个后面,像一条灰色的链子,彼此相连。他们唱的歌子,叫人听了要恶心。弗里德里希坐在车夫座上像个老太婆接连哆嗦。只要有机会,他们就要喝苦酒。我不想当工厂老板,我如果能坐一辆橡皮轮车子就好了。(远处有歌声)听啊!好像他们拿了棒头在敲打一只破锅。孩子们,不消五分钟,他们就要来到这儿了。再会,老乡,千万别当傻瓜。军队随后要来镇压。头脑一定要清醒。彼得斯瓦尔道的人都失去了理智。(近处钟声响)老天爷,咱们的钟也响起来了,一定是大家都发疯了。(上楼)

戈特利布　(回来。还在"门廊"里,气喘吁吁)俺已经看见他们了,俺看见他们了。(对门廊的一位妇女说)他们已经来到这儿,大妈,他们已经来到这儿啦!(在门里)他们已经来到这儿啦,爹,他们已经来到这儿啦!他们手里拿了支豆蔓的杆子、带刺的棒子和钩子。他们已经站在村子上首一边狄特里希家大吵大闹呢。俺相信,他们拿到钱了。哦,耶稣,以后还会发生什么事情呢?俺连望也望不到头。那么多的人,那么多的人!他们一旦冲击起来,那就够呛啦,那就够呛啦!那俺的工厂老板就走投无路了。

希尔泽老人　你这样奔跑干吗呀?你这样长久不停喘气,会使老毛病复发,又要躺在床上动弹不得了。

戈特利布　（有点儿兴致勃勃,激动地）俺不能不跑,要不,他们就抓住俺不放。他们大家都跟俺说,要俺参加他们的行列一起干。鲍默尔特老伯也在那里。他跟俺说,你也来领五毛钱吧,你是个饿得要死的穷光蛋,他甚至说:你跟你爹说……俺应该跟你说,爹,你应该来一起帮忙,跟吃人的工厂老板算账。（热情地）如今时代不同了,他说,如今咱们织工要干另一番事业,咱们应该一起来,一起出力完成这样的事业。这样咱们星期天就有半斤肉吃了。逢年过节,更有香肠煮白菜。眼下情况完全不同,他对俺说。

希尔泽老人　（压下怒火）这个人还想当你的教父呢？他唆使你去干这种该受惩罚的事儿?!你别去插手这样的事儿,戈特利布。他自己受了魔鬼的戏弄。他们干的就是魔鬼的差使。

路易丝　（无法压住内心的激动,冲动地）不错,不错,戈特利布,你到炉子后面去,到黑暗的地方去,拿根勺子在手里,放一碗撇去奶油的牛奶在膝间,穿件上衣做祈祷,这样爹会高兴的,——你还想当个男子汉？

〔屋里的人们发出笑声。

希尔泽老人　（抑制怒火,哆嗦着）你想做个贤妻良母吗,嗯？那俺就要对你说,你想做个像样的母亲,可你那张嘴干吗净胡言乱语？你想用这些教育你的丫头,挑唆你男人去犯罪,干坏事?!

路易丝　（无法控制自己）你用你的宗教……让孩子们吃饱了肚皮吗？俺那四个可怜的孩子全身是污泥和破烂。一身没有个干燥的地方。俺想当好母亲,这你知道！因此你知道,俺希望所有工厂老板都进地狱。正因为俺是做母亲的。——俺可怜俺的孩子,可一个也养不活!从每个孩子到世界上来开始,直到死神发慈悲把他带走,在这段时间里与其说俺活着,不如说俺哭着。你像鬼迷心窍似的,你作祈祷,唱赞美诗;俺东奔西跑,脚底板都跑出了血,为的是想弄一点儿撇去奶油的牛奶。俺不知道有几百个夜晚费尽心机,想抢救俺的孩子,不让他进坟墓。这样一个孩子有什么罪?非得有这样一个悲惨的结局不可吗?——而那边狄特里希家里,他们用葡萄酒洗澡,用牛奶洗脸。不,不,要是动起手来,十匹马也休想拉住俺。俺就说:要是他们冲进狄特里希家,俺一定走在最前面。要想阻挡俺的人可要倒霉了。俺已经受够了,许多事早已定局了。

希尔泽老人　你是永远堕落、无可救药的了。

路易丝　(狂怒)你们才是无可救药,穿破裤子的稻草人。你们可不是人。你们是捡垃圾的无赖。脸色灰白,听见小孩摇铃,吓得拔脚就跑。谁打你们,你们就向谁说三声"多谢"。他们把你们血管里的血吸干了,连你们脸儿红一下也办不到。你们应该挨一顿鞭子,让一点儿勇气打进你们的朽骨。(急下)

〔片刻尴尬的哑场。

希尔泽大娘　孩子爹,路易丝到底怎么啦?

希尔泽老人　没有什么,他娘。到底怎样?

希尔泽大娘　你说,孩子他爹,只是俺的胡想,还是钟真的在响?

希尔泽老人　大概是出丧吧,孩子他娘。

希尔泽大娘　俺还得一直等下去。俺为什么死不了呢,他爹?

〔哑场。

希尔泽老人　(丢下活儿,直起身子,郑重其事地)戈特利布!——你老婆跟俺说了这样的事儿。戈特利布,瞧这儿!(他袒露胸脯)这儿有一样东西,像顶针箍那么大。国王知道俺是在哪儿丢掉俺的一只胳膊的。这不是耗子把它啃掉的。(他踱来踱去)还没有人想到你的老婆以前,俺已经为祖国洒下了热血。她高兴怎样骂俺,就让她怎样骂吧。俺不怕她骂。俺毫不在乎。——至于害怕?俺怕什么来着?俺到底怕什么,你倒说说看。怕那些在暴动之后开来这儿的士兵?哦,这是说着玩的!这不是顶坏。不是的,不是的,要是俺的脊梁骨有点儿腐朽了,要是为了这一点,那俺这副老骨头还像象牙那样硬朗。俺还有力气对付几把破刺刀。——哪怕到了最糟糕的片刻。俺,非常愿意,非常愿意在下班后奉陪。至于死嘛,俺用不到别人三请四邀,今天死比明天死要好。不,不。俺死后留下点儿什么呢,还不是那个臭皮囊,还不是剩下一堆称作生活的天大恐惧和烦恼,这些东西是人们所乐意抛弃的。——但是还有,戈特利布!还有来世!——要是人们连这点儿希望也失掉了,那就一切都完了。

戈特利布　谁知道来世是个什么样?这谁也没见过。

希尔泽老人　跟你说,戈特利布!你不要怀疑俺穷人唯一的一点儿安慰。俺究竟为什么四十多年来坐在这儿踩织机的踏板?俺为什么安心地眼看那位老板过着花天酒地的生活,把俺的饥饿和苦难化成他的金钱?这究竟为什么?因为俺怀着一个希望。这希望使俺能够逆来顺受,不觉得苦。(指着窗外)你在今生享你的福,俺在彼岸①其乐无穷;俺心里就这么想。俺情愿受苦——俺有坚定的信念,上帝对俺许下诺言,最后审判一定会来临。但他不是俺的审判官,而是俺的上帝。主说:我必报应。②

一个声音　(透过窗子)织工们出来!

希尔泽老人　不管他们怎么叫,俺全不要听!(坐上织机)让俺一个人留在家里。

戈特利布　(内心斗争片刻之后)俺干活去了。天坍下来俺也不管。(下)

〔附近有几百人齐声同唱《织工之歌》,这声音听起来像一种低沉而单调的悲诉。

屋里居民的声音　(在屋里)哦,天哪,他们像蚂蚁那样成群结队地来了。——哪儿来这么多的织工啊?——别推人,俺也想看啊。——看那个走在队伍前面的高个子——啊!啊!现在人越来越多了!

霍尼希　(走到屋里的众人之间)嗨,你们将有好戏看啦!这样的戏不是天天都能看到的。你们应该上去,去找狄特里希。他们一定又干上了,干得有个名堂。狄特里希家给砸了,工厂给砸了,酒窖给砸了,什么都没有了。酒瓶里的酒,给他们喝光了……连拔去瓶塞喝都来不及。一、二、三,瓶颈给敲掉了,不知道玻璃碎片会不会割他们的嘴唇。有些人跑来跑去,血淌得很厉害,像被宰了的肥

---

① 指来世和天堂。
② 参见《圣经·新约·罗马人书》第十二章十九节,全句为:"亲爱的弟兄,不要自己伸冤,宁可让步,听凭主怒,因为经上记着:'主说,伸冤在我,我必报应。'"

猪。这会儿他们也要干掉这儿的狄特里希啦。

〔大家唱的歌声沉寂了。

屋里居民的声音　他们没有凶神恶煞的味道。

霍尼希　喏,你们好生待着!等一会儿!他们眼下真的在等待机会。你们瞧,他们怎样从四面监视老板的"殿堂"。你们看到那儿的矮胖子吧——他拎着一个喂马的铅桶,这是彼得斯瓦尔道来的铁匠,他是个挺棒的家伙。他把最厚的门像脆皮饼那样砸得粉碎。要是有那么个工厂老板落到他的手里,那他就完蛋啦!

同屋居民的声音　啪啦哒,有一样什么东西!——有块石子飞进窗子!——老狄特里希吃到石子,吓得要命。——他挂出一块牌子。——挂出一块牌子吗?——牌子上写点儿什么?——你不识字吗?——要是我不识字,我还能干什么呢。——那么,你念一下吧!——定叫你们大家满意,定叫你们大家满意。

霍尼希　他其实不必这样做。这解决不了多少问题。弟兄们自有打算。这里的目标是工厂。他们想砸掉这些织布机。是这些机器把手艺工人逼上死路的!这一点连瞎子也能看出来。是啊,是啊!那些基督徒今天已经行动起来,连县长和警察局长也休想劝他们回心转意——一块牌子更不用说了。谁亲眼见过他们的行动,他就知道将要发生什么事情了。

同屋居民的声音　你们这些人哪,你们这些人哪,人数实在不少呢!——他们到底想干什么?——(匆促地)他们过桥来啦?!(害怕地)他们大概上另一边去吧?(极度惊异而恐惧)他们向咱们这边来了,他们向咱们这边来了。——他们把一些织工从家里叫出去了。

〔大伙儿东分西散,"门廊"里空空如也。一群满身泥垢和尘土的暴动者冲进来了,他们因喝了烧酒十分激动,满面通红,衣衫褴褛,举止粗野,好像没有睡醒似的。他们向屋里大声吆喝:"织工们跑出来!"然后各自四散,进入一个个房间。贝克尔和几个年轻织工来到希尔泽老人的房间里,手里提着短棍和长竿。当他们认出希尔泽老人时,吃了一惊,头脑稍微冷静了一点儿。

贝克尔　希尔泽大伯,您可以休息啦。把您的织机让给有兴致的人来干。您用不到把自个儿糟蹋。该让别人来当心您了。

年轻织工甲　您不再有饿着肚子上床的日子了。

年轻织工乙　织工应该有屋住,有衣穿。

希尔泽老人　你们带着棍棒和斧头到底要干什么?

贝克尔　他们要用棍棒揍狄特里希的脊梁骨。

年轻织工乙　他们要把斧头烧红,塞进工厂老板的喉咙。让他们也尝尝肚子饿的难受味道。

年轻织工丙　来吧,希尔泽大伯!咱们别饶了他们。

年轻织工乙　不论上帝还是世人,从来没有可怜过俺。如今咱们为自己争取权利啦。

鲍默尔特老人　(进屋,两脚走路已有点儿不稳了,腋下夹一只刚宰好的公鸡。他张开双臂)弟兄们,咱们都是弟兄!来跟俺拥抱吧。

〔众人大笑。

希尔泽老人　你成了啥样子啦,威廉?

鲍默尔特老人　戈斯塔夫,是你啊!戈斯塔夫,可怜的挨饿的

人,来拥抱俺吧,戈斯塔夫。(感人至深地)

希尔泽老人 (嘟哝)别来管俺吧。

鲍默尔特老人 戈斯塔夫,你听俺说。一个人必须走运。戈斯塔夫,你瞧俺一眼,俺现在像个什么样子呢?一个人必须走运!俺样儿不像个伯爵吗?(拍拍自己的肚子)你猜,俺肚子里塞的是什么东西?俺肚子里塞的是贵族老爷吃的山珍海味。一个人必须走运,有了运气便有香槟酒喝、烤兔肉吃。——俺来告诉你们:咱们犯了个错误;运气要自己花力气争取。

大伙儿 (众口一词地)花力气争取,乌拉!

鲍默尔特老人 你一旦吃到了点儿好东西,浑身就长出力气。真了不起,你变得身强力壮,简直像一头公牛。你四肢坚实,动作敏捷,一拳头打出去,人家看也来不及。事情真是了不起!

耶格尔 (站在门口,手里提把旧马刀)咱们已经做了几次出色的进攻战。

贝克尔 进攻战咱们已经懂得不少了。一、二、三,一家伙就冲进屋里去。速度之快就像闪电。噼里啪啦,像一阵暴雨。弄得火星四溅,像在打铁炉边。

年轻织工甲 俺应该放把火烧一烧。

年轻织工乙 咱们开往莱亨巴赫,把老财们的屋子烧掉。

耶格尔 这样做,等于叫他们更加发财。他们可以得到偌大一笔保险金。

〔众人大笑。

贝克尔 咱们从这儿开往弗赖堡,去找特罗姆特兰算账。

耶格尔 咱们应该把这些官老爷送上西天。我在书上念到过,一切不幸来自官僚。
年轻织工乙　俺不久上布雷斯劳。参加俺队伍的人越来越多。
鲍默尔特老人　(对希尔泽)喝一点儿,戈斯塔夫!
希尔泽老人　俺从来不喝烧酒。
鲍默尔特老人　那是在旧社会,今天俺已经在另一个社会中了,戈斯塔夫!
年轻织工甲　教堂弥撒不是天天有。
〔哄堂大笑。
希尔泽老人　(不耐烦地)你们这些毛头小子,上俺家来干吗?
鲍默尔特老人　(有一点儿胆怯,讨好人地)哎呀,俺带个鸡来,给大妈熬汤喝。
希尔泽老人　(愣住了,较和气地)哦,你去跟她说吧。
希尔泽大娘　(用手掌罩在耳后,吃力地谛听,这时她挥手表示拒绝)别来找俺麻烦。俺不喜欢喝鸡汤。
希尔泽老人　你说得对,他娘。俺也不喜欢。根本就不喜欢。鲍默尔特,让俺对你说一句。要是这些老人跟孩子那样叽叽喳喳,魔鬼见了会高兴得心里开花。你们必须知道,你们大家要知道,俺和你们,没有共同语言,按照俺的愿望,你们别来这儿。你们在这儿绝对不可能找到正义和公理!
声　音　谁不跟俺站在一起,谁就是反对俺。
耶格尔　(粗鲁地吓唬人)你真是个死脑筋。听我说,老家伙,咱们不是小偷。
声　音　俺只是肚子饿。

年轻织工甲　俺只是想活下去。因此俺只是割断了吊着俺的索子。

耶格尔　这话讲得完全对！（把拳头举到老人面前）你再说一句,我就要对准你的额角来一家伙。

贝克尔　给我住嘴,住嘴！你别吓唬希尔泽老伯：咱们想过,宁死也不要过从前的生活。

希尔泽老人　俺不是已经活了六十多岁吗？

贝克尔　不管活了多少岁全一样,局面非改变不可。

希尔泽老人　除非在最后审判日。

贝克尔　咱们用好心拿不到的任何东西,就得用暴力去夺取。

希尔泽老人　用暴力吗？（笑）你们还不如赶快去给自己掘个坟墓。他们马上会给你们看暴力。等着瞧吧,孩子！

耶格尔　你大概说的是那些士兵吧？咱们也当过兵。咱们一下子能收拾他们一两个连。

希尔泽老人　大概用你们的嘴巴去收拾他们吧。这俺相信。就算你们做得到：你们收拾他们一两连人,他们还会来十连人。

许多个声音　（向窗内叫喊）大兵来了。你们当心啊！（突然全场肃静。微弱的笛声和鼓声响了一会儿。后来又沉寂无声了,一阵短促的、不自觉的叫喊声响起）哦,俺要溜走了！（一阵大笑）

贝克尔　谁在说溜走？谁想脚底擦油？

耶格尔　谁害怕几个头戴盔帽的大兵？我来指挥你们。我干过这行当。我懂得那套把戏。

希尔泽老人　那你打算用啥来射击呢？大概用棍子吧,是吗？

年轻织工甲　别理这老头儿,他脑袋瓜里不大对头。

99

年轻织工乙　他有点儿老糊涂了。

戈特利布　（没引人注意地走到暴动者中间,一把抓住那个刚才说话的人）你敢这样欺负老人吗?

年轻织工甲　放开俺,俺没有讲过不恭敬的话。

希尔泽老人　（插到两人中间）让他去胡说八道吧。别去管他们,戈特利布。他要不了多久会明白,是谁糊涂了,俺还是他?

贝克尔　你跟俺一起干吗,戈特利布?

希尔泽老人　他不打算参加。

路易丝　（进屋,高声向屋里叫）哦,你们从来磨磨蹭蹭。跟这些只会做祈祷的孬种纠缠,只会浪费时间。快到需要你们的地方去。教父鲍默尔特,快来啊,尽可能快啊!那位少校骑在马上向大伙儿训话,要他们回家去。要是你们不赶快来,那俺就完了。

耶格尔　（欲下）你有一位漂亮、勇敢的丈夫。

路易丝　俺哪儿有丈夫?俺压根儿就没有丈夫!

〔"屋里"有几个人唱起来:

　　从前有个矮男子,

　　嗨,唷嗨!

　　他要娶个高娘子。

　　嗨,第得,第得,滴滴滴,哈拉萨萨!

维蒂希　（手里提个饮马用的铅桶,走下楼来,欲出外,但在屋内停留片刻）来吧!谁不是孬种,就请跟我来,乌拉!（他冲出门去。一群人跟在他后面,嘴里喊着乌拉。其中有路易丝和耶格尔）

贝格尔　再见,希尔泽大伯,咱们后会有期。（欲下）

希尔泽老人 这俺很难相信。俺五年也活不到啦。你至少五年后才能出来。

贝克尔 （感到奇怪，站停下来）到底从哪儿出来，希尔泽大伯？

希尔泽老人 从监狱里出来；要不，还有哪儿？

贝克尔 （粗野地笑了）进监狱我早有准备。那儿至少有饱饭吃，希尔泽大伯。（下）

鲍默尔特老人 （一直在呆呆地思索，原先蹲在一条矮凳上，如今站起来）真的，戈斯塔夫，俺酒喝多了。但是，俺脑袋瓜里还很清楚。你对这事儿有你的看法，俺也有俺的看法。俺说：贝克尔说得有道理，就是给链条、绳索捆了去——进监狱去，总还是比在家里强。在监狱里，有人会操心你，用不到怕饿死。俺很想不和他们一起干。可是你瞧，戈斯塔夫；男子汉总该有一个扬眉吐气的时候。（慢慢走向门口）再见，戈斯塔夫。要是出了事，别忘了祈祷，听见吗？（下）

〔场上连一个暴动者也没有了。屋里好奇的居民渐渐增多。希尔泽老人在他织的布匹上打结。戈特利布从炉子后面取出一把斧头，不自觉地试试斧口的锋利程度。老人和戈特利布沉默不语，内心却很激动。外边一大群人的嘈杂声和喧哗声传到房里来。

希尔泽大娘 你说呀，孩子爹，地板震动得厉害——到底发生了什么事？这儿终究会变得怎样？

〔哑场。

希尔泽老人 戈特利布！

戈特利布 有什么事呀？

希尔泽老人　把斧头放下。

戈特利布　那谁来劈柴？（把斧头放在炉边）

〔哑场。

希尔泽大娘　戈特利布，听你爹说的话。

声音　（在窗前唱）

小男人，拼命干，

嗨，唷唷嗨！

在家擦盘又洗碗，

嗨，第得，第得，滴滴滴。（渐渐消失）

戈特利布　（跳起身来，举拳敲窗）死鬼，别把人逼疯！

〔一排枪声。

希尔泽大娘　（吓了一跳）哦，耶稣基督，又打雷了？

希尔泽老人　（不自觉地双手合十）喏，亲爱的天上的父神！保佑俺这些可怜的织工，保佑俺那些可怜的弟兄！

〔哑场片刻。

希尔泽老人　（自言自语，极为震动）现在在流血啊。

戈特利布　（枪声响时，跳起身来，紧紧抓住斧头，脸色灰白，控制不住内心的极度激动）难道现在应该屈服吗？

一个织布女郎　（从屋里向房间里叫）希尔泽大伯，希尔泽大伯，快从窗边走开。在俺楼上，有颗子弹射进窗里来了。（消失不见）

米尔茜　（笑着，把头伸进窗里）爷爷，爷爷，他们开枪了。有一两个人倒在地上。有个人，一直在地上像轱辘那样打转。还有个人，脑袋瓜被扯掉，像麻雀那样一蹦一跳。啊哟，有那么多血淌到地上——！（从舞台上消失）

一个织工的妻子　有两三个人，被他们宰了。

一个老织工 （在屋里）注意呀,现在他们去冲军队啦!

另一个织工 （六神无主）喂,喂,瞧那些女人,瞧那些女人!她们竟撩起裙子,向士兵吐口水!

一个织工妻 （向室内呼叫）戈特利布,瞧瞧你的老婆,她比你有胆量,敢在刺刀前面跳来蹦去,好像合着音乐的节拍跳舞。

〔四个男子抬着一名伤员穿过屋子。一片沉寂。有个声音清楚地说:"是织工乌布里希。"这声音过了片刻又响了起来:"他完蛋了,耳朵里中了枪弹。"这时听见有人上楼梯的脚步声。外边突然响起:"乌拉,乌拉!"

屋里的说话声 这些石子他们是从哪里弄来的?——你们该走啦!——从新铺的石路上。——再见,大兵们!——喂,石子像雨点儿般落下。

〔外面有惊叫声和咆哮声,门廊里的人也跟着叫起来。随着一声惊呼,屋门被关上了。

屋里有声音 他们的子弹又上膛了。他们又要放一排枪了。——希尔泽大伯,赶快从窗边走开。

戈特利布 （奔过去拿斧头）什么,什么,什么!俺是疯狗吗?!俺应该吃药和铅弹,而不是吃面包?（手里提着斧头,犹豫片刻,对父亲）难道俺应该留在这儿,眼看俺老婆给人打死不成!（一面说,一面冲出门去）当心呀,俺来了。（下）

希尔泽老人 戈特利布,戈特利布!

希尔泽大娘 戈特利布在哪儿?

希尔泽老人 他找魔鬼去了。

屋里有声音 赶快从窗边离开,希尔泽大伯!

希尔泽老人　俺不离开！哪怕你们都发疯了,也不离开！(像发痴似的对希尔泽大娘说)天父把俺安排在这里。对不对,他娘？俺坐在这儿,干俺该干的事儿,哪怕天坍下来。

〔他开始织布。一排枪声。希尔泽中了致命的枪弹,老人挺了一下身子,扑倒在织布机上,同时响起响彻云霄的"乌拉"声。人群喊着乌拉,原先一直站在屋内,此刻都出去了。老妇人一再问:

他爹,他爹,你怎么啦？(乌拉声渐渐远去。突然米尔茜匆匆忙忙奔进屋来)

米尔茜　爷爷,爷爷,他们正在把那些大兵撵出村庄去,他们冲进狄特里希家,像在德赖西格家那样干起来了。爷爷？(孩子开始大惊失色,继而聚精会神,把一根手指搁在嘴里,小心翼翼地走近死者)爷爷！？

希尔泽大娘　喂,喂,他爹,你说话呀,你真把俺吓死了。(幕下。人们按照以下的旋律,唱着《织工之歌》:"在奥地利有一个王宫。"

海狸皮大衣

(窃贼喜剧)

章鹏高 译

剧中人物

封·韦尔哈恩——警察局长

克吕格——领年金者

费莱歇尔——博士

菲力普——他的儿子

摩特斯

摩特斯太太

沃尔夫大妈——洗衣妇

尤利乌斯·沃尔夫——她的丈夫

列昂蒂纳 ⎫
阿德尔海特 ⎬——他们的女儿

伍尔柯夫——船户

格拉斯纳普——警察局文书

密特尔道夫——警察

剧情发生地点：柏林附近某处

时间：八十年代末[①]七年军费预算之争期间

---

① 指十九世纪八十年代。

第 一 幕

〔一间狭小的厨房,粉刷成蓝色,上面有低矮的天花板;左边有一扇窗子;右边有一道粗糙的木门通往户外;后墙正中有一道门,门扇已经卸去。——左边角落是炉灶,炊具搁在上方靠墙的框架上,右边角落放着划桨和船具;劈好的木柴,也就是所谓劈柴,在窗下叠成一堆。一张厨房里用的旧案子,几只矮凳,以及其他杂物。——透过后墙空门框可以看到另一个房间。里面摆着一张床,铺得厚厚的,收拾得干干净净,上方挂着廉价的照片,装在更加廉价的框架里,还有名片大小的彩色石印头像等物。一张软木椅子,靠背挨在床边。——时值冬夜,明月高悬。灶上洋铁烛台中点着一支蜡烛。列昂蒂纳·沃尔夫坐在灶旁一张矮凳上,趴着灶台睡熟了。这是一个十七岁的漂亮的金发姑娘,穿着女仆的工作服。她在蓝布短衫外面系了一条厚厚的羊毛披巾。——哑场数秒钟后,可以听到有人想从外面把门打开,但是钥匙却从里面插在门锁上。接着传来敲门的声音。

沃尔夫大妈　（自外,未登场）阿德尔海特！阿德尔海特！（哑场；随后从另一边传来敲窗的声音）快开门啊！

列昂蒂纳　（说梦话）不行,不行,我不能由着人家这样折磨我!

沃尔夫大妈　开门啊,丫头,不然我就从窗口爬进来了。(她使劲敲着窗子)

列昂蒂纳　（醒来)啊,是您,妈妈!我这就来了!(她开门)

沃尔夫大妈　（并未把扛在肩头的口袋放下来）你来这儿干什么?

列昂蒂纳　（睡意蒙眬）晚上好,妈妈!

沃尔夫大妈　你怎么进来的,嗯?

列昂蒂纳　钥匙不是放在羊圈上面吗?!（哑场片刻）

沃尔夫大妈　你来家里有什么事,丫头?

列昂蒂纳　（傻乎乎地噘着嘴）我就不能再回你们这儿了吗?

沃尔夫大妈　哎,你打起精神来吧。瞧你这副样子,我挺喜欢呢。(她把口袋从肩上卸下)难道你不知道这会儿已多晚了!赶紧回你主人家去吧!

列昂蒂纳　我去晚一点儿,有什么关系呢?

沃尔夫大妈　你得小心点儿,明白没有? 快去,不然就要丢掉饭碗了。

列昂蒂纳　（泪汪汪,倔强地）我再也不去他们家了,妈妈!

沃尔夫大妈　（惊讶地）你再也不去……（挖苦地）咦,这事儿挺新鲜呢。

列昂蒂纳　可我得老由着人家折磨我吗?

沃尔夫大妈　（正费劲地从袋子里拿出一只鹿）怎么,克吕格家他们折磨你? 哎哟,这么个可怜巴巴的孩子! 别拿这种话来骗我! 一个女人家像只雌老虎似的!……还不拿住袋子,这下面! 你就不能再利落一点儿吗? 在我手里,

109

你这样是讨不到便宜的！在我这儿，甭想学偷懒！（她们把鹿挂在门柱上）好，我最后一次告诉你……

列昂蒂纳　我再不去他们家了。我宁可跳河去，妈妈！

沃尔夫大妈　小心别着凉啊。

列昂蒂纳　我去跳河！

沃尔夫大妈　那你就得叫我一声！我推你一把，免得你跳到边上去了。

列昂蒂纳　（怒喊）天天晚上要我搬两方木柴。怎么？我就该吃这个苦吗？

沃尔夫大妈　（故作惊讶）啊！怎么能这样！要你搬木柴！不行，这家人混蛋！

列昂蒂纳　……再说，整整干一年才二十塔勒①，就得把我这双手冻坏?! 连土豆、青鱼也不给吃饱?!

沃尔夫大妈　甭说了，傻丫头。给你钥匙，去切点儿面包。吃饱了，快走，明白没有？李子酱放在最上面一格。

列昂蒂纳　（从抽屉里拿出一个大面包，切下来吃）尤丝黛在舒尔茨家拿四十塔勒，还有……

沃尔夫大妈　别使性子了！你又不会一辈子都待在他们那儿。他们又没有雇你一辈子。到四月一号，你要走，就随你去。现在就给我待在那儿。圣诞节赏钱刚放进口袋，你就想跑了，嗯？这不行！——我在这些人家里进进出出。我不能让人家数说我！

列昂蒂纳　给我这点儿破烂，就不好走了？

沃尔夫大妈　叮当响的钱你全忘了？

---

① 塔勒：德国旧时一种银币名。

列昂蒂纳　不错!一共才六马克!

沃尔夫大妈　唉,钱总是钱嘛!你别找这个碴儿了!

列昂蒂纳　可是,我能多挣点儿不好吗?!

沃尔夫大妈　靠你这张嘴巴!

列昂蒂纳　不,靠缝纫机。我上柏林给人家缝大衣去。斯特晓夫家的爱弥丽雅一过元旦就走了!

沃尔夫大妈　别提这个不要脸的东西!要是落到我手里,我就要好好儿地教训教训这个滥货!你也想抖起来,还是怎么的?夜里跟那些家伙鬼混。这样不行,丫头,一想到这儿,我就要打断你的腿——好,爸爸来了,你小心。

列昂蒂纳　爸爸要是打我,我就跑,我会自找门路的。

沃尔夫大妈　别唠叨了!喂山羊去,今天晚上还没有挤奶呢,再给兔子一把干草。

列昂蒂纳　(急欲出去,但在门边碰到她父亲,匆促地说)晚上好。(从他身边溜出去)

〔她父亲尤利乌斯·沃尔夫是一个船匠,高个子,目光呆滞,动作迟缓,约莫四十三岁。——他将扛在肩头的两把长桨放在屋角,闷声不响地扔下船匠工具。

沃尔夫大妈　碰见撑船的爱弥尔没有?

〔尤利乌斯在咕哝。

沃尔夫大妈　你不会说话吗?碰见还是没有碰见?他来这儿吗?嗯?

尤利乌斯　(暴躁地)你唠叨吧!再嚷大声点儿!

沃尔夫大妈　就你胆子大,连门都忘了关上。

尤利乌斯　(关门)列昂蒂纳又怎么啦?

沃尔夫大妈　哦,没有事!——爱弥尔装了些什么?

111

尤利乌斯　又是些砖头。叫他装什么？——这丫头又怎么啦？

沃尔夫大妈　装了半船还是整船？

尤利乌斯　（暴怒）这死丫头又怎么啦？

沃尔夫大妈　（声气比他还凶）你说，爱弥尔装了些什么？装了半船还是整船？

尤利乌斯　哼，你唠叨吧。整整装了一船。

沃尔夫大妈　嘘，尤利安。（她吃了一惊，把窗板关上）

尤利乌斯　（吃惊地瞅住她，默不作声。几秒钟后，低声）是列克斯道夫那个看林子的小伙子。

沃尔夫大妈　快爬到床底下去，尤利安。（过了片刻）你真蠢得要命，一进门就叫，像条公牛似的。这档子事你不懂。你让我照料这两个妞儿吧。这不是你管的，这是我管的。如果是男孩子，当然又是一回事，我也不跟你讲这么多了。各有各的事情。

尤利乌斯　可叫她别撞见我。

沃尔夫大妈　你要打断她的腿，尤利安？甭想！别以为我会由着人家把她打得不能动弹都不管。这妞儿说不定就是我们的福星。对这种事，你要是开点儿窍就好。

尤利乌斯　那就叫她自找门路吧。

沃尔夫大妈　甭操心，尤利安，还会叫你开开眼呢。总有一天她会住到二楼①去，到那时，要是她还认得我们，我们也就心满意足了。那个卫生委员跟我说什么来着？您家那妞儿真是个漂亮的姑娘，上台演戏，准会卖座。

---

① 从前最好、租金最贵的住房在二楼。

尤利乌斯　那就叫她去吧。

沃尔夫大妈　你没有受过教育,尤利安。你压根儿就不懂什么叫教育。要是没有我,尤利安,这两个丫头不知道会变成什么样呢！是我教育了她们,你明白吗?！教育是今天的头等大事。可一下子也搞不好,总得有个轻重缓急,一步一步地来。先叫她学点儿帮佣的事。往后她要上柏林去,就随她好啦。可现在就叫她演戏,年纪太小了。

〔在谈话时有人数次叩门。这时传来阿德尔海特的声音。

阿德尔海特　妈妈！妈妈！开门啊！(沃尔夫大妈开门。阿德尔海特走了进来。她是一个十四岁的女学生,身材修长,有一张俊俏的孩子脸。可是她的眼神却显示出过早堕落的痕迹)干吗不给我开门,妈妈？我手脚都冻坏啦。

沃尔夫大妈　别胡扯。把炉子生起来就暖和了。你这么久待在哪儿？

阿德尔海特　我给爸爸拿靴子去了嘛。

沃尔夫大妈　你又在外面待了两个钟头啦。

阿德尔海特　哪里,我不是七点钟才去的吗？

沃尔夫大妈　好,你七点钟出去。现在十点半了,你大概还不知道吧？你在外面待了三个半钟头,还不算久吗？你听着,听我的话,你要是再在外面待这么久,跑去找臭鞋匠费立茨,小心别出事。

阿德尔海特　我得老蹲在家里干活吗？

沃尔夫大妈　住口！别说了！

阿德尔海特　就算我去一下费立茨那儿,……

沃尔夫大妈　还不闭嘴！要你来教我认识费立茨！啊？这个

　　　　　　密探别神气。除了补鞋,他还有别的行当呢！你看,坐了两次牢……

阿德尔海特　根本没有这回事……全是瞎编的鬼话。他都跟我说了,妈妈！

沃尔夫大妈　村子里的人全知道啦！傻丫头！他是个货真价实的拉皮条的角色。

阿德尔海特　可他还去警察局长那儿呢。

沃尔夫大妈　当然,那是去告密,他还是个暗探呢。

阿德尔海特　是什么？暗探？

尤利乌斯　（从刚才进去的隔壁房间出来）看你还多嘴。（阿德尔海特脸色发白,立即默不作声地去生炉子）

　　〔列昂蒂纳进来。

沃尔夫大妈　（已经把小鹿剖开,取出心、肝这些东西,递给列昂蒂纳）快拿去洗！别吱声,不然小心挨打。（列昂蒂纳显然给吓住了,就去干活。两个女孩子在低语）

沃尔夫大妈　喂,尤利安？你在里面干什么呀？你又忘了,啊？今天早上我不是跟你说过吗?！那块木板已经掉下来了。

尤利乌斯　哪块木板？

沃尔夫大妈　怎么,你还不知道？后头,羊圈上面那块嘛。昨天夜里给风刮掉了——赶紧去把它钉好,明白吗？

尤利乌斯　明天早上去还有一整天工夫呢。

沃尔夫大妈　哼,不行！甭打这个算盘！我们家可不兴这一套。（尤利乌斯咕哝着进了屋子）到那儿去拿铁锤！钉子给你！赶快去吧。

尤利乌斯　你发神经病啦。

沃尔夫大妈　（向他追喊）要是伍尔柯夫来,叫他出多少?

尤利乌斯　十二马克总得要吧!（下）

沃尔夫大妈　（轻蔑地）哼,十二马克!（哑场）快点儿,让爸爸好吃饭。（哑场片刻）

阿德尔海特　（注视鹿肉）这是什么,妈妈?

沃尔夫大妈　鹳!（两个女孩大笑）

阿德尔海特　鹳?鹳也有角吗?我知道,这是鹿!

沃尔夫大妈　好啦,你知道了,还问什么?

列昂蒂纳　是爸爸打来的吗,妈妈?

沃尔夫大妈　哼,你跑出去,满村子乱嚷嚷,说爸爸打来一只鹿,啊?!

阿德尔海特　我得多加小心。不然,那个丘八就会来了。

列昂蒂纳　巡逻的舒尔茨我不怕,他摸过我的下巴。

沃尔夫大妈　他要闯进来,就让他来吧。我们又没有干坏事。有一只鹿挨了子弹,快死了,谁都没有发现,还不是给乌鸦吃掉。给我吃,还是让乌鸦吃,反正都是吃掉。（稍停片刻）噢,要你把木柴搬进去吗?嗯?

列昂蒂纳　是呀,天气这样冷。要搬两方木柴!再说,人累得像条狗似的也要搬!晚上要折腾到九点半呢!

沃尔夫大妈　这么说,这些木柴都还堆在路边吧?

列昂蒂纳　我只知道堆在园门前面。

沃尔夫大妈　那么,要是有人——把木柴偷掉呢?那明天早上怎么办?

列昂蒂纳　我再也不去了。

沃尔夫大妈　这些木柴是湿的还是干的?

列昂蒂纳　都是上好的干木柴。——（连打呵欠）唉,妈妈,

	我累死啦。我得干多少活呀！（她坐下，显出精疲力竭的样子）
沃尔夫大妈	（沉默片刻）依我看，今天晚上就留在家里吧。我改变主意了。我们明天早上再看吧。
列昂蒂纳	我已经瘦得不成样子，妈妈。我成了个衣架子啦。
沃尔夫大妈	这就到上面那间屋子里睡去，免得爸爸又来吵吵闹闹。这档子事他懂得太少了。
阿德尔海特	爸爸说话老是那么粗鲁。
沃尔夫大妈	他就是没有受过教育嘛。要不是我教育你们，你们也是这样。（从灶上端起一只平底锅，对列昂蒂纳）来，把它放进去！（列昂蒂纳将洗好的肉块放进锅子）好啦。去睡！
列昂蒂纳	（走进后面房间，但还能看见，她说）妈妈！摩特斯从克吕格家搬走了。
沃尔夫大妈	他大概还没有付过房钱吧？
列昂蒂纳	克吕格先生说，向他要房钱就跟要他的命一样，可到底把他撵出去了。这家伙撒谎，吹牛，老是不把克吕格先生放在眼里。
沃尔夫大妈	我要是克吕格先生，说什么也不能让他待这么久。
列昂蒂纳	都只为克吕格先生做过木匠，摩特斯就老瞧不起他。他还跟费莱歇尔博士吵架呢。
沃尔夫大妈	谁跟费莱歇尔博士吵架！……我倒要见识见识。他们连苍蝇也手下留情啊。
列昂蒂纳	现在再也不许他上费莱歇尔家去了。
沃尔夫大妈	要是你能去他们家，多好哇！

列昂蒂纳　他们对待女用人就跟自己孩子一样。

沃尔夫大妈　他有个兄弟在柏林,是戏院里的出纳。

伍尔柯夫　(已经在外面敲过好几次门,这时用嘶哑的嗓音喊叫)劳驾你们,我可以进来吗?

沃尔夫大妈　当然可以,干吗不行!到屋子里来吧!

伍尔柯夫　(进内;一个施普雷河上的船户,年近六十,弓着腰走路,灰黄的胡须络住两颊和下巴,露出饱经风霜的脸孔)晚上好!

沃尔夫大妈　又来叫你沃尔夫大妈上当了吧?

伍尔柯夫　哪里,我再也不敢啦!

沃尔夫大妈　本性难移呀。

伍尔柯夫　倒穿小鞋,我要上当啊!

沃尔夫大妈　还要胡扯!啊?——挂在这儿呢!怎么样?好大一只,嗯?

伍尔柯夫　尤利乌斯得多加小心。他们现在追得很紧。

沃尔夫大妈　您出多少,这是正事,尽在那儿瞎扯有什么用!

伍尔柯夫　跟您说,我打格吕诺来,在那儿听得确确实实。他们朝弗立茨·维柏开枪,打得他满裤裆都是子弹直冒烟。

沃尔夫大妈　您出多少?这是正事。

伍尔柯夫　(摸了摸这只鹿)我已经有四只鹿搁在那儿了。

沃尔夫大妈　再加上这一只也压不沉你的船哪。

伍尔柯夫　可不能沉船。这不是开玩笑的事。可我老停在这儿,怎么办?我总得把东西运到柏林去。今天施普雷河上难驶极了,要是今天晚上再结冰,明天就走不了啦。我这条小船一定会给冻住的,这些东西就难办了。

沃尔夫大妈　(假装改变了主意)喂,丫头,下来,到舒尔茨那儿去一趟。向他问好,叫他到这儿来一下,说妈妈有点儿东西要卖给他。

伍尔柯夫　我可没说不想买呀!

沃尔夫大妈　谁买,对我都一样。

伍尔柯夫　我买。

沃尔夫大妈　得了,不想买,就算啦!

伍尔柯夫　这只鹿我买!要多少钱?

沃尔夫大妈　(捏了捏这只小鹿)这只鹿哇,有三十磅重。告诉您,十十足足三十磅。喂,阿德尔海特!你当时不是在场吗?!我们差点儿挂不到钉子上去呢。

阿德尔海特　(其实她当时根本不在场)我的手都扭伤啦。

伍尔柯夫　出十三马克。这样我连十芬尼都赚不到了。

沃尔夫大妈　(装出非常惊讶的样子;随后去干其他事情。好像已经忘掉伍尔柯夫还在,仿佛这时才又发觉他,于是对他说)祝你一路顺风!

伍尔柯夫　可是,我只能出十三马克,不能再多了。

沃尔夫大妈　哎,算了吧!

伍尔柯夫　再多我就出不起了。我跟您说,这都因为您是我的老主顾。这是实话。不然就叫上帝惩罚我!这笔生意,我赚不了几个子儿。如果我说十四马克,就得亏本,就得赔出一马克。可现在我也顾不上这个了,让你们知道我这片好心。出十四马克……

沃尔夫大妈　算了吧!算了吧!等不到明天早上,我们就会把这只鹿卖掉。

伍尔柯夫　那好吧,可别叫人家看见它挂在这儿。不然钱就不顶用了。

沃尔夫大妈　这只鹿嘛,是死了以后我们才发现的。

伍尔柯夫　是啊,死在圈套里面,这我相信!

沃尔夫大妈　别来这一套!你讨不了便宜!你想独吞?人家多辛苦,累得连气都喘不过来。一连几个钟头陷在雪地里,再说,在漆黑的夜里,又冒了多大的危险。这可不是闹着玩的。

伍尔柯夫　我已经有四只搁在那儿啦。不然的话,我还会出十五马克。

沃尔夫大妈　甭说啦,伍尔柯夫,今天我们这笔生意做不成了。还是去找别人吧,我们费了多大力气才过湖回到这儿……差点儿就给牢牢地冻在冰里啦。我们进也不是,退也不是。这样的东西总不能白送啊。

伍尔柯夫　您说,我能靠它赚大钱吗?撑船这行当也是没有法子才干的活!再说,走私这营生也难哪。要是你们栽跟头,我早就给逮进去啦。这种苦头我吃了四十年,可到今天,我落了个什么?一身风湿痛。清早起来,疼得我像只小狗似的直叫嚷。我想买一件皮大衣已经好多年了。医生都这样劝我,说我一身病痛。可我买不起,沃尔夫大妈。直到今天还是买不起,这是实话!

阿德尔海特　(对母亲)您听列昂蒂纳说过没有?

伍尔柯夫　好吧,我说:十六马克!

沃尔夫大妈　不行,不卖!十八马克!(对阿德尔海特)你又说什么来着?

阿德尔海特　克吕格太太买了一件皮大衣,差不多五百马克。是一件海狸皮大衣。

伍尔柯夫　海狸皮大衣?

沃尔夫大妈　谁买的？

阿德尔海特　谁？克吕格太太嘛,买给克吕格先生过圣诞节的。

伍尔柯夫　这位姑娘在克吕格先生家帮工吗？

阿德尔海特　不是我,是我姐姐。我才不去别人家里帮工呢。

伍尔柯夫　唉,要是我有这样的皮大衣多好呀。我早就想买了。我打算拿出六十塔勒去买。什么诊费呀,药费呀,我倒愿意拿这些钱去买一件皮大衣,穿起来挺舒服的。

沃尔夫大妈　你只消去克吕格家一趟,伍尔柯夫,说不定会送你一件呢。

伍尔柯夫　哪有这副好心肠。可我说了,我真想买这样的皮大衣。

沃尔夫大妈　这样的皮大衣我也想买一件呢。

伍尔柯夫　怎么样？十六马克？

沃尔夫大妈　没有十八马克不行。没有十八马克不行,尤利安说过的。我不能拿十六马克向他交代。他这个人一怎么想,我也就——(尤利乌斯进内)喂,尤利乌斯,你不是说过要十八马克吗？

尤利乌斯　我说什么来着？

沃尔夫大妈　你又听不清楚了！你明明说过,没有十八马克不行。要是少了,叫我别把这只鹿卖掉。

尤利乌斯　我说过吗？……对啦,是这样,这只鹿。对啦！是这样！这不算太多吧。

伍尔柯夫　(把钱掏出,点数)话讲到这儿为止,十七马克。怎么样？这笔买卖算成交了吧？

沃尔夫大妈　你这家伙总叫别人吃亏。你一进门,我就说了:

这家伙一跨过门槛,就要占便宜。

伍尔柯夫 (把一只卷成一团藏着的袋子抖开)快帮我把它塞进去。(沃尔夫大妈帮着把鹿塞到袋子里去)要是你们听到有那样的东西——我是说,譬如那样的皮大衣,那我也拿得出六七十塔勒来买它。

沃尔夫大妈 你糊涂了吧!……我们到哪儿去弄那样的皮大衣?

一个男人声音 (从外面叫喊)沃尔夫大妈!沃尔夫大妈!您还没有睡吗?

沃尔夫大妈 (像其他人一样惊惧,紧张,压低嗓门)快藏起来!藏起来,躲到屋子里去!(她把大家都推进后面的房间,把门关上)

那个男人声音 沃尔夫大妈!沃尔夫大妈!您睡了吗?

〔沃尔夫大妈吹熄蜡烛。

那个男人声音 沃尔夫大妈!沃尔夫大妈!您还没有睡吗?(那个声音唱着歌渐渐远)清晨的霞光,清晨的霞光,你可照我夭亡?

列昂蒂纳 "清晨的霞光"嘛,妈妈!

沃尔夫大妈 (谛听一会儿,接着轻轻地把门打开,继续谛听。然后放心地关门,点起蜡烛。于是又让其他人出来)是当警察的密特尔道大。

伍尔柯夫 真见鬼,你们还有个好相识呢!

沃尔夫大妈 快点儿走吧,伍尔柯夫。

阿德尔海特 妈妈,密诺叫了。

沃尔夫大妈 快,快,伍尔柯夫。快出去!穿过后面菜园子出去。尤利安给你开门!尤利安,去开门!

伍尔柯夫　我说了:要是有的话,像那件海狸皮大衣一样——

沃尔夫大妈　知道啦,快走吧!

伍尔柯夫　施普雷河如果没有封冻,我过三四天就从柏林回来。我还是把小船停在下面。

阿德尔海特　靠在大桥旁边吗?

伍尔柯夫　经常停在那儿。喂,尤利安,往前走吧。(下)

阿德尔海特　妈妈,密诺又叫了。

沃尔夫大妈　(在灶旁)噢,让它叫吧——(远处传来拖长的呼喊声"摆渡——哇!")

阿德尔海特　有人要过施普雷河了,妈妈。

沃尔夫大妈　去一下吧,爸爸在下面河边。("摆渡——哇!")把划桨拿去给爸爸。可是叫他先给伍尔柯夫送一段路。

〔阿德尔海特拿着划桨下。沃尔夫大妈独自忙了一阵。阿德尔海特又上。

阿德尔海特　下面船里爸爸有划桨了。

沃尔夫大妈　谁这么晚还要过河?

阿德尔海特　大概是那个讨厌的摩特斯。

沃尔夫大妈　什么?谁?丫头?

阿德尔海特　好像是摩特斯的声音。

沃尔夫大妈　(紧张)下来,快去!叫爸爸上来;让这个讨厌的摩特斯待在对岸吧,用不着他来我们家管闲事。

〔阿德尔海特下。沃尔夫大妈消除了可能露出有关小鹿插曲的各种痕迹。她把小锅盖好。阿德尔海特回来。

阿德尔海特　妈妈,我去晚了。我已经听见他们在说话。

沃尔夫大妈　到底是谁呀？

阿德尔海特　我不是说过,摩特斯呀。

〔摩特斯太太和先生相继出现在门口。两个都是中等身材。妻子是一个机敏的三十来岁的年轻妇女,衣着简朴整洁。丈夫穿着一件绿色的猎人外衣,脸色健康,可是相貌平常,左眼扎了一块儿黑布。

摩特斯太太　（朝里面招呼）鼻子都冻得发青了,沃尔夫大妈！

沃尔夫大妈　你们干吗夜里出来散步。你们白天有的是时间嘛！

摩特斯　这儿好暖和。——谁白天有时间？

沃尔夫大妈　你们嘛！

摩特斯　难道我是靠息金过活的吗？

沃尔夫大妈　您靠什么过活,我不清楚。

摩特斯太太　唉,您何必火气这么大,沃尔夫大妈。我们想问一下那笔账。

沃尔夫大妈　你们问过不止一次了。

摩特斯太太　可是我们再问一下,这又有什么呢?！我们总是要付的嘛。

沃尔夫大妈　（惊奇）你们会付？

摩特斯太太　那还用说！当然啰！

摩特斯　沃尔夫大妈装出很惊奇的样子,大概以为我们要溜之大吉吧？

沃尔夫大妈　哪里,我可没有这样想。要是你们愿意,那很好嘛！我们马上可以算一下。一共是十一马克三十芬尼。

摩特斯太太　不错,不错,沃尔夫大妈,我们就要有钱了。那些人会瞪大眼睛直发呆呢。

摩特斯　这儿有烤兔肉的味道。

沃尔夫大妈　也许是猫肉吧！这倒有点儿像！

摩特斯　我们这就看一下！（他正要揭开锅盖）

沃尔夫大妈　（拦住他）不能揭！

摩特斯太太　（已经猜疑地观察过）沃尔夫大妈,我们捡到个东西。

沃尔夫大妈　我可没有丢东西。

摩特斯太太　喏,您瞧。（她把两个铁丝圈套拿给她看）

沃尔夫大妈　（并未惊慌失措）这是铁丝圈套吧？

摩特斯太太　这是我们在附近捡来的。离你们园子不上二十步。

沃尔夫大妈　哎哟,这儿偷猎多厉害呀！

摩特斯太太　只要您留神,沃尔夫大妈,准会抓得住偷猎的。

沃尔夫大妈　这种事跟我有什么相干！

摩特斯　要是碰上这种坏蛋,我就先捆他几巴掌——再去告他,决不客气。

摩特斯太太　沃尔夫大妈,您有新鲜的鸡蛋吗？

沃尔夫大妈　现在？在这十冬腊月？下得很少哪。

摩特斯　（对正走进来的尤利乌斯）看林子的赛德尔又逮住一个偷猎贼。明天要解到摩亚比特①去。胆子真大,这个混蛋。要不是我倒霉,今天就能当林务总管了。那我一定用另外一副手段来收拾这些狗东西！

沃尔夫大妈　好些干总管的都吃了苦头啦。

~~~~~~~~~~

① 此处指设在柏林摩亚比特的刑事法庭。

摩特斯　哼,谁怕,就活该。我不怕!我告过好几个啦。(挨个反复逼视沃尔夫大妈和她丈夫)还有几个,我只消等着就是;这些人总会落到我手里来的。这些安圈套的人别以为我不知道他们。我对他们可知道得一清二楚!

摩特斯太太　您烤了面包没有,沃尔夫大妈?铺子里烤的面包我们不爱吃。

沃尔夫大妈　我还以为你们要结账呢。

摩特斯太太　我跟您说过了嘛,星期六,沃尔夫大妈。我丈夫现在当《狩猎林务报》的编辑了。

沃尔夫大妈　噢,我知道这是什么名堂。

摩特斯太太　对啦,我还得告诉您,沃尔夫大妈,我们已经从克吕格那儿搬出来了。

沃尔夫大妈　是呀,你们也只好搬走。

摩特斯太太　我们只好搬走?喂,亲爱的,你听着!(她强笑)沃尔夫大妈说我们只好从克吕格那儿搬走呢!

摩特斯　(气得满脸通红)我为什么要从那儿搬走,您会知道的。这个人盘剥重利,敲诈勒索。

沃尔夫大妈　这我不知道。我也说不上。

摩特斯　我在等着抓他的把柄,叫他当心。这个人跟他的知心朋友费莱歇尔博士都得小心,特别是那个费莱歇尔,要是我愿意,只要一句话,他就会尝到铁窗风味。

〔开始说话时,他已在后退,讲到最后几句时,走了出去。下。

沃尔夫大妈　这些男人又吵嘴了?

摩特斯太太　(装出亲近的样子)跟我丈夫打交道可不是闹着玩的。他打算做什么,就一点儿也不放松。他跟警察局长先生的关系也很好——鸡蛋和面包的事怎么样呢?

沃尔夫大妈　　(厌恶地)哦,我刚好还有五只蛋搁着,另外有一块面包。(摩特斯太太把这些鸡蛋和半块面包放进自己的手提篮里)您满意了吧?

摩特斯太太　　那还用说,当然啰。这些鸡蛋可是新鲜的?

沃尔夫大妈　　我家母鸡下的就这样新鲜。

摩特斯太太　　(急忙去追她的丈夫)再见啦!下星期六给钱!(下)

沃尔夫大妈　　可以,可以,行了!(关门,轻声地)快滚。找谁都借债赊欠。(在小锅子旁边)我们吃什么,跟他们有什么相干?他们管自己的事吧。去睡,丫头。

阿德尔海特　　您也好好睡,妈妈。(吻她一下)

沃尔夫大妈　　怎么,不跟爸爸亲一下,祝他好好睡吗?

阿德尔海特　　您好好睡,爸爸。(吻他,他咕哝着;阿德尔海特下)

沃尔夫大妈　　这也得经常特别嘱咐才行。(哑场)

尤利乌斯　　干吗把这些鸡蛋全给他们呢?

沃尔夫大妈　　要我跟这家伙作对吗?你跟他作对去,尤利安。这个混蛋很危险哪。他什么也不干,老是盯住别人。来,坐下!吃吧,叉子拿去。这些事你太不在行了。还是管你自己的事吧。偏偏要在园子后面安圈套!这不是你的吗?!

尤利乌斯　　(恼火了)哼,你唠叨吧。

沃尔夫大妈　　这个讨厌的摩特斯居然把这些一下子全找出来了。你听着,别再在屋子旁边安圈套了。不然人家就会说,这些都是我们安的。

尤利乌斯　你别再胡扯了！（两人吃饭）

沃尔夫大妈　喂，柴又烧完了，尤利安。

尤利乌斯　还要我再跑好远路去干活？

沃尔夫大妈　最好我们马上去办这件事。

尤利乌斯　我累得骨头都散了架。谁爱去就去吧，我不管！

沃尔夫大妈　你们男人只会说大话，临到节骨眼上，什么也干不了。可我比你们强，比你们谁都强。要是你今天不肯再出去，那也没有办法，尤利安，可明天一定得去。爬高用的鞋钉怎么样？还尖吗？

尤利乌斯　我借给卡尔·马赫诺夫了。

沃尔夫大妈　（稍停片刻）要是你不这么胆小就好！不然我们早有几方木柴了！我们也用不着吃这个苦，用不着跑这么远路！

尤利乌斯　让我吃口饭，好吧！

沃尔夫大妈　（用手指节在他头上轻敲一下）别老是那么愁眉苦脸。我会好好待你的，你瞧！（拿出一瓶烧酒给他看）拿去，你看，这是我给你带来的。这一下你就换上笑脸啦！（给她丈夫斟了一满杯）

尤利乌斯　（饮酒，接着说道）这个……在这大冷天真好哇！

沃尔夫大妈　这下你可看清楚了！我不是很关心你吗？

尤利乌斯　真好，这玩意儿。这玩意儿真好！（他又斟了一杯，喝着）

沃尔夫大妈　（过了片刻，一边劈柴，一边不时吃点儿东西）那个伍尔柯夫——是个十足的坏蛋。他老装穷。

尤利乌斯　他干的这行生意，嘴里还是少说为妙。

沃尔夫大妈　你听到海狸皮大衣的事了吧？

尤利乌斯　我什么也没有听到。

沃尔夫大妈　（装作毫不在意）刚才这丫头讲起克吕格太太，说她送给克吕格先生一件皮大衣。

尤利乌斯　人家有钱嘛，这……

沃尔夫大妈　是呀！可伍尔柯夫想……你总听见了吧！他说要是能买到这么一件皮大衣，他马上就付六十塔勒。

尤利乌斯　叫他自己去找麻烦吧。

沃尔夫大妈　（过了片刻，给她丈夫斟酒）来，再喝一杯！

尤利乌斯　喝就喝吧……就这么喝吧……有什么……就都……

〔沃尔夫大妈掏出一本八开的账簿翻看。

尤利乌斯　打七月起，我们存了多少？

沃尔夫大妈　存了三十塔勒。

尤利乌斯　那么一共还差——一共还差……？

沃尔夫大妈　还差七十。这样总是没有多大办法的。要一下子搞那么五十、六十，要一口气搞这么多存起来才好，才能买下这块地皮。那时可以再张罗一、两百，说不定能盖几个漂亮的房间。像现在这样，我们收留不了避暑的客人，可是最拿得出钱来的就是这些人。

尤利乌斯　唔，再说——下去。

沃尔夫大妈　（果断地）你这个人动作太慢，尤利安。不然你大概已经买下这片地产了，嗯？如果我们现在又打算卖掉它，那我们就赚了一倍。我的性格就完全不同了。你要是有我这样的性格……

尤利乌斯　我干活嘛——这么一大套抵什么事！

沃尔夫大妈　靠你干这点儿活是搞不出什么名堂的。

尤利乌斯　我可不会去偷。难道要我自投罗网？

沃尔夫大妈　你真糊涂,往后一定还是糊涂。这儿可没有人说偷。不冒点儿风险,什么也别想搞到手。尤利安,要是有一天你阔绰了,可以坐上大马车,那时候再没有人问你这是哪儿来的了。即使是抢了穷人的东西！可是如果我们现在当真——去克吕格家,把那两方木柴装上雪橇,搬到我们棚屋里来,那他们也不会变穷啊。

尤利乌斯　木柴？这又是怎么一回事？——这些木柴是怎么回事？

沃尔夫大妈　你真是什么都不关心。你的亲生女儿,人家会把她折磨死呀。晚上十点了,还要她搬木柴,就为这个,她才跑掉。这你也不当一回事,还想把这孩子揍一顿,将她赶回到他们家去呢。

尤利乌斯　当然！——我就这么干！我怎么能……

沃尔夫大妈　他们这样对人总得整治一下呀。我是说：打了我,就得还手！

尤利乌斯　啊,他们打了这丫头吗？

沃尔夫大妈　不然她干吗要跑呢,尤利安？！哎,你这个人真没有办法。现在木柴就搁在外面路上。如果我说："我们去吧,你折磨我的孩子,我就搬走你的木柴"——那你又要皱眉头了。

尤利乌斯　我不能由着他们这样……我不买账。我又不是光知道吃饭的人。不行,我不答应,哪有这样的事……再也别想打人了。

沃尔夫大妈　甭说了,去把拉雪橇的绳子拿来。最好让人家瞧瞧你的胆量。一个钟头就完事,随后我们睡觉去,万事大吉。明天你也不要到林子里去,我们有柴了,用不完哩。

尤利乌斯　哼,这事漏出去,反正我也无所谓。

沃尔夫大妈　怎么会呢?!可别把妞儿弄醒。

密特尔道夫　(自外)沃尔夫大妈!沃尔夫大妈!您还没有睡吗?

沃尔夫大妈　还没有睡哩,密特尔道夫,您进来吧!(她开门)

密特尔道夫　(进内,穿着破旧的制服和大衣,面部表情阴森可怖,鼻上泛出酒后的红色,举动徐缓,近于畏缩。他说话慢条斯理,不露声色)晚上好,沃尔夫大妈。

沃尔夫大妈　您大概是想说"祝您好好睡"吧。

密特尔道夫　我刚才来过一趟。起先好像看见灯光,后来突然一片漆黑,也没有人回答我。可这次我看得清清楚楚,确实有灯光,所以我又来了。

沃尔夫大妈　您找我有什么事呢,密特尔道夫?

密特尔道夫　(已经坐下,想了一会儿,然后说道)我来这儿有一件事情,是局长太太吩咐我办的。

沃尔夫大妈　叫我去洗衣服,是不是?

密特尔道夫　(沉思地扬起眉毛,然后说道)是呀!

沃尔夫大妈　什么时候去呢?

密特尔道夫　明天——明天早上。

沃尔夫大妈　你怎么夜里十二点来告诉我呢?

密特尔道夫　明天就是给局长太太洗衣服的日子了。

沃尔夫大妈　这事总得早几天让人家知道才是。

密特尔道夫　是的,是的,您别嚷。又是我搞忘了。我脑子里千头万绪,很容易把这种事给忘掉。

沃尔夫大妈　好吧,密特尔道夫,这事我准安排好就是。我们挺要好的。您家里有十一个孩子,这副担子够重的了,嗯?凭什么您还得受气呢?!

密特尔道夫　要是您不来,沃尔夫大妈,那我明天早上就糟了。

沃尔夫大妈　我一定来,您放心吧。拿去,喝一点儿!您正需要这个。(递给他温热的掺水烧酒)我碰巧还有点儿热开水。我们今天夜里还得走一段路呢,上特莱普托夫那边去买肥鹅。白天哪有工夫哇。我们又没有别的法子可想。穷人日夜都得牛马般地干活,可阔佬这时就睡大觉了。

密特尔道夫　我已经接到离职的通知,您知道吗?警察局长通知我离职,说我盯梢不得力。

沃尔夫大妈　难道要人家像只警犬一样吗?

密特尔道夫　我最好不回家,我这一回去,准会吵架,不知道怎么躲过这顿责骂。

沃尔夫大妈　唉,您就捂住耳朵吧。

密特尔道夫　所以我常去小吃店坐坐,借酒浇愁。可现在不能去了,再也不能去了。今天我又去待了一会儿,有人请客,开了一小桶酒。

沃尔夫大妈　您别怕娘儿们。她骂,您也骂,她动手,您就还手。过来,您个子比我们高,把那儿的绳子拿下来。喂,尤利安,去准备雪橇。(尤利乌斯下)我得跟你讲多少遍哪。(密特尔道夫从一个高高的壁架上取下绳子和牵引套索)把大雪橇弄好。您顺手把绳子拿给他吧。

尤利乌斯　（自外）我看不见哪。

沃尔夫大妈　你什么不行呀？

尤利乌斯　（来到门口）雪橇我一个人拉不出来。什么东西都乱七八糟的。再说，没有灯也不好拉呀。

沃尔夫大妈　你就是想不出办法来。（她急匆匆地系上围裙，裹好头巾）那等一等吧，我来跟你一起拉。密特尔道夫，把那儿的灯笼给我！（密特尔道夫费劲地拿下灯笼，把它递给沃尔夫大妈）好，谢谢！（她把蜡烛插在灯笼里）我们把它插在里面，可以走啦。我这就帮你把雪橇拉出来。（她提着灯笼走在前头。密特尔道夫跟在后面。到门口，她转过身子，把灯笼递给密特尔道夫）您给我们照一下！

密特尔道夫　（一边照亮，一边独自唱歌，下）清晨的霞——光，清晨的霞——光……

第 二 幕

〔警察局长封·韦尔哈恩的办公室：一个大房间，粉刷成白色，陈设简单，后墙有三扇窗子。左边墙上有一道门通向内室。右边靠墙摆着长办公桌，上面有书籍、案卷等物；桌子后面放着警察局长的椅子。靠近中间窗子是文书的桌椅。右边前面，在警察局长坐在椅上时伸手可及的地方，有一只软木柜子，里面放着书籍。文牍架挡住左边墙壁。最前面有六把椅子，从左边墙壁起排成一行。如果有人坐在上面，可以看见他们的背影。——这是一个晴朗的冬天上午。文书格拉斯纳普伏案振笔疾书。这是一个寒酸相、戴眼镜的人物。封·韦尔哈恩腋下挟着一束卷宗，快步进来。韦尔哈恩年近四十，戴着单眼镜，貌似乡绅，身穿制服：一件扣上钮子的黑色短大衣，一双套住裤管的长筒皮靴。他几乎用假声说话，措辞竭力使用军人那种简单扼要的方式。

韦尔哈恩　（随口，口气像一个忙人）早上好！
格拉斯纳普　（起立）您好，局长先生。
韦尔哈恩　有事吗，格拉斯纳普？
格拉斯纳普　（站着翻阅卷宗）报告，局长先生——首先是……对！那个旅馆老板费比希。他请求,局长先生,准许他下星期天举行音乐舞会。

韦尔哈恩　就是那个……您是说费比希吗？最近不是有人把大厅借给……？

格拉斯纳普　借给自由党人。是,男爵大人！

韦尔哈恩　就是这个费比希吗？

格拉斯纳普　是,男爵大人！

韦尔哈恩　这个人我们要管束一下！

〔警察密特尔道夫进来。

密特尔道夫　您好,男爵大人！

韦尔哈恩　您听着,下回别这样叫——在办公的时候,我是警察局长。

密特尔道夫　是,遵命,男——我是说,局长大人。

韦尔哈恩　您得记住:我是男爵,这无关紧要,至少在这儿毫无关系。(对格拉斯纳普)好,请吧,我想再听下去。那个作家摩特斯来过没有？

格拉斯纳普　来过,局长先生。

韦尔哈恩　哦,来过？我倒非常想了解一下。他还要来吧？

格拉斯纳普　十一点半左右他再来。

韦尔哈恩　他跟您说了些什么没有,格拉斯纳普？

格拉斯纳普　他来是为费莱歇尔博士的事。

韦尔哈恩　请您告诉我,格拉斯纳普,您认识这个费莱歇尔博士吗？

格拉斯纳普　我只知道他住在克吕格的别墅里。

韦尔哈恩　这个人来了多久啦？

格拉斯纳普　我米迦勒节才来这儿。

韦尔哈恩　对,您是跟我一起来的,我到这儿大约只有四个月。

格拉斯纳普　(朝密特尔道夫看了一眼)我想,这个人到这儿一定有两年了。

韦尔哈恩　(对密特尔道夫)您大概不了解情况。

密特尔道夫　是。——他是去年米迦勒节来的。

韦尔哈恩　怎么?这个人是那时候搬来的吗?

密特尔道夫　是。从柏林搬来的,男……局长大人。

韦尔哈恩　关于这个人您也许很了解吧?

密特尔道夫　我只知道他有个兄弟在戏院里当出纳。

韦尔哈恩　我不是问他兄弟。他本人是干什么的?他是做什么的?他是当什么的?

密特尔道夫　详细情况我也不清楚,只知道大家都说他有病,好像是害糖尿病吧。

韦尔哈恩　这个人害什么病,我不管。要是他高兴,淌糖浆也行。——他是当什么的?

格拉斯纳普　(耸耸肩膀)他自己说是"家里学者"。

韦尔哈恩　"家居"!"家居"!不是"家里"——是"家居学者"。

格拉斯纳普　订书的胡克那儿有他的书。他每个礼拜都要订书的。

韦尔哈恩　我要看看这个人读些什么。

格拉斯纳普　邮差说他订了二十种报纸,也有民主党的。

韦尔哈恩　请您给我把胡克喊来。

格拉斯纳普　马上就去?

韦尔哈恩　有便的时候。明天,后天都行。叫他带几本书来。

135

（对密特尔道夫）您好像整天都在打盹儿——也许这个人备有上等雪茄吧？

密特尔道夫　局长大人！……

韦尔哈恩　哼，甭说了。我看看手下人就明白啦。这是前任局长纵容的结果。慢慢总会改变过来。从事警务，随便接受款待，这是可耻的行为。当然，对您来说，又是擀面杖吹火，一窍不通了。（对格拉斯纳普）摩特斯没有谈什么具体的情况吗？

格拉斯纳普　他对我没有谈什么具体的情况。他说局长先生已经知道……

韦尔哈恩　我只知道一般的情况。我早就注意这个人了。我当然是说这个费莱歇尔博士。摩特斯先生只证实：我对这个家伙的看法完全正确。——摩特斯的名声怎么样？（格拉斯纳普和密特尔道夫面面相觑。格拉斯纳普耸耸肩膀）大概到处借钱欠账，是不是？

格拉斯纳普　可他说有一笔退休金。

韦尔哈恩　退休金？

格拉斯纳普　他有一只眼睛挨过子弹。

韦尔哈恩　那就是抚恤金了。

格拉斯纳普　请您原谅，局长先生。我觉得，这个人该抚恤别人的事也真多。可说到钱，就没有人见过他身边有几个子儿。

韦尔哈恩　（觉得好笑）还有什么重要的事情没有？

格拉斯纳普　只是些琐事，局长先生。一件呈报注销的事情——

韦尔哈恩　行了，行了。有人说，费莱歇尔这张嘴巴不很检点,您听到过没有?

格拉斯纳普　我一时也想不起来。

韦尔哈恩　有人向我报告,说他攻击所有的要人。这当然会查清楚的。现在我们开始办公吧。哦,密特尔道夫,您还有什么事吗?

密特尔道夫　听说昨天夜里发生了一起盗窃案。

韦尔哈恩　盗窃案?在哪儿?

密特尔道夫　在克吕格的别墅里。

韦尔哈恩　偷了什么?

密特尔道夫　粗木柴。

韦尔哈恩　昨天夜里?还是什么时候?

密特尔道夫　昨天夜里。

韦尔哈恩　您听谁说的?

密特尔道夫　我是听……

韦尔哈恩　嗯,听谁说的?

密特尔道夫　我是听……我是听费莱歇尔先生说的。

韦尔哈恩　哼,您跟这个人搭腔?……

密特尔道夫　克吕格先生自己也这么说。

韦尔哈恩　这个人只知道告状。这个人一个礼拜给我写三封信。一会儿说有人骗了他,一会儿说有人踩坏了他的篱笆,一会儿又说有人挪动了他的界牌。尽是些叫人头痛的事,没完没了的。

摩特斯　(进内。说话时几乎不断地发出莫名其妙的笑声)您好,局长先生。

韦尔哈恩　啊,您来啦,真叫我高兴。请您这就告诉我,听说克吕格家给偷了?

摩特斯　我不在克吕格的别墅里住了。

韦尔哈恩　那么,您也没有听说吗,摩特斯先生?

摩特斯　听说了,可是不详细。刚才我打别墅旁边走过,他们俩正在雪地里找脚印。

韦尔哈恩　是这样吗?费莱歇尔博士帮他找——这么说他们一定是好朋友吧?

摩特斯　是知心朋友,局长先生。

韦尔哈恩　是呀,这个费莱歇尔的事——我比什么都关心。请坐!——我半宿都没有睡。这事叫我没法儿睡呀。您给我写的那封信使我非常不安。这当然是因为我生性如此。换成我的前任,就会无动于衷。我自己已经下定决心,要进行——可以这么说——彻底清查。我现在的任务是:检查和清洗。由于前任那位局长的袒护,这里藏垢纳污,成了垃圾堆!身份可疑的、褫夺公权的、叛国谋反的。要叫这伙人知道厉害才行。——就这样,摩特斯先生,您是作家吧?

摩特斯　是呀,写林务、狩猎方面的东西。

韦尔哈恩　那么,您在《狩猎林务报》上发表文章吧?顺便问一下,您能靠这个生活吗?

摩特斯　像我这样混得挺不错的人,男爵大人,这不成问题。感谢上帝,我的收入非常可观。

韦尔哈恩　您本行是林业吧?

摩特斯　我以前在林业学院,局长先生。我在艾伯瓦尔德①念过书。考试前不久,我不幸……

---

① 艾伯瓦尔德在柏林东北面,该地设有林业学院。

韦尔哈恩　唉,怪不得您扎了块布条儿。

摩特斯　我打猎的时候,坏掉一只眼睛,男爵大人。我的右眼中了一颗鸟枪子弹。是谁打的,可惜查不出来。我只好放弃这项事业。

韦尔哈恩　那么,您没有领到退休金吗?

摩特斯　没有。我总算渡过了难关,现在也有点儿名气了。

韦尔哈恩　哦。也许您认识我妹夫吧?

摩特斯　林务总管封·瓦克斯曼先生,我认识。我经常跟他通信,我们还属于同一个协会呢,这是猎犬训练协会。

韦尔哈恩　(有点儿放心了)哦,这么说您跟他是认识的了?!听到这个我真高兴。这事就好办得多了,大家彼此也都能信任,再也没有什么不便了,摩特斯先生。——您在信里告诉我,说有机会观察过那个费莱歇尔博士。请把您了解的情况谈一谈。

摩特斯　(清清喉咙)我……我大约一年以前搬进克吕格的别墅,那时候,男爵大人,我完全不知道会跟谁住在一起。

韦尔哈恩　您当时不认识克吕格、费莱歇尔吗?

摩特斯　不认识。可是住在同一所房子里,我也不好掉头不理他。

韦尔哈恩　到这所房子里来的都是什么人?

摩特斯　(做了一个意味深长的手势)哎!

韦尔哈恩　我明白。

摩特斯　三教九流。民主党员。

韦尔哈恩　是不是定期碰头?

摩特斯　我只知道,他们每个星期四都碰头。

韦尔哈恩　这事我们要好好注意。——您现在不跟他们往来了吧?

摩特斯　后来我实在没有办法再跟他们往来了,局长先生。

韦尔哈恩　您感到讨厌,是吗?

摩特斯　我讨厌极了。

韦尔哈恩　那股违法乱纪的歪风邪气,那种肆无忌惮攻击要人的冷嘲热讽,这些您终于再也忍受不了吧?

摩特斯　我当时还是留在那儿,因为我想,这样可能还有点儿用处。

韦尔哈恩　可是最后您还是退出了。

摩特斯　是的,我搬走了,男爵大人。

韦尔哈恩　临了您下定决心,要……

摩特斯　我认为这是我的本分。

韦尔哈恩　向政府报告这件事。我觉得您这样做是非常值得尊敬的。就是说,他讲过一句话——我们回头把它记下来——,关系到一位我们大家敬仰的伟人。

摩特斯　是的,男爵大人,他讲过这句话。

韦尔哈恩　到时候,您能起誓证实这句话吗?

摩特斯　到时候,我将起誓证实这句话。

韦尔哈恩　您也许非起誓作证不可。

摩特斯　是的,男爵大人。

韦尔哈恩　当然,我们最好另外还有一个证人。

摩特斯　我得去物色,男爵大人。麻烦的是,这个人舍得花钱,所以……

韦尔哈恩　您等一下,这个克吕格来了。我们还是先把这个人打发走。不管怎样,您这样大力帮助我,我很感谢。如今要想作出一点儿成绩,就得依靠这样的帮助。

克吕格　（急匆匆,激动地进来）天哪！天哪！您好,局长先生。

韦尔哈恩　（对摩特斯）请您等一下！（傲然以盘问口气对克吕格）您有什么事,嗯?

〔克吕格是一个年近七十的老翁,个子矮小,听觉不灵。他走路时已经有点儿伛偻,左肩略向下斜,但仍精神矍铄,说话时伴以激动的手势。他戴着一顶皮帽,进了办公室就把帽子拿在手里,穿着一件褐色的冬大衣,脖子上围着一条厚羊毛围巾。

克吕格　（一腔怒气发将出来）我家被偷了,局长先生。（他气咻咻地用手帕拭去额上的汗珠,带着重听者常有的表情盯着局长的嘴巴）

韦尔哈恩　被偷了? 喔!

克吕格　（激怒了）是被偷了！我家被偷了！有人偷了我两方木柴。

韦尔哈恩　（略带微笑,环视在场的人们,若无其事地）只有您说被偷了,可是最近这儿根本没有出什么事呀。

克吕格　（把手放在耳边）什么? 根本没有出什么事? 老天哪！难道我在这儿开玩笑吗?

韦尔哈恩　您不要借故撒赖。再说,您叫什么名字?

克吕格　（一愣）我叫什么名字?

韦尔哈恩　对,您叫什么名字?

克吕格　您还不知道我的名字吗? 我记得,我们还打过交道呢。

韦尔哈恩　很抱歉。我可怎么也记不起来了。无论如何,有没有打过交道在这儿无关紧要。

克吕格　（无可奈何）我叫克吕格。

韦尔哈恩　也许是收利息的吧？

克吕格　（激愤，嘲讽，急躁）不错。是收利息的，也是收房租的。

韦尔哈恩　我请您证明身份。

克吕格　证明……证明身份？我就叫克吕格。何必找人家麻烦呢。我住在这儿三十年了，街上谁家的孩子都认得我。

韦尔哈恩　您住在这儿多久，跟我无关。我现在只要确定您的身份。摩特斯先生，您认识这位先生吗？（摩特斯欠身起立，带着一脸怒容）原来这样！我明白了。请坐。那么，您说吧，格拉斯纳普？

格拉斯纳普　是，遵命！他是本地收利息的克吕格先生。

韦尔哈恩　好吧。——这么说，您的木柴给偷了？

克吕格　对。木柴。两方松木柴。

韦尔哈恩　您是把那些木柴堆在棚屋里的吗？

克吕格　（又发火了）这又是一件事。这事我要另外特别提出来控告。

韦尔哈恩　（朝着别的人冷笑一下，随口问道）又是一件事吗？

克吕格　您说什么？

韦尔哈恩　没有什么。您尽管说下去吧。那么，木柴大概不是堆在棚屋里吧？

克吕格　那些木柴放在园子里。说清楚一点儿，放在园子前面。

韦尔哈恩　换句话说，放在路上吧？

克吕格　放在园子前面我自己的空地上。

韦尔哈恩　这不是谁去拿都很方便吗？

克吕格　这正是女佣的过错。她本来应当在晚上把木柴搬进来。

韦尔哈恩　她忘了这件事吧?

克吕格　她不肯搬。我还是要她搬,她就从我那儿跑了。所以我要控告她的父母。我要求赔偿全部损失。

韦尔哈恩　随您的便。可是也没有多大用处。——您看谁有嫌疑?

克吕格　不知道。这儿全是惯偷。

韦尔哈恩　不能一概而论。您总得给我一点儿线索吧。

克吕格　可我不想胡乱控告一个人。

韦尔哈恩　除了你们自己,还有谁住在您的房子里?

克吕格　费莱歇尔博士先生。

韦尔哈恩　(似乎在沉思)费莱歇尔博士?费莱歇尔博士?这个人是——干什么的?

克吕格　是很有学问的。确实是一个很有学问的人。

韦尔哈恩　你们俩是好朋友吧?

克吕格　我跟谁好,这是我的事。我看跟这件事一点儿也没有关系。

韦尔哈恩　这叫人家怎么查得出来呢?您总得给我露点儿口风嘛,嗯?

克吕格　我得给您露点儿口风?我的天哪!我得给您露点儿口风?人家偷了我两方木柴。我只是来报案的……

韦尔哈恩　您总在猜想吧:这些木柴是某某人偷的。

克吕格　什——?是呀——我没有猜想谁偷!我根本没有。

韦尔哈恩　可是亲爱的先生……

克吕格　什——?我叫克吕格先生。

韦尔哈恩　（改变话题,似嫌厌烦)哎!——格拉斯纳普,请您记录吧。——那个女佣怎么啦,克吕格先生?那个女佣从您那儿跑了吗?

克吕格　是呀,是这样——回到她爹娘那儿去了。

韦尔哈恩　她爹娘住在本地吗?

克吕格　什么本地话?

韦尔哈恩　是问这个女佣的父母是不是住在本地?

克吕格　就是洗衣服的沃尔夫大妈的女孩。

韦尔哈恩　就是今天在我们这儿洗衣服的那个沃尔夫的女孩吗,格拉斯纳普?

格拉斯纳普　是,局长先生。

韦尔哈恩　（摇头)真怪!她这个人手脚勤快,行为端正。(对克吕格)会这样吗?会是沃尔夫大妈的女孩吗?

克吕格　真是洗衣服的沃尔夫大妈的女孩。

韦尔哈恩　那么这个女佣回来没有呢?

克吕格　到今天她还没有回来。

韦尔哈恩　那我们就叫沃尔夫大妈来吧。喂,密特尔道夫,您大概很累了吧?您到院子那边去一下,叫沃尔夫大妈马上到我这儿来。请您坐下来,克吕格先生。

克吕格　（坐下,叹气)天哪,天哪,这日子可怎么过呀。

韦尔哈恩　（放低声音,对摩特斯和格拉斯纳普)究竟是怎么一回事,我倒很想知道。肯定有什么地方不对头了。我是很看重沃尔夫大妈的,这娘儿们干活抵得上四个男人。我太太说:要是沃尔夫大妈不来,就得雇两个女工代替她洗东西——再说,她一点儿坏心眼也没有。

摩特斯　可她叫自己女孩都上歌剧场去……

韦尔哈恩　是的,也许神经不大正常,可决不是为人有什么缺点。您那儿挂着的是什么呀,摩特斯先生?

摩特斯　铁丝圈套。我要拿去交给看林子的赛德尔。

韦尔哈恩　啊,您把这玩意儿拿给我瞧一瞧。(他拿了一个,仔细察看)野兽套进这种圈子,一定会慢慢地给勒死的。

〔沃尔夫大妈上。密特尔道夫跟在她后面。她还在擦拭洗东西时沾湿的双手。

沃尔夫大妈　(坦然地,愉快地,朝铁丝圈套迅疾地瞥了一眼)叫我来这儿吗?什么事呀?找我沃尔夫大妈有什么事呢?

韦尔哈恩　沃尔夫大妈,您认识这位先生吗?

沃尔夫大妈　哪位先生?(指向克吕格)这位吗?这位是克吕格先生,他我总认得吧。早上好,克吕格先生。

韦尔哈恩　您的女儿在克吕格先生家帮工吗?

沃尔夫大妈　谁?我的女儿?是呀!就是列昂蒂纳。(对克吕格)可她已经从您那儿跑了。

克吕格　(愤怒地)是跑了,没错!

韦尔哈恩　(插话)嗳,请您等一下吧。

沃尔夫大妈　你们大伙儿到底有什么事呢?

韦尔哈恩　沃尔夫大妈,您听我说:您的女儿必须马上回去上工。

沃尔夫大妈　不去,我们现在把她留在家里了。

韦尔哈恩　这可不像您想的那么简单。必要的时候,克吕格先生可以有权请求警察局帮助解决。到那时,我们就得把您的女儿送回去。

沃尔夫大妈　我丈夫已经打定主意啦。他说什么也不放她走

145

了。再说,我丈夫要是打定了主意……你们男人最容易冒火,真吓人。

韦尔哈恩　您别说这个了,沃尔夫大妈。您的女儿在家里多久了。

沃尔夫大妈　昨天晚上回来的。

韦尔哈恩　好。昨天。她应当把木柴搬到棚屋里去才对,可是她不干。

沃尔夫大妈　是这样吗?! 不干?! 这妞儿您叫她干啥就干啥。如果真是这样,我可要教训这丫头!

韦尔哈恩　您听沃尔夫大妈怎么说的。

沃尔夫大妈　这妞儿一向听话。要是她真的不给我帮着干活……

克吕格　可她就是不肯把木柴搬进去。

沃尔夫大妈　哼,把木柴搬进去,又是在夜里十点半钟的时候,谁要叫这么个孩子干这样的活……

韦尔哈恩　沃尔夫大妈,可事情的关键是:木柴堆在外面,昨天夜里给偷掉了。现在……

克吕格　(忍无可忍)您得赔我木柴,沃尔夫大妈。

韦尔哈恩　总会有个着落的,您别着急。

克吕格　您要赔,少一个子儿也不行。

沃尔夫大妈　啊,对极啦! 这倒是个新发明! 难道是我偷了您的木柴不成?

韦尔哈恩　哎,先让这个人安静一下吧。

沃尔夫大妈　不行,如果克吕格先生要我赔偿木柴什么的,他办不到。我对人一向和气,谁都不会说我什么不是。可在节骨眼上,我干吗不能讲话?! 我心里有话就要讲。我安分守己,这就行了。村子里谁也不能数落我什么。我也不能由着别人欺到头上来。
韦尔哈恩　您别生气,沃尔夫大妈。您完全不必这样嘛。您别急,一点儿也不要急。我们又不是不知道您。您手脚勤快,行为端正,谁都不会否认。那么您对这事有什么话要说吗?
克吕格　这个女人根本没有什么好说的!
沃尔夫大妈　哎呀!天哪,这就怪了。难道这妞儿不是我的女儿吗?我不好说话吗?您还是去找个蠢货吧,您太不了解我沃尔夫大妈了。不管在谁面前,就是在局长先生面前,我有话也用不着吞吞吐吐。告诉您,在您面前就更加用不着了!
韦尔哈恩　我完全理解您的激动心情,沃尔夫大妈。可是您要是想把事情办好,我劝您不要急躁。
沃尔夫大妈　我给大家都干过活。我洗了十年衣服。我们一向都很和睦。可您现在翻了脸,这样对待我,老实告诉您,我再也不去您家了。
克吕格　用不着您来。别人也会洗衣服的。
沃尔夫大妈　还有,您园子里的青菜、水果,别人也会替您卖掉哇!
克吕格　这我都能卖出去,有什么可担心的。您只要提根棍子把您女儿赶回我家里就是。
沃尔夫大妈　我可不能由着人家折磨我女儿。
克吕格　谁折磨过您的女儿?我倒要问问看。
沃尔夫大妈　(对韦尔哈恩)跟您说,这妞儿现在瘦得只剩下骨头架子了。

克吕格　那她就不应该整夜整夜地去跳舞啦。

沃尔夫大妈　她这一整天都睡得死死的。

韦尔哈恩　(从沃尔夫大妈头上看过去,对克吕格)您的木柴从哪儿买来的?

沃尔夫大妈　我说,这儿的事还要谈很久吗?

韦尔哈恩　干吗问这个,沃尔夫大妈?

沃尔夫大妈　要洗衣服啦。我老站在这儿白糟蹋工夫,今天可干不完哪。

韦尔哈恩　现在顾不上这个了,沃尔夫大妈。

沃尔夫大妈　可是您的太太呢?她会怎么说呢?那就请您去跟她讲妥吧,局长先生。

韦尔哈恩　再过一会儿就行了。——请您告诉我们吧,沃尔夫大妈,全村的情况您都熟悉,您估摸作案的会是谁呢?您看谁会偷这些木柴呢?

沃尔夫大妈　这我可说不上了,局长先生。

韦尔哈恩　您没有发现什么可疑的情况吗?

沃尔夫大妈　昨天夜里我压根儿就不在家,我当时要上特莱普托夫去买鹅。

韦尔哈恩　那是什么时候?

沃尔夫大妈　十点刚过。动身的时候,密特尔道夫也在我们那儿。

韦尔哈恩　您没有碰到装木柴的车子吗?

沃尔夫大妈　没有,没有碰到。

韦尔哈恩　怎么样,密特尔道夫?您没有发现什么吗?

密特尔道夫　(想了一下)我没有发现什么可疑的情况。

韦尔哈恩　当然,这我早就知道。(对克吕格)那么,您的木柴是从哪儿买来的？

克吕格　干吗您偏要问这个呢？我不明白。

韦尔哈恩　我看,这是我的事,您别过问了。

克吕格　当然是从林业管理处买来的。

韦尔哈恩　可不能说"当然"。譬如还有木场。譬如我是在桑德堡那儿买木柴的。干吗您不向商人买呢？这样还便宜一点儿呢。

克吕格　（不耐烦）我再也没有时间了,局长先生。

韦尔哈恩　这是什么话？——时间？您没有时间？是您找我,还是我找您？是我花费您的时间,还是您花费我的时间？

克吕格　这是您的职责,您在这儿就干这种事。

韦尔哈恩　难道我是给您擦皮鞋的吗？

克吕格　难道我偷了人家的银调羹吗？我请您别拿这种芝麻绿豆官的口气来训人了！

韦尔哈恩　岂有此……您别这样大喊大叫了！

克吕格　是您在大喊大叫哇,先生！

韦尔哈恩　您是个半聋子,我不喊行吗?！

克吕格　您老是这样大喊大叫,您对每一个来这儿的人都这样大喊大叫。

韦尔哈恩　我对谁都没有人喊大叫。住口！

克吕格　您在这儿装腔作势。这一带的人都给您坑苦了。

韦尔哈恩　真正的苦头还在后面呢,您等着瞧吧。我要叫您知道麻烦的事还多着呢。

克吕格　我一点儿都不在乎。您只是夜郎自大而已,还有什么?！您只是神气活现而已,还有什么?！好像您就是国王本人……

韦尔哈恩　在这儿我就是国王！

克吕格　（纵声大笑）哈，哈，哈，哈！您得了吧，在我眼里您一文不值。您只是一个头脑简单的警察局长。您先得学会怎么当这个官儿。

韦尔哈恩　先生，要是您不马上住口……

克吕格　您大概要把我关起来吧？奉劝您别使这一手了，要不，说不定对您有危险呢。

韦尔哈恩　危险？您？（对摩特斯）您听见了吗？（对克吕格）就算跟您那伙狐群狗党一起去煽动、策划，您也扳不倒我。

克吕格　我的天哪！我去煽动反对您？我才不干哩。您这号人物，我根本不放在心上。告诉您，要是您不改变，干的坏事太多，那只有绝路一条。

韦尔哈恩　（对摩特斯）摩特斯先生，我们得体谅他这把年纪。

克吕格　我请求把我的控诉记录下来。

韦尔哈恩　（翻寻文件）请您写一个诉状来，我现在没空。

　　〔克吕格愕然看他，猛地转过身子，一言不发就走出去。

韦尔哈恩　（发窘一会儿以后）他们就是拿这些鸡毛蒜皮的事情来找麻烦！——唉！（对沃尔夫大妈）您快洗衣服去吧！——我跟您说，亲爱的摩特斯先生，这种职位真也叫人头痛。要是没有认识到我们在这儿的责任，有时就会心灰意懒。所以现在必须勇敢地坚持下去。我们努力奋斗，究竟为的是什么呢？为的是我们民族最可宝贵的财富！

第 三 幕

〔早上近八点,在沃尔夫大妈的屋子里。灶上冲咖啡的水开了。沃尔夫大妈坐在脚凳上,一面数钱,一面把它放到椅子的座板上去。尤利乌斯进内,提着一只已宰了的兔子。

尤利乌斯　把钱收起来!

沃尔夫大妈　(专心计数,粗声粗气地)哼,别教训人了!(沉默)

〔尤利乌斯把兔子扔在矮凳上,接着有点儿犹豫不决,伸手去拿这个,又去拿那个,最后拿起一只靴子来擦油。远处可以听到有人在吹狩猎的号角。

尤利乌斯　(谛听,随后焦急不安地)你还不把钱收起来!

沃尔夫大妈　别打扰我,尤利安。你就让那个讨厌的摩特斯嘟嘟地去吹吧。他在林子里,哪会想到这儿。

尤利乌斯　你早晚要把我们送进普洛岑湖里去。①

阿德尔海特　(进内,刚刚起床)早上好,妈妈!

沃尔夫大妈　睡得好吗?

~~~~~~~~~~

① 柏林夏洛登堡的监狱,因近处普洛岑湖而得名。

阿德尔海特　昨天夜里你们出去过吧？

沃尔夫大妈　你一定是做梦。去吧！把木柴搬过来。快一点儿！（阿德尔海特拿着一只橙子当皮球抛，向门边走去）这橙子哪儿来的？

阿德尔海特　是做买卖的舒贝尔给的。（下）

沃尔夫大妈　这家伙送的东西你不能拿！——过来，尤利安！你听着！我这儿一共有五十九塔勒。伍尔柯夫老是这样。我们又给他骗去了一塔勒，他本来是说给六十的。——我把这些钱放在袋子里，明白吗？去拿把锄头，到后面羊圈里掘个洞，掘在槽下干燥的地方。把袋子放进去，听到没有？再拿块石板盖在上面。别耽搁得太久。

尤利乌斯　我还以为，你会拿点钱去还费莱歇尔呢。

沃尔夫大妈　你就不能照我跟你说的去办吗?! 别磨磨蹭蹭的耽误工夫了，明白没有？

尤利乌斯　别惹我生气，不然给你点儿厉害看看。我不答应把钱留在家里。

沃尔夫大妈　把它放哪儿？

尤利乌斯　你把钱拿着，送到费莱歇尔家去。你也说过，我们要还账！

沃尔夫大妈　你是个十足的笨蛋。要是没有我，你早完了。

尤利乌斯　你嚷吧！

沃尔夫大妈　你这么蠢，不嚷还行！你不说蠢话，我也用不着嚷了。要是我们现在把钱送到费莱歇尔家去，你瞧着吧，我们会出什么事。

尤利乌斯　我早就说啦，这档子事害人哪！真要坐牢，我又有什么好处呢！

沃尔夫大妈　该闭嘴了！

尤利乌斯　你不能再嚷大声一点儿吗?!

沃尔夫大妈　我不想去换个嘴呀。你大喊大叫……嚷得多凶啊，就为这点儿小事。你自己小心就行了，别替我操心。你把钥匙扔到施普雷河里去了没有？

尤利乌斯　怎么，我去过河边吗？

沃尔夫大妈　现在该去了，快去。要叫他们在你身上搜出那把钥匙，是不是？（尤利安正欲离去）啊，等一等，尤利安！把钥匙给我！

尤利乌斯　你要钥匙做什么？

沃尔夫大妈　（接过钥匙）这跟你没有关系。这是我的事。（她把钥匙收起来，将咖啡豆倒进磨里，开始把它们碾碎）你到羊圈里去一下，回来再喝。

尤利乌斯　早知道这样，我就不干了。

〔尤利乌斯下。阿德尔海特入内，拿来圆木柴，这些木柴全裹在一条大裙子里。

沃尔夫大妈　这木柴你是从哪儿拿来的？

阿德尔海特　咦，就从新到的圆木柴那一堆里面拿来的嘛。

沃尔夫大妈　不许你拿新到的那一堆柴。

阿德尔海特　（把圆木柴丢在灶前地上）拿掉一点儿木柴，妈妈，这又有什么呢?!

沃尔夫大妈　你知道什么！你要干傻事儿还是怎么的？你胎毛刚干呢！

阿德尔海特　我知道这是哪儿来的。

沃尔夫大妈　你说什么，丫头？

阿德尔海特　我是说这些木柴。

沃尔夫大妈　别胡扯,这是拍卖的时候买来的。

阿德尔海特　(把橙子当皮球抛)哈,哈,真要是这样,有什么好说的!可这是拿来的。

沃尔夫大妈　这是……?

阿德尔海特　拿来的。这是克吕格的木柴,妈妈。列昂蒂纳跟我说了。

沃尔夫大妈　(朝她头上打了一下)给你这个。我们不是偷东西的。快去做你的功课,给我好好儿地做,回头我还要来看的。

阿德尔海特　(下,走进隔壁房间)我可以溜冰去了吧?

沃尔夫大妈　坚信礼课你又忘得一干二净了?

阿德尔海特　星期二才上嘛。

沃尔夫大妈　明天就是星期二了。给我念一念《圣经》格言,回头我来听你背。

阿德尔海特　(可以听见她在隔壁房间大声打呵欠,然后背诵)耶稣对门徒说,谁没有调羹,就用手指来吃。

〔尤利乌斯又上。

沃尔夫大妈　怎么,都已经搞好了吗,尤利安?

尤利乌斯　要是不满意,你自己独个儿去吧。

沃尔夫大妈　当然!最好是这样。(她给他和自己各斟了一满杯咖啡,把它放在一张木椅上,还拿来面包和奶油)拿去,喝咖啡吧!

尤利乌斯　(坐下,切面包)伍尔柯夫要是能开船就好。

沃尔夫大妈　这样的天气已经解冻了。

尤利乌斯　老是什么解冻不解冻的!

沃尔夫大妈　就算结了一点儿冰,他也不会停着不开的。这

154

会儿他的船早在运河里走了一段路了。

尤利乌斯　他总不会还在桥边停着吧。

沃尔夫大妈　他爱停在哪儿就让他停在哪儿吧,我才不管呢。

尤利乌斯　伍尔柯夫会出大乱子。你信我的话吧。

沃尔夫大妈　这是他的事,不是我们的事!

尤利乌斯　可要连累我们啊。就让他们去伍尔柯夫那儿把皮大衣搜出来吧。

沃尔夫大妈　什么皮大衣?

尤利乌斯　克吕格的皮大衣嘛。

沃尔夫大妈　别瞎说了,懂吗?管闲事,胡说八道,就会吃苦头。

尤利乌斯　可这事跟我有关系呀。

沃尔夫大妈　关你什么事!这跟你不相干。这是我的事,不是你的事。你根本就不是男子汉,你像个老太婆——钱拿去,赶快走。去费比希那儿喝杯烧酒,过个痛痛快快的礼拜日。(有人叩门)进来!要进来,就进来吧。

〔费莱歇尔博士带着他五岁的男孩进内。费莱歇尔博士二十七岁,身穿耶格式服装①,头发胡髭全都漆黑,眼睛深陷,声音比较柔和。他时时刻刻照料着孩子,流露出令人感动的关切之情。

沃尔夫大妈　(欢叫)哈,菲力普来看我们啦!好极了!这可不简单哪。(她拉住孩子,替他脱掉大衣)来吧,把大衣脱下来。这里面挺暖和的,在这儿你就不冷了。

---

① 德国医生,动物学家古斯塔夫·耶格(1832—1917)从保健角度提倡的一种服装式样。

费莱歇尔　（焦急地）沃尔夫大妈,有穿堂风。我觉得有穿堂风。

沃尔夫大妈　哪有这样娇嫩的！有点儿穿堂风对这孩子也没有什么害处。

费莱歇尔　不,不,不能这样。您不知道！这孩子一转眼就会得病。活动一下,小菲力普,活动活动。(菲力普不听,扭动肩膀,发出尖叫)乖乖,菲力普小乖乖,你瞧,不然你会害病的。你只要慢慢儿地来回走走就行了。

菲力普　（淘气地）我不干。

沃尔夫大妈　哎,您算了吧。

费莱歇尔　早上好,沃尔夫大妈。

沃尔夫大妈　早上好,博士先生,您又来看我们啦?

费莱歇尔　早上好,沃尔夫大伯。

尤利乌斯　早上好,费莱歇尔先生。

沃尔夫大妈　啊,欢迎您。请坐吧。

费莱歇尔　我们不想待很久。

沃尔夫大妈　啊,我们家大清早就来贵客,今天准会过得愉快。(跪在男孩面前)可不是么? 我的孩子,你给我们带来了好运气吧?

菲力普　（兴奋地）我去过动物园,我在那儿看见鹳,它们拿金黄色的长嘴来咬,你咬我,我咬你。

沃尔夫大妈　不会的,不可能的,你在骗我。(搂紧孩子,尽情地吻他)嘻,孩子,我要吃你,我要把你吃掉。费莱歇尔先生,我把这孩子留下来。这是我的孩子。不是吗?你是我的孩子。你妈妈怎么样? 嗯?

菲力普　她身体很好,她向您问好,还有请您明天早上去洗衣服。

沃尔夫大妈　啊,你们瞧。这孩子!他会办这样的事了。(对费莱歇尔)怎么,您不坐一会儿吗?

费莱歇尔　这孩子叫我头疼,他要划船,行吗?

沃尔夫大妈　当然行。施普雷河开冻了。我家妞儿给您划一段路。

费莱歇尔　这孩子缠住我不放。他想得着迷了。

阿德尔海特　(出现在隔壁房间的门边,朝菲力普招手)来,菲力普,我给你瞧一样好东西。

〔菲力普任性地尖叫起来。

费莱歇尔　菲力普小乖乖,你听着,别淘气!

阿德尔海特　瞧这只橙子多好!

〔菲力普笑容满面,朝阿德尔海特走了几步。

费莱歇尔　好,去吧,可别向人家要!

阿德尔海特　来吧,来吧,我们现在一起吃掉它。

〔她朝孩子走了几步去拉他的手,另一只手拿着橙子递到他面前,两人亲热地走进隔壁房间。

沃尔夫大妈　(目送男孩)真的,孩子,我忍不住老想看你。不知道为什么,看见这样的孩子,我……(她撩起裙角擤鼻涕)——我就想哭。

费莱歇尔　您不是也有过这么大的男孩吗?

沃尔夫大妈　不是吗。可又有什么用?又不能叫他活过来。——您瞧,做人就是这么回事。(哑场)

费莱歇尔　照料孩子,非得万分小心不可。

沃尔夫大妈　随你怎么小心也没用。劫数难逃呗。(哑场。摇头)您跟摩特斯先生不对头吗?

费莱歇尔　我？没有。我跟他有什么不对头呢？

沃尔夫大妈　我只是随便说说。

费莱歇尔　您家姑娘现在多大了？

沃尔夫大妈　到复活节她就不念书了。怎么样，费莱歇尔博士，您要她吗？我很愿意叫她到您那儿去帮工。

费莱歇尔　干吗不要呢？这不坏嘛。

沃尔夫大妈　跟您说，她已经像个小伙子那样结实了。虽说年纪还小，可干起活来谁都比得上。您知道，她有时调皮粗心，有时惹人生气。可她不笨。她一生下来就挺聪明。

费莱歇尔　非常可能。

沃尔夫大妈　您只要拿点儿东西叫她背一下——背一首诗或者随便什么的，我可以告诉您，博士先生，您就会大吃一惊。下回您家里如果再来柏林客人，您可以叫人把她喊去。上您这儿来的诗人可多呢。她胆子大，马上就会开口。她朗诵起来可好听哪！——（换了口气）我想好好儿地劝您一下，您听了可别生气呀。

费莱歇尔　好心劝告我，我是决不会生气的。

沃尔夫大妈　头一件，您别给人家送这么多东西了！谁也不会感谢您的，只会对您忘恩负义。

费莱歇尔　我送给人家的东西一点儿也不多呀，沃尔夫大妈。

沃尔夫大妈　当然，这我知道。还有，您别发表议论了，不然人家大惊小怪的，马上就说，这是民主党员。讲话要多加小心哪。

费莱歇尔　您这话我该怎么理解呢，沃尔夫大妈？

沃尔夫大妈　您爱怎么想就怎么想吧，可说出来就得多加小心。有时坐了牢，自己还一点儿也摸不着头脑呢。

费莱歇尔　（脸色泛白）别说蠢话了，沃尔夫大妈。

沃尔夫大妈　不是说蠢话,我说的全是正经话。——还有,对那个人您可得留神哪。

费莱歇尔　您说是对哪个人?

沃尔夫大妈　就是我刚才讲到的那个。

费莱歇尔　是不是摩特斯?

沃尔夫大妈　我不能指名道姓。您跟这个人一定有瓜葛吧?

费莱歇尔　我根本不跟他往来了。

沃尔夫大妈　您瞧,我可料到了。

费莱歇尔　这事总不能怪我呀,沃尔夫大妈。

沃尔夫大妈　我也没有怪您呀。

费莱歇尔　跟骗子……跟臭名远扬的骗子打交道,真糟糕。

沃尔夫大妈　这个人就是骗子,您说得对。

费莱歇尔　现在他搬到卖糕点的德兰艾那儿去了。这可怜的女人就会知道要吃亏的。她的东西早晚都会给拿走。跟这么一个家伙……这么一个地地道道的亡命之徒……

沃尔夫大妈　他有时也露了点儿口风出来……

费莱歇尔　真的?!讲我吗?我倒很想知道。

沃尔夫大妈　大概是说您对一个重要人物还是什么的讲了坏话。

费莱歇尔　哦!详细的情况您不知道吗?

沃尔夫大妈　他跟韦尔哈恩很接近哪。哎,您看怎么样?您还是去找一下德兰艾大妈吧。这老婆子已经看出苗头来了。起初他们顺着她,尽说好听的,可现在他们什么都要她掏腰包了。

费莱歇尔　唉,真是混账透顶!

沃尔夫大妈　您还是到德兰艾那儿去一下吧,这又没有什么不好。她告诉我一件事情……他想骗她去做假证人,从这儿您就可以看清这个家伙了。

费莱歇尔　我是可以去一下,这没有关系。可是说到底,这事我是无所谓的。要是这么一个家伙居然……那真见鬼了。叫他来吧。——喂,菲力普,菲力普!你在哪儿?我们现在要走啦。

阿德尔海特　我们在瞧好戏呀。

费莱歇尔　还有,您看那件事怎么样?

沃尔夫大妈　哪件事?

费莱歇尔　您一点儿也没有听说吗?

沃尔夫大妈　(不安地)没有,真的没有哪。(不耐烦地)尤利安,快去,中午好赶回来。(对费莱歇尔)我们今天宰了一只小兔子。还没有收拾好吗,尤利安?

尤利乌斯　嗯,让我找到帽子再说。

沃尔夫大妈　拖拖拉拉的,实在叫人看着不顺眼。——老是这样,今天不干等明天。可在我这儿,做什么都得干脆。

费莱歇尔　昨天夜里,克吕格家给……

沃尔夫大妈　别说了!您别提这个人了!我恨透了他!他太欺侮人了。他跟我也算老交情了,可现在他却当众叫我这样下不了台。(对尤利乌斯)怎么,走还是不走?

尤利乌斯　我就走了,急什么!再见啦,费莱歇尔先生!

费莱歇尔　再见,沃尔夫大伯。(尤利乌斯下)

沃尔夫大妈　好啦,刚才说——

费莱歇尔　对啦,那是在他的木柴给偷了的时候,他大概跟您吵过一次吧?这以后,他早就后悔了。

沃尔夫大妈　哼,这个人!后悔!

费莱歇尔　真是这样,沃尔夫大妈,特别在发生最近那件事情以后。他是很看重您的。你们还是重新和好吧。

沃尔夫大妈　我们本来是可以通情达理地来谈的,可他立刻就找到警察局去——这怎么行呢!

费莱歇尔　这两个老人真倒霉,一个星期前给偷了木柴,现在又给偷了皮大衣……

沃尔夫大妈　这条新闻很重要,快告诉我!

费莱歇尔　他们大概又是撬进去的。

沃尔夫大妈　给偷了?您别开玩笑。

费莱歇尔　给偷了一件簇新的皮大衣。

沃尔夫大妈　这怎么得了!真的,我马上就搬走。这地方准有一伙这样的人!这样下去连条老命都保不住了!唉!这些人哪,真是想不到呀!

费莱歇尔　您可以想象,这一下可闹翻了天。

沃尔夫大妈　这也不能怪他们。

费莱歇尔　是呀,这件东西很贵重,可能是貂皮的。

沃尔夫大妈　这跟海狸皮相像吗,费莱歇尔先生?

费莱歇尔　哦,也可能就是海狸皮的。为了这件大衣,他们俩当时还得意扬扬哩。——可我暗地里直发笑。要是这样的事能查清楚,那倒挺有意思。

沃尔夫大妈　您的心肠真硬啊。对这样的事,我是不会笑的,费莱歇尔先生!

费莱歇尔　怎么,您以为,我不替他难受吗?

沃尔夫大妈　这伙人多坏呀!真是想象不到。就这么把别人的东西拿走——宁可干到累死,也不能这样啊!

费莱歇尔　您能不能去打听一下?我看,这件皮大衣还在本村。

沃尔夫大妈　哦,您没有怀疑什么人吗?

费莱歇尔　有这么一个女人,曾经在克吕格家洗过衣服……

沃尔夫大妈　米勒吗?

费莱歇尔　她家里有一大堆人……?

沃尔夫大妈　这个女人家里是有一大堆人,可是说偷……不会吧。顺手牵羊倒是有的。

费莱歇尔　所以克吕格就把她撵走了。

沃尔夫大妈　不管怎样,总会水落石出的。这事一定有鬼,要是我当警察局长就好了。可是这个人糊涂哪……真是糊涂透顶。我用鸡眼比他用玻璃眼①看东西还要清楚,您相信我吧。

费莱歇尔　这个我倒有点儿相信。

沃尔夫大妈　我可以告诉您,到时候,我能把他屁股下面那张椅子都偷掉。

费莱歇尔　(已经站起来,笑着朝隔壁房间喊叫)来呀,菲力普,来呀。我们要走啦。再见,沃尔夫大妈。

沃尔夫大妈　阿德尔海特,把衣服穿起来,你给费莱歇尔先生划一段路。

阿德尔海特　(上,扣好衣领上最后几个钮子,牵着菲力普的手)我穿好了。(对菲力普)过来,喂,我抱你。

费莱歇尔　(担心地,帮着穿衣)一定得穿好。他身子太弱了。再说,河上还有风呢。

阿德尔海特　我要先走,把船准备好。

～～～～～～～～～

① 指韦尔哈恩的单眼镜。

沃尔夫大妈　您身体怎么样？

费莱歇尔　打我住在这儿郊区起,就好得多了。

阿德尔海特　(在门内,回头喊道)妈妈,克吕格先生来了。

沃尔夫大妈　谁来了？

阿德尔海特　克吕格先生。

沃尔夫大妈　怎么会呢！

费莱歇尔　他今天早上就想来您这儿了。(下)

沃尔夫大妈　(朝那堆圆木柴迅疾地瞥了一眼,打定主意开始把柴移开)来呀,丫头,帮我把木柴搬掉。

阿德尔海特　干吗呀,妈妈？喔,是为了克吕格先生的缘故。

沃尔夫大妈　还为别的,傻丫头！我们家这样行吗？星期天早上这样行吗？克吕格先生会怎么看我们呢？(克吕格激动地上;沃尔夫大妈迎着他招呼)克吕格先生,您可别往四下瞧了。我们这儿乱得不成样子啦。

克吕格　(急匆匆地)早上好！早上好！您随它去吧。您整个星期都干活,星期天哪能把什么都收拾得干干净净的。您人品端正,您为人诚实,沃尔夫大妈。说到我们的事,我看还是把它全忘掉吧。

沃尔夫大妈　(受了感动,偶尔撩起裙角揩拭眼睛)我对您是从来没有什么过不去的。我一向喜欢到您家里干活。可您当时发这么大脾气,我也很恼火。我难过极了。

克吕格　您还是来我们家洗衣服吧！您的姑娘列昂蒂纳呢？

沃尔夫大妈　她上邮政局长家送甘蓝去了。

克吕格　您叫这姑娘回我们家去吧。以前给她二十塔勒,现在给三十。别的我们对她都很满意。我们不要计较这些事了,把它忘掉吧。(他把手伸给她,沃尔夫大妈握住他

的手)

沃尔夫大妈　本来是完全不必这样的。这丫头还是个不懂事的孩子。我们大人一向都很合得来嘛。

克吕格　那么,这事就算讲妥了。(舒了一口气)至少这件事我可以放心了。——您倒说说,我出了这样的事,您怎么看呢？

沃尔夫大妈　唉,您知道,不……我什么也说不上。

克吕格　我们又碰上这位封·韦尔哈恩先生。他只知道欺侮老实的平民百姓,变法儿虐待人,折磨人。这个人什么事都要插上一手。

沃尔夫大妈　可是该他管的,他又装糊涂了。

克吕格　我这就去报案,决不罢休,这事一定要查清。

沃尔夫大妈　这事您决不能不管,克吕格先生！

克吕格　就是闹得天翻地覆,我也要干。我一定要把那件皮大衣找回来,沃尔夫大妈。

沃尔夫大妈　这儿得好好地清查一下,才能在家里住得安稳。不然,这些人连我们头上的屋顶都会偷掉。

克吕格　请您想一想！两个星期发生两起盗窃案！两方圆木柴,就跟您放在那儿的一模一样。(他拿起其中一根圆木柴)就是这么好、这么贵的木柴,沃尔夫大妈。

沃尔夫大妈　这还了得,真是气死人哪。有一伙人就藏在这一带,这些人多……呸,可恶！简直无法无天！唉！让我太太平平过日子吧！

克吕格　(狂怒地挥舞那根圆木柴)就是要我花费一千塔勒,我也要把这些小偷捉拿归案,这伙人逃不了！

沃尔夫大妈　要真能这样,可是件大好事呀,真的！

第 四 幕

〔在局长办公室里。格拉斯纳普坐在自己位子上。沃尔夫大妈带着阿德尔海特在等候警察局长,阿德尔海特怀中抱了一个用亚麻布裹着的小包。

沃尔夫大妈　他今天又耽误很久了。
格拉斯纳普　(在写东西)别急!别急!
沃尔夫大妈　哎,他今天又来得这么晚,又没有工夫办我们的事了。
格拉斯纳普　哎,你们这些鸡毛蒜皮的小事算得了什么!我们要办别的大事呢。
沃尔夫大妈　你们要办的真是好事呀。
格拉斯纳普　这是什么话!不能这样说嘛。
沃尔夫大妈　哼,您少摆架子。这丫头是克吕格叫她来的。
格拉斯纳普　又是皮人衣的事,是吗?
沃尔夫大妈　就是这个事!
格拉斯纳普　这老东西来找麻烦,这一下又要吵闹了,这个罗圈腿、爱告状的老家伙。
沃尔夫大妈　你们只会搬嘴弄舌,还是想法破案吧。
密特尔道夫　(出现在门口)请您过来一下,格拉斯纳普,局

165

长先生要向您了解情况。

格拉斯纳普　我又得停下来。(把笔扔下,出去)

沃尔夫大妈　早上好,密特尔道夫。

密特尔道夫　早上好!

沃尔夫大妈　局长在哪儿待这么久?

密特尔道夫　他把一张一张纸都写得密密麻麻的,沃尔夫大妈。这些肯定都是重大的事情。(推心置腹地)已经有点儿风声了。——可不知道是什么事。我只知道要出事……您会看到的,只要注意就是了。这事要爆发了,要是爆发出来,沃尔夫大妈,那——这事就爆发了。不,不,刚才说了,这事我一点儿也不了解。这些全是新式的玩意儿。新式的玩意儿就是这些。可对新式的玩意儿,我一窍不通。必须采取行动,不能再这样下去了。整个村子要来一次大清洗。可这事我就闹不清了。那个死去的局长,比起这一个,只能算是个饭桶。我本来还可以告诉您许多事,可现在没有工夫,男爵在等着我。(走开,到门边又转过身来说)这事肯定要爆发,沃尔夫大妈。(下)

沃尔夫大妈　这个人有点儿神经病了。(哑场)

阿德尔海特　叫我说什么呀,我又忘了。

沃尔夫大妈　你跟克吕格先生怎么说的?

阿德尔海特　哦,说这小包是我捡来的。

沃尔夫大妈　别的话你在这儿就甭说了。你要咬定不改口。平时你这张嘴巴也不笨嘛。

伍尔柯夫　(进内)早上好!

沃尔夫大妈　(目瞪口呆地瞅住伍尔柯夫)怎么搞的,伍尔柯夫？您疯了?! 您来这儿有什么事？

伍尔柯夫　是这样,我女人生了个娃娃。

沃尔夫大妈　她生了个什么？

伍尔柯夫　一个小丫头。所以我来报户口。

沃尔夫大妈　我在想,您到运河已很久了吧？

伍尔柯夫　真要到了运河,那也好,沃尔夫大妈。要是能由着我,我也走了。当时我马上就离开,可一到闸边,就没法儿再往前了,只好等施普雷河开冻。我停了两天两夜,结果又碰上我女人的事。这一来,唉声叹气也不顶事,我只好回来。

沃尔夫大妈　您又把船停在桥边吗？

伍尔柯夫　老地方。叫我停哪儿？

沃尔夫大妈　别跟我噜苏啦。

伍尔柯夫　要是他们没有起疑心就好。

沃尔夫大妈　去吧,到铺子里买十芬尼纱线。

阿德尔海特　我回家的时候去买。

沃尔夫大妈　去,去,别多嘴了。

阿德尔海特　我已经不是小姑娘了。(下)

沃尔夫大妈　(急切地)您在闸边停了两天吗？

伍尔柯夫　我说了,整整两天。

沃尔夫大妈　哼,您这大笨蛋。好家伙——在大白天穿起那件皮大衣来了。

伍尔柯夫　我？穿过？

沃尔夫大妈　对,穿过,就在大白天,好让整个村子马上都知道您穿了漂亮的皮大衣。

伍尔柯夫　我只在没有人的地方才穿过呀。

167

沃尔夫大妈　离我家只有一刻钟的路。我的妞儿看见您坐在那儿,她当时给费莱歇尔博士划船,他一看就怀疑起来。

伍尔柯夫　这我不知道,这跟我没有关系。(可以听见有人进来)

沃尔夫大妈　嘘,您要多加小心,伍尔柯夫!

格拉斯纳普　(匆匆进来,模仿警察局长的派头,用盛气凌人的口气对伍尔柯夫)您有什么事呀?

韦尔哈恩　(还在外面)你要做什么,小姑娘?你来找我吗?那就进来吧!(韦尔哈恩让阿德尔海特先入,自己跟着进来)今天我没有多少时间。哦,原来这样,你是沃尔夫家的小姑娘吧?好,坐下来!你拿着什么?

阿德尔海特　这个小包是我……

韦尔哈恩　你先等一下……(对伍尔柯夫)您有什么事?

伍尔柯夫　我来报出生。

韦尔哈恩　哦,是上户口的事。把登记簿拿来,格拉斯纳普!哦,对啦,我要先处理别的事。(对沃尔夫大妈)您的女儿怎么了?克吕格又打她耳刮子吗?

沃尔夫大妈　没有,还没有到这个地步。

韦尔哈恩　那么什么事呢?

沃尔夫大妈　就为这个小包……

韦尔哈恩　(对格拉斯纳普)摩特斯还没有来过吗?

格拉斯纳普　到现在还没有来过。

韦尔哈恩　真叫人想不透!喂,小姑娘,你要做什么?

格拉斯纳普　就是为偷掉皮大衣的事,局长先生。

韦尔哈恩　原来这样。这事我今天可办不了。谁能一下子把什么都办完呢!(对沃尔夫大妈)叫她明天到我这儿来报告。

沃尔夫大妈　她想找您谈话已经有一两次了。

韦尔哈恩　那么明天叫她来试第三次吧。

沃尔夫大妈　克吕格先生老是催她。

韦尔哈恩　克吕格先生跟这事有什么关系呢?

沃尔夫大妈　这丫头带了那个小包去过他那儿。

韦尔哈恩　这包破烂货是什么呀?您拿来我瞧瞧。

沃尔夫大妈　这跟皮大衣的事有关系。我是说:克吕格先生是这样想的。

韦尔哈恩　这块破布包的是什么呀?

沃尔夫大妈　里面是克吕格先生的一件绿背心。

韦尔哈恩　这是你捡来的?

阿德尔海特　这是我捡来的,长官先生!

韦尔哈恩　你在哪儿捡来的?

阿德尔海特　这是我跟妈妈一起上火车站去的时候捡来的。我这么走着走着,突然……

韦尔哈恩　甭说了。(对沃尔夫大妈)您先把东西放在这儿。我们明天再谈。

沃尔夫大妈　我倒没有什么,不过……

韦尔哈恩　那么谁不肯呢?

沃尔夫大妈　克吕格先生老在催呀。

韦尔哈恩　什么克吕格先生,我才不管他呢。这个人老是纠缠不清。这种事不能性急。他已经出过赏格了。这事也在公告上登过了。

格拉斯纳普　这个人得寸进尺。

韦尔哈恩　得寸进尺,这像话吗?我们已经记录了案情。他

169

觉得给他洗衣服的女人可疑,我们也搜查过住宅。他还要怎么样呢?叫他放明白点儿。好啦,刚才说了,我明天来处理。

沃尔夫大妈　我们是无所谓的,我们明天再来吧。

韦尔哈恩　好吧,明天早上来。

沃尔夫大妈　再见啦!

阿德尔海特　(行屈膝礼)再见啦!

〔沃尔夫大妈和阿德尔海特下。

韦尔哈恩　(翻寻文件,对格拉斯纳普)我想知道这事的结果怎样。摩特斯先生说要找证人来。他说,费莱歇尔散布大逆不道的言论时,德兰艾,就是那个卖糕点的老婆子刚好站在旁边。您知道吗,这德兰艾多大年纪了?

格拉斯纳普　大概七十岁,局长先生。

韦尔哈恩　有点儿糊涂吧,是不是?

格拉斯纳普　各人看法不一样。她的头脑还是相当清楚的。

韦尔哈恩　我可以跟您说,格拉斯纳普,把这儿彻底地清查一下,对我来说,实在是一件非常痛快的事情,好让这些人知道他们在跟谁打交道。在庆祝皇上寿辰的时候,是谁没有来?当然是那个费莱歇尔。我相信,这个人什么坏事都干得出来。他再装傻也是白费!我们看清了这些披着羊皮的豺狼。平时好像连一只苍蝇的脚都扯不断似的,可时机一到,这些狗东西就会把这一大片地方搞得天翻地覆。现在他们的日子不好过了。

摩特斯　(上)您好!

韦尔哈恩　说吧,怎么样?

摩特斯　德兰艾大妈十一点左右来这儿。

韦尔哈恩　这件事一定会引起某些震动,一定会有人大喊大叫,说这个韦尔哈恩什么事都要管。哼,感谢上帝,我已经准备好了。我在这儿可不是寻开心的。上面派我来这儿也不是闹着玩的。人们以为,这么个警察局长只不过是个高级法警。那就请他们派别人来吧。可是,上司知道得很清楚,他们委任了谁。他们了解,我的思想非常严肃。我把公务看作神圣的职责。给检察官的报告已经写好。如果我今天中午把它发出去,后天就有逮捕令到这儿了。

摩特斯　可这样一来,大家都要攻击我了。

韦尔哈恩　您知道,我的叔父是侍从官。我要把您的情况跟他谈一谈。哎哟! 这个费莱歇尔来了! 这个人要干什么? 他没有听到风声吧? (叩门声,韦尔哈恩大声喊)进来!

费莱歇尔　(进内,脸色苍白,神情激动)早上好! (没有人搭理他)我要报告一件事情,这跟最近的盗窃案有关。

韦尔哈恩　(用警务人员的锐利目光扫他一眼)您是约瑟夫·费莱歇尔博士吗?

费莱歇尔　对。我叫约瑟夫·费莱歇尔。

韦尔哈恩　您要向我报告一件事情吗?

费莱歇尔　如果您允许的话,我就报告,因为我发现了一点儿情况,这很可能帮助我们把偷皮大衣的贼查出来。

韦尔哈恩　(用手指敲击桌子,带着一种假装惊奇的表情环视在场的人们,引逗他们发笑。冷漠地)那么您发现了什么重要的线索呢?

费莱歇尔　我就是来报告这个,可是如果您根本就不把它当

171

成一回事,那我宁可……

韦尔哈恩　（急速地,傲慢地）那您宁可怎么样?

费莱歇尔　我宁可闭口不讲。

韦尔哈恩　（沉默不语,似乎茫然,转向摩特斯,然后改变态度,随口地）我的时间很紧。我请您把话说简短一点儿。

费莱歇尔　我的时间也是安排好的。可是我觉得有责任……

韦尔哈恩　（打断话头）您觉得有责任。好的,就请谈谈您知道的情况吧。

费莱歇尔　（克制自己）是这样的:昨天我去划船,雇的是沃尔夫大妈的小船,她的女儿坐在前面划桨。

韦尔哈恩　这跟正题有直接的联系吗?

费莱歇尔　是的,确实有联系——我这样看。

韦尔哈恩　（不耐烦地敲着桌子）行了,行了,再说下去吧。

费莱歇尔　我们一直划到水闸附近,那儿停着一只施普雷河上的小船。我们看到那儿堆着冰块,那只小船可能在那儿给冻住了。

韦尔哈恩　哦,原来是这样。这我们更不感兴趣。到底整个事情的要点是什么呀?

费莱歇尔　（竭力克制自己）我必须坦白地说,这种……我来这儿完全是出于自愿,想为政府效劳……

格拉斯纳普　（无礼地）局长先生没有时间!您应该少讲几句。您说话要简单扼要。

韦尔哈恩　（发火）谈正经的!谈正经的!您要干什么?

费莱歇尔　（克制自己）我希望这个案子能够破获。再说,为了克吕格老先生,我要……

韦尔哈恩　（打呵欠,冷漠地）光线太强,把窗帘放下来!

费莱歇尔　在那只小船上有一个老船户,可能就是船主。

韦尔哈恩　(又打呵欠)是呀,很有可能。

费莱歇尔　那个人坐在舱面,穿着一件皮大衣,我远远看去,好像这件大衣是海狸皮做的。

韦尔哈恩　(如前)要是我,说不定把它当成貂皮做的呢。

费莱歇尔　我把船尽量靠过去,这就看得比较清楚。那个船户又穷又脏,那件皮大衣显然很不合身,是一件簇新的……

韦尔哈恩　(似乎清醒过来)我在听,我在听——怎么呢?后来呢?还有什么?

费莱歇尔　还有什么?没有了!

韦尔哈恩　(似乎打起精神来了)您是要向我报告一件事情吧。您谈到了重要的情况。

费莱歇尔　我要说的都说了。

韦尔哈恩　您在这儿给我们谈了这样一件事,说有个船户穿了一件皮大衣。可是船户有时候也穿皮大衣呀,这可不是什么了不起的新闻。

费莱歇尔　关于这事,您爱怎么想都行。既然这样,我再也没有什么可说的了。(下)

韦尔哈恩　你们碰见过这样的事没有?这个人也真糊涂透顶。一个船户穿着一件皮大衣,又怎么呢?!这个人大概突然发疯了吧?我自己也有一件海狸皮大衣,可我不会因此就成了小偷喽。——讨厌!为什么老拿这种事来纠缠呢?今天看来又不得安宁了。(对站在门边的密特尔道夫)您现在别再让什么人进来!摩特斯先生,麻烦您,请到我房间里去!我们到那儿谈,没有人会干扰我们。

173

这个克吕格不知道来过多少回了。这个人简直像给毒蛛螫了似的①。如果这个老笨蛋再来搅扰我,就把他撵出门外。

〔克吕格在费莱歇尔和沃尔夫大妈陪同下,出现在敞开的门边。

密特尔道夫 (对克吕格)局长不接见,克吕格先生。

克吕格 什么话!不接见!我不管这一套。(对其他人)尽管往前走吧,往前走吧。倒要瞧一瞧哩。

〔大家都进内,克吕格领先。

韦尔哈恩 请安静一点儿。你们看,我这儿还有事要谈呢。

克吕格 您尽管谈吧。我们可以等着。完了以后,您当然也要跟我们谈。

韦尔哈恩 (对摩特斯)那就请您到我房间里去。还有,您要是见到德兰艾大妈,就说我还是在那边问她比较好。您也知道,这儿不行。

克吕格 (指向费莱歇尔)这位先生也知道一些德兰艾的事情,甚至还可以给您一点儿书面证据。

摩特斯 再见,敝人走了。(下)

克吕格 这个人也只好走。

韦尔哈恩 我请您别说这种话了!

克吕格 再说一遍,这个人是个骗子!

韦尔哈恩 (仿佛没有听见,对伍尔柯夫)说吧,什么事?我先办您的事吧。拿登记簿来,格拉斯纳普!——别拿了,

---

① 从前认为,如被塔兰图拉毒蛛咬伤,会得跳舞病。此处,韦尔哈恩把克吕格常来找他比喻得了此病。

我先了结这个事。(对克吕格)我先解决您的事情。

克吕格　好啊,我真求之不得。

韦尔哈恩　别讲什么"求之不得"了。您有什么请求?

克吕格　没有请求。我根本就没有什么请求。我来是为了得到自己应有的权利。

韦尔哈恩　什么应有的权利?

克吕格　我自己应有的权利,局长先生。作为一个失主,我应有的权利是,要求当地政府帮助我追回被窃的财物。

韦尔哈恩　有人拒绝帮助您吗?

克吕格　没有,绝对没有,也无法拒绝。可是我很清楚:什么也没有做!这件事一点儿进展都没有。

韦尔哈恩　您以为这件事易如反掌吗?

克吕格　我决没有这样想,局长先生。不然我就不会上这儿来了。我倒有确确凿凿的证据,可您并不想管我的事。

韦尔哈恩　本来现在我就可以制止您。再要听这种话,完全是我分外的事了。不过暂时您还是说下去吧!

克吕格　您休想制止我。作为普鲁士的公民,我有各种权利。就是您在这儿不让我讲,也还有别的地方可以说话。您并没有办我的事。

韦尔哈恩　(好像满不在乎)请您说说理由看!

克吕格　(指向沃尔夫大妈和她的女儿)您看,这位大妈上您这儿来过。她的女孩捡到一件东西。局长先生,她虽然是个穷人,可也不怕麻烦走这么一段路。您让她白跑了一趟,今天她又来了……

沃尔夫大妈　局长先生,他当时的确也没有空。

韦尔哈恩　请往下说吧!

克吕格　我本来就没有说完嘛。您对这位大妈怎么说的？您对这位大妈说得很轻松：您现在没有时间办这件事。您连她女儿也没有盘问。您一点儿情况都不了解；对这次发生的事，您什么也不知道。

韦尔哈恩　现在我请您冷静一点儿。

克吕格　我是冷静的，我很冷静。我太冷静了，局长先生。我这个人过分冷静了。不然，碰到这种情况，我还会这样说话吗？这算什么调查？这位先生，费莱歇尔先生，他上您这儿来过，说发现了一个情况，有一个船户穿了一件海狸皮大衣……

韦尔哈恩　（举起手来）别说了，您等一下！（对伍尔柯夫）您是撑船的吧？

伍尔柯夫　我撑船有三十年了。

韦尔哈恩　您胆子很小吧？看您抖成这个样子。

伍尔柯夫　我是吓破了胆的呀。

韦尔哈恩　施普雷河上的船户常穿皮大衣吗？

伍尔柯夫　当然，好些人都有皮大衣。

韦尔哈恩　那位先生看见一个船户穿着皮大衣站在舱面。

伍尔柯夫　这没有什么值得怀疑的嘛，局长先生。有漂亮皮大衣的人可多着呢。我自己也有一件。

韦尔哈恩　您瞧，这个人自己也有一件皮大衣嘛。

费莱歇尔　可总没有海狸皮大衣呀。

韦尔哈恩　这您就看得不大清楚了。

克吕格　什么？这个人有海狸皮大衣吗？

伍尔柯夫　是呀，有非常漂亮的海狸皮大衣的人可多哩。怎么不能有呢?！有钱嘛。

韦尔哈恩 （内心得意已极,假装无动于衷）对啦。（漫不经心地）请您说下去,克吕格先生。这算是绕了个小弯子。我只是想叫您睁开眼睛看清楚:这个"发现了一个情况"有什么用处。——您瞧,这个人自己也有一件皮大衣。（又发火了）这样我们就能说他偷了皮大衣吗？决不能这样想。如果这么说,那就是荒谬绝伦。

克吕格 什么？我一句也听不清楚呀。

韦尔哈恩 那我得再说大声一点儿。既然谈起来了,有些东西我还是顺便跟您说吧,不是凭做官的资格,而只是凭做人的资格,同您一样,克吕格先生。一个到底总还值得尊敬的公民,不能依靠旁人的佐证,应该更加珍惜自己的信心……

克吕格 跟别人交往要小心？

韦尔哈恩 对啦,跟别人交往要小心！

克吕格 您自己小心就是了！您跟摩特斯这种人交往,他们全从我家里给撵出去啦。

费莱歇尔 在您房间里等着的那个人,我曾经把他轰出门外。

克吕格 他骗了我,不给我房租。

沃尔夫大妈 在这个地方,没有给他骗得团团转的人就少了,骗波姆①,骗马克,骗塔勒,骗金币。

克吕格 这个人敲诈勒索,什么手段都用上了。

费莱歇尔 （从口袋里掏出一张字据）这个人该去见检察官了。②（他把字据放在桌子上）我请您仔细读一遍。

---

① 旧时波希米亚钱币名称。
② 指他作恶多端,应被传讯。

克吕格　德兰艾大妈在这张字据上亲笔签了名。他想骗她发假誓。

费莱歇尔　他想叫她作证控告我。

克吕格　(握住费莱歇尔的手臂)他清清白白,可这个流氓要陷害他。这个人,您还要助他一臂之力呢。

韦尔哈恩　(与克吕格、费莱歇尔及格拉斯纳普同时)真叫人忍无可忍了。您跟那个人要算的账,和我有什么关系,我不管。(对费莱歇尔)您把字据拿走。

克吕格　(轮换地对沃尔夫大妈和格拉斯纳普)那是警察局长先生的朋友,是他的助手,得力的助手。我们最好还是管他叫打手。

费莱歇尔　(对密特尔道夫)我不对任何人负责。我做什么,我不做什么,这是我自己的事。跟谁往来,这是我自己的事。我想些什么,写些什么,这是我自己的事。

格拉斯纳普　连自己的话都听不清楚。局长先生,我要不要去喊宪兵?我马上就跑去喊。密特尔道夫……

韦尔哈恩　别吵了!(安静下来。对费莱歇尔)您把字据拿走。

费莱歇尔　(拿回字据)我要把这张字据转给检察官。

韦尔哈恩　您爱怎样就怎样吧。(他站起来,从柜子里拿出沃尔夫大妈的小包)我们了结这件事吧。(对沃尔夫大妈)这是您在哪儿捡的?

沃尔夫大妈　我没有捡到什么呀,局长先生。

韦尔哈恩　不是您,是谁呢?

沃尔夫大妈　我的小女儿。

韦尔哈恩　您干吗不带她来呢?

沃尔夫大妈　她不是来过了吗,局长先生?! 我现在马上就可以把她叫来。

韦尔哈恩　可这样就会把这件事拖得太久。您的女孩没有告诉您什么吗?

克吕格　您说过了嘛:是在去火车站的路上捡的。

韦尔哈恩　那么,也许这个小偷上柏林去了。这一下我们可不好找啦。

克吕格　我根本不相信,局长先生。费莱歇尔先生的意见完全正确。小包的事只是故布疑阵。

沃尔夫大妈　可不是么?! 这很可能。

韦尔哈恩　沃尔夫大妈,您平时可不是这样糊涂的呀。这儿偷走的东西都是运到柏林去的。等到我们这儿发觉给偷了,那件皮大衣早就在柏林卖掉了。

沃尔夫大妈　不,局长先生。我不得不说,我不能完全同意您的看法。要是那个小偷去了柏林,那么我要问,他干吗又丢下这个小包呢?

韦尔哈恩　这种东西总不见得是故意丢下的吧。

沃尔夫大妈　可是,您看这小包,什么都放得整整齐齐的:这件背心,这把钥匙,这张纸条……

克吕格　我相信这个小偷还在这个地方。

沃尔夫大妈　(给克吕格帮腔)这就对啦,克吕格先生。

克吕格　(语气坚决)我相信一定是这样。

韦尔哈恩　很抱歉,我可不想同意这种看法。我有非常丰富的经验……

克吕格　什么? 丰富的经验? 哼!

韦尔哈恩　正是这样。——根据这种丰富的经验,我认识到

179

这种可能性几乎是不值得考虑的。

沃尔夫大妈　不,不,局长先生,不能这样说呀!

克吕格　(指费莱歇尔)可是他明明看见过一个船户……

韦尔哈恩　哎,您别拿这事来纠缠了。不然,我天天都得带上二十个宪兵、警察去搜查住宅,我得挨家挨户地去搜查了。

沃尔夫大妈　那就请您从我家里开始吧,局长先生。

韦尔哈恩　这种做法不是很可笑吗?不行,不行,诸位先生,这是行不通的。这样我们永远也得不到什么。你们必须完全放手让我去干。我已经发现可疑的情况,暂时还要继续观察。这儿有这么几个鬼鬼祟祟的人,我早在注意了。大清早他们上柏林去,背着沉甸甸的篓子,可晚上回来时就空空的了。

克吕格　卖青菜的女人,大概都是这样背青菜去赶路的。

韦尔哈恩　不光是卖青菜的女人,克吕格先生,可能您的皮大衣也是这样运走的。

沃尔夫大妈　这也可能。世上没有不可能的事。

韦尔哈恩　(对伍尔柯夫)来吧。您给谁上户口?

伍尔柯夫　一个小姑娘,长官先生。

韦尔哈恩　那么我尽力去办吧。

克吕格　局长先生,不把皮大衣弄回来,我是不肯罢休的。

韦尔哈恩　能办的就办。沃尔夫大妈也可以在各处打听一下。

沃尔夫大妈　干这种事我可一点儿也不内行。可是,如果这种案子都破不了,那怎么办呢?!还谈得上什么安全呢?!

克吕格　您说得很对,沃尔夫大妈,很对。(对韦尔哈恩)我

请您仔细看看这个小包,那张纸条上面有字迹,这可能是破案的线索。后天早上,局长先生,我又要冒昧来打听了。再见!(下)

费莱歇尔　再见!(下)

韦尔哈恩　(对伍尔柯夫)您多大年纪?再见!再见!——这两个家伙大概有点儿神经病了。(对伍尔柯夫)您叫什么?

伍尔柯夫　奥古斯特·菲力普·伍尔柯夫。

韦尔哈恩　(对密特尔道夫)您到我房间里去。那位作家摩特斯坐在那儿等着。您跟他说,我很抱歉,今天早上有别的事。

密特尔道夫　叫他不要等了吗?

韦尔哈恩　(粗声粗气地)不要等了!不用了!

〔密特尔道夫下。

韦尔哈恩　(对沃尔夫大妈)您认得那位作家摩特斯吗?

沃尔夫大妈　提起这种人,您知道,我最好还是不吭声。我没有多少好话说给您听。

韦尔哈恩　(反唇相讥)可是说到费莱歇尔,好话就多了。

沃尔夫大妈　他这个人真是不坏。

韦尔哈恩　您大概想说得谨慎一点吧?

沃尔夫大妈　不,您知道,我不会这个。我一向心直口快,局长先生。要不是我这张嘴巴什么都说,我也不会像现在这样了。

韦尔哈恩　我可没有叫您吃亏呀。

沃尔夫大妈　您没有叫我吃亏,没有,局长先生。您听得了直直爽爽的话。在您面前,用不着闪闪躲躲。

韦尔哈恩　总而言之,费莱歇尔,他是个正人君子。

沃尔夫大妈　他正是这样的人,对啦,他正是这样的人。

韦尔哈恩　好吧,您可要记得您今天说的话!

沃尔夫大妈　那么,您也要记得我的话!

韦尔哈恩　行啊,我们走着瞧吧。(伸伸懒腰,站起来,活动一下两腿。对伍尔柯夫)她是在我们这儿洗衣服的,手脚挺勤快。她以为,人人都跟她一样。(对沃尔夫大妈)可惜世上的事情却不是这样。您是从外表来看人。像我们这样就看得深一点儿。(他走了几步,在她面前站住,把手搁在她的肩头)我说沃尔夫大妈是个老实人,这话千真万确。我可以同样肯定地告诉您,我们谈到的您那位费莱歇尔博士,却是一个危险透顶的家伙!

沃尔夫大妈　(无可奈何地摇摇头)那我就不知道了……

群　鼠

（柏林的悲喜剧）

章国锋　译

剧中人物

哈森罗伊特——前剧院经理

哈森罗伊特太太

瓦尔布尔迦——他们的女儿

施皮塔牧师

艾里希·施皮塔——其子,神学院学生

阿丽丝·吕特布什——女演员

纳塔奈尔·叶特尔——宫廷演员

凯弗尔施坦 ⎫
克格尔博士 ⎭ ——哈森罗伊特的学生

约恩——泥瓦匠

约恩太太

布鲁诺·梅歇尔克——约恩太太的弟弟

鲍丽娜·皮帕卡尔卡——波兰女仆

西多妮·克诺伯太太

塞尔玛——她的女儿

克瓦夸罗——二房东

基尔巴克太太

希尔克——警察

两个婴儿

第 一 幕

〔柏林附近一栋废弃了的骑兵营房,顶楼上一间没有窗户的房间。屋子正中的天花板下吊着一盏点燃的灯,灯下是一张圆桌。后墙正中一条笔直的过道通向钉着铁条的房门,门上挂着一只简陋的门铃,外人进入房间先得拉响此铃。左墙有一扇门通往里间,右墙边竖着一架梯子通向阁楼。

观众可以看到,在阁楼和里外两间屋放满了前剧团经理哈罗·哈森罗伊特收藏的各种戏剧服装和道具。

在暗淡的灯光下,人们会以为这儿是古代宫殿的武器储藏室、古董收藏室或一家出租面具的店铺。

过道和外面房间两边的架子上陈列着头盔和胸甲,站立着硬纸糊成的全副武装的士兵。通往阁楼的梯子旁边守卫着两个身穿盔甲的武士。梯子顶部的阁楼入口处盖着一块常见的活动盖板。

屋子前半部左边靠墙的一张斜面高桌上放着墨水瓶、鹅毛笔和旧账簿,圆桌旁的高脚凳和几把高靠背椅说明这是一间办公用的房间。圆桌上摆着一只水瓶和几个玻璃杯。斜面桌上方挂着几幅照片,这是哈森罗伊特扮演卡尔·莫尔①和其他角色的剧照。

一个巨大的月桂花环套在一个硬纸糊成的武士脖子上,花环的缎带下端用金字写着:"献给天才的哈森罗伊特经理!满怀谢意的团员"。另外几条红色的缎带仅有上款:"献给天才的卡尔·莫尔""赠给无可比拟的、令人难忘的卡尔·莫尔",等等。整间屋子几乎都被用来存放服装和道具,墙边所有的空地方挂满了各个世纪的德国、西班牙和英国的剧装,此外还有瑞典马靴以及西班牙和德国的长剑。

左边门上贴着一张白纸,上书"图书室"。

房间里凌乱不堪,到处堆放着旧书、武器、高脚杯、酒瓶以及其他杂物。时间为五月末的一个星期天。

年约三十五岁的约恩太太和年轻的女仆皮帕卡尔卡坐在圆桌边。前者上身撑在桌子上,正使劲劝说着女仆装束的皮帕卡尔卡。后者身穿外套,戴着帽子,僵直地坐着,手执雨伞在地板上划来划去。她那漂亮的脸蛋上满是泪痕,从体形上看她已经怀孕,并且即将临产。

约恩太太　嗯,说得对,我也这么说来着,鲍丽娜。
皮帕卡尔卡　那么,我这就去施拉赫腾湖或者哈伦湖,看看在那儿能不能找到他。
　　〔她擦了擦眼泪,准备站起身来。
约恩太太　(按住她的肩膀,阻止她站起来)鲍丽娜,看在上帝的分上,可别这样做,千万别干蠢事,这会闹出笑话来

---

① 卡尔·莫尔,席勒剧作《强盗》中的主人公。

的,花了钱还得不到结果。你这是何苦呢,挺着大肚子还要去找那坏小子?

皮帕卡尔卡　那就让我的东家今天白等我吧,我一头扎进护城河里淹死算了。

约恩太太　鲍丽娜,可别这样,可别这样,鲍丽娜!叫我说,看在上帝的分上再听我说一句……只要一会儿,听听我给你出的主意!上次在亚历山大广场的标准钟面前碰见你那会儿,我就明白是怎么回事了。我当时对你说什么来着?我说,小傻瓜,可得当心你的钱哪,别让他骗走了!这种事好多女孩子都碰到过,成千上万的姑娘吃过哑巴亏!我还说……我还说什么来着?我说,来吧,让我帮帮你。

皮帕卡尔卡　像现在这个样子,我再也没法回家了。妈妈一眼就会看出来,爸爸准得抓住我的头发把我赶出来。说到钱,我只剩下了缝在外套里子里的两块金币,那个坏良心的流氓把我的钱全偷走了,没给我剩下一分钱。

约恩太太　姑娘,你当初要是多长个心眼就好了……听我说,我给你出个主意,这对我们大家都有好处。对你,对我,对我男人保尔都有好处。他是个泥瓦匠,非常想要一个孩子。我们的小阿达尔贝特得痢疾死了。你的孩子就是我们的孩子,你用不着为他担忧。这样,你就可以去找你的心肝宝贝,可以再去做工,回到你父母家里。这种事神不知,鬼不觉,谁也不会知道。

皮帕卡尔卡　我不想活了,还不如跳进护城河死了干净!(她站起身来)我要写张纸条揣在口袋里:是你这个该诅咒的坏种逼得鲍丽娜跳河的!我还要在纸上写出他的名字:乐师阿洛依斯·特奥菲尔。让他晓得,让他的良心永远不得安宁。

约恩太太　等一下。姑娘,我这就给你开门!(装作送皮帕卡尔卡出去。两个女人还没走到过道,布鲁诺·梅歇尔克便探头探脑地从左边门悄悄溜出来,并在桌边站定。布鲁诺·梅歇尔克身材不高,脖子短粗,宽肩膀,额头又窄又低,头发像刷子一样竖着,小小的圆脑袋,相貌凶残,变形的左鼻翼上有一块伤疤。这个大约十九岁的汉子背稍微有点儿驼,有两只笨拙的大手,长长的胳膊筋肉突起,小小的黑眼睛射出咄咄逼人的光。他手里正摆弄着一只老鼠笼。布鲁诺像招呼一条狗一样向他姐姐吹了一声口哨)

约恩太太　我马上就回来,布鲁诺。你手里拿的是什么?

布鲁诺　(似乎专心地摆弄着老鼠笼)我想,我应该在这儿安几个老鼠笼。

约恩太太　笼子里放了肥肉吗?(对皮帕卡尔卡)他是我弟弟,你不用害怕,姑娘!

布鲁诺　(仍然摆弄着老鼠笼)我看见威廉皇帝了,我今天参观卫兵检阅来着。

约恩太太　(朝向被布鲁诺的相貌吓坏了的皮帕卡尔卡)这是我弟弟,你别走。(对布鲁诺)喂,瞧你这副德行!这姑娘看见你就害怕。

布鲁诺　(如前,头也不抬地)真他妈的丧气,我又不是鬼!

约恩太太　快滚到一边装你的老鼠笼去吧!

布鲁诺　(如前,慢慢走到桌边)好吧。干他妈的这营生真得饿死,还不如卖火柴挣得多呢!

皮帕卡尔卡　我走了,约恩太太。

约恩太太　（怒气冲冲地对布鲁诺）你到底走不走,就不能让我安静一会儿吗!

布鲁诺　（弓起身子）别发火,叶特①,我这就走。（顺从地走进隔壁房间。约恩太太使劲关上门）

皮帕卡尔卡　他这副样子真可怕,晚上见了准得吓死。

约恩太太　我的天,瞧我把布鲁诺赶到哪儿去了。他要是听见咱们的谈话可就糟了!

皮帕卡尔卡　再见,我不喜欢这地方。你要是还有什么话要对我说,那就到克洛伊茨喷泉旁的长凳上去说吧,约恩太太。

约恩太太　鲍丽娜,我吃了多少苦才把布鲁诺拉扯大。当然,你的孩子会比他幸运二十倍。只要你答应,鲍丽娜,他一生下来我就养活他。我以我去世父母的名义起誓——每一年的忌日我都要到吕德斯多夫去,在他们的墓前点上蜡烛,谁也别想阻拦我——以我去世父母的名义起誓,小家伙一生下来,就会过上好日子,没有一位王子和公主会过得像他那样好。

皮帕卡尔卡　我走了,用我最后的一点儿钱买几瓶硫酸。谁碰见我就活该谁倒霉! 我要洒到那勾引他的小娘儿们脸上,泼到他脸上,烧坏他那张漂亮的小白脸! 我现在什么也不在乎,我要烧焦他的胡子,烧瞎他的眼睛,只要他跟别的女人在一起! 谁碰见我就活该谁倒霉! 他欺骗了我,毁了我这一辈子,还抢走了我的钱,败坏了我的名誉!

---

① 约恩太太的名字叫汉娜叶特,叶特是昵称。

这条该诅咒的狗,勾引了我,又一脚把我踢开,骗了我,让我受这份罪!他要是碰见我就该他倒霉!我要让他变成瞎子,烧坏他的鼻子,让他死无葬身之地!

约恩太太　真的,鲍丽娜,以我的生命发誓,只要那小家伙一生下来,从那一刻起,他就会得到一切,就会像富贵人家那样……我怎么说呢?就会要什么有什么。只要你相信我,说声"是"!我把一切都想好了,一切都安排好了,安排好了,鲍丽娜。无论是医生、警察还是你的东家都不会知道这事,而你还可以拿到一百二十三马克,这是我为哈森罗伊特经理打扫房间积攒下来的工钱。

皮帕卡尔卡　我宁愿一生下来就把他掐死也不愿卖掉他!

约恩太太　谁让你卖掉他啦,鲍丽娜?

皮帕卡尔卡　从去年十月到现在我一直担惊受怕,吃了多少苦头!未婚夫抛弃了我,房东太太把我赶了出来,我连个睡觉的地方都找不到。我作了什么孽,所有的人都咒骂我,嘲笑我,讨厌我?

约恩太太　依我看,这是因为那个贼坏子还没有受到上帝的惩罚。

〔未等二人发觉,布鲁诺又从左边门里溜了出来,手里仍摆弄着老鼠笼。

布鲁诺　(阴阳怪气,然而又似乎不是故意地)灯!

皮帕卡尔卡　我害怕这个人,快放我走!

约恩太太　(怒声呵斥布鲁诺)还不快滚到你该去的地方去!我说过我会叫你的。

布鲁诺　(无动于衷地)嘿,真见鬼,我只不过说了一个"灯"字。

约恩太太　你疯了不成？"灯"是什么意思？

布鲁诺　你没听见有人在外面用钥匙开门吗？

约恩太太　（吓了一跳，侧耳静听，并拉住准备走的皮帕卡尔卡）嘘！真的有人来了！别走，再等一会儿！

〔布鲁诺继续摆弄老鼠笼，两个女人紧张地倾听。

约恩太太　（小声地、害怕地对布鲁诺）我怎么什么也没听见？

布鲁诺　你这干瘪的老蜘蛛，得再长两只耳朵才能听见！

约恩太太　三个月来，经理还是头一次礼拜天上这儿来。

布鲁诺　那戏子要是来了，我就给他套上笼头。

约恩太太　（生气地）别胡说！

布鲁诺　（讪讪地对皮帕卡尔卡）小姐，你信不信，八月份在舒曼马戏团，我每天得赶着驴上场表演三次？干这种事我可从来没害怕过。

皮帕卡尔卡　（似乎到现在才发觉自己在一个奇怪的地方，吃惊地）圣母马利亚，我在什么地方？

约恩太太　这会儿谁会到这儿来呢？

布鲁诺　肯定不是经理，他走起路来像个木桩，脚步不会这么轻。

约恩太太　姑娘，你还是先躲一躲，听话，先上楼去待一会儿吧。不然，叫人看见可就糟了。

〔皮帕卡尔卡在惊慌之中不得不听从。她爬上梯子，掀开盖板。约恩太太走到门边，准备在紧急情况下挡住门。皮帕卡尔卡消失在阁楼里，屋里只剩下约恩太太和布鲁诺。

布鲁诺　出了什么事，好心的姐姐？

约恩太太　这跟你屁也不相干,懂吗!

布鲁诺　我是看你吓成这个样子,赶紧把那小姐藏起来才问的。这本来关我屁事?

约恩太太　那你就别瞎打听!

布鲁诺　谢谢,我这就走。

约恩太太　浑小子,你知道我干吗叫你来吗?

布鲁诺　(油腔滑调地)干吗发这么大的火,叶特,我惹你了吗?你今天是怎么了?我得去找我的宝贝儿,我困了。昨天晚上我只在动物园的草堆里打了个盹儿,后来又到煤市广场去溜达了一会儿。(把裤子口袋翻过来)这会儿,我得去找点儿吃的。

约恩太太　待在这儿不许动!你要是再像一条狗那样闲逛,就别想从我这儿得到一分钱!布鲁诺,你开始走上邪路了。

布鲁诺　我讨厌世界上的一切,怎么样?谁让我是个穷鬼来着?难道我应该像乞丐那样去讨饭?(掏出一只肮脏的钱包)这里头连他妈的一个小钱也没有。还有什么话快说,不然就让我走。

约恩太太　还有什么话?你在问谁呢?瞧瞧你那德行,还有什么用?除了靠你姐姐养活,屁用都没有。我连自己都顾不过来,还得可怜你这二流子和小偷。

布鲁诺　我知道你有时候连自己都顾不过来。

约恩太太　你五六岁就开始干坏事了。那时候父亲就对我说,你这一辈子大概不会有什么出息,让我别再为你操心。我那规规矩矩的男人……这样的好人你打着灯笼也难找。

布鲁诺　行啦,行啦,这我都知道!见鬼,这一切难道都是我的错?打我一生下来,就没人喜欢我,没人瞧得起我,这能怪我吗?好啦,看样子你这儿用不着我捉老鼠了。继续干你那见不得人的勾当吧!

约恩太太　(对着布鲁诺的鼻子晃了晃拳头)要是你敢走漏一点儿风声,我就打断你的腿,要你的命!

布鲁诺　别害怕,我不会说出去的。(爬上梯子)就当我什么也没看见,什么也没听见,这总行了吧。

〔他掀开盖板消失在阁楼里。约恩太太赶紧捻灭灯,摸黑走到图书室的门边,溜进图书室,半掩上门。

从大门那边传来钥匙插进锁孔里转动的声音,接着是开门的声音。过道里响起轻轻的脚步声,同时传来柏林大街上的喧闹、小孩的哭声以及院子里一只八音盒演奏的声音。

瓦尔布尔迦·哈森罗伊特忐忑不安地走进来。她还不到十六岁,长得很漂亮,一副天真的样子,手里拿着阳伞,穿一件浅色连衣裙。

瓦尔布尔迦　(愣了一会儿神,侧耳静听,然后胆怯地)爸爸!这儿有人吗?爸爸,爸爸!(紧张地听听有没有动静,然后又说)这儿怎么有煤油味?(摸到一盒火柴,划着一根想点灯,却被滚烫的灯罩烫了一下)哎哟!**烫死我了,谁在这儿?**(尖叫着要跑开)

〔约恩太太出现在她面前。

约恩太太　哟,瓦尔布尔迦小姐,别大喊大叫,请您安静一点儿,是我在这儿。

瓦尔布尔迦　天哪,你差点儿把我吓死,约恩太太!

约恩太太　　怕什么呀,小姐？您星期天上这儿来干吗？

瓦尔布尔迦　（一只手捂住胸口）我的心都快跳到嗓子眼了,约恩太太。

约恩太太　　您怎么啦,瓦尔布尔迦小姐,您怕谁呀？您大概听您父亲讲过,我每天都得在这上头同这些箱子柜子什么的打交道,抹灰擦土,倒腾这些老古董。过三四个星期,等到我把这一千二百件或是一千八百件破烂玩意儿收拾完一遍,就得再从头开始。

瓦尔布尔迦　我刚才吓了一跳,那灯罩把我的手给烫了,约恩太太。

约恩太太　　原来是这么回事。这灯刚才还亮着,半分钟前我才把它吹熄。(揭起灯罩)我就不怕烫,我的手粗。(点着灯)瞧,这下子又亮了,我又把它点着了。有什么值得大惊小怪的？我简直不明白。

瓦尔布尔迦　您看上去真像个幽灵,约恩太太。

约恩太太　　我像什么？

瓦尔布尔迦　是这么回事,刚从太阳地里走进这黑洞洞的……这发霉的、阴森森的屋子,就好像看见许多幽灵似的。

约恩太太　　好了,小幽灵,您上这儿来干吗？您是一个人还是同别人一起来的？您爸爸还来不来？

瓦尔布尔迦　不,爸爸今天到波茨坦拜会一个大人物去了。

约恩太太　　那您到这儿来干什么？

瓦尔布尔迦　我吗？我只不过来溜达溜达。

约恩太太　　是这样。我说,您还是赶快离开这里吧,在这间堆破烂的屋子里可晒不到太阳。

瓦尔布尔迦　您也应该去晒晒太阳,您看上去脸色发灰。

约恩太太　哼,太阳只是为上等人准备的!我得每天在这儿吃灰——快走吧,我的小姐,我得开始干活了!我生来就是这个命,离开灰呀土呀就没法活。(咳嗽)

瓦尔布尔迦　(怯生生地)您别告诉我爸爸,说我上这儿来过。

约恩太太　我吗?我又不是没事干。

瓦尔布尔迦　(似乎漫不经心地)要是施皮塔先生问起……

约恩太太　谁?

瓦尔布尔迦　就是在我们家里当家庭教师的那位先生……

约恩太太　嗯,怎么样?

瓦尔布尔迦　您能不能告诉他,我到这儿来过,可一会儿又走了?

约恩太太　那么,就是说,我可以告诉施皮塔先生,您上这儿来过,但不能告诉您爸爸?

瓦尔布尔迦　(脱口而出)看在上帝的分上,千万别告诉他,亲爱的约恩太太!

约恩太太　哼,您要小心,可得留神哪!有些像您一样出身好人家的女孩子就进了龙骑兵大街的班房,甚至在巴尔尼姆大街的监狱里毁了一辈子。

瓦尔布尔迦　约恩太太,您不是说——不是以为,我和施皮塔先生的关系有些越轨或者不成体统吧?

约恩太太　(惊慌地)别出声!有人在用钥匙开门!

瓦尔布尔迦　快把灯吹灭!

〔约恩太太飞快地把灯吹熄。

瓦尔布尔迦　是爸爸!

约恩太太　小姐,快到阁楼上去!

〔两人顺着梯子爬上阁楼,紧接着将盖板锁上。

前剧院经理哈罗·哈森罗伊特和宫廷演员纳塔奈尔·叶特尔从大门走进过道。哈森罗伊特中等身材,脸刮得光光的,约莫五十岁,走路时步子迈得很大,显出旺盛的精力。他的脸部线条高贵,眼里射出果敢的光芒,行为举止不受任何拘束,这说明他有火一样的性格。他身穿一件浅色外套,里面是燕尾服,脚穿一双漆皮鞋,高礼帽推到脑后。从敞开的外套可以看到他胸前挂着几枚勋章。叶特尔身穿白色的法兰绒上衣,外罩一件薄外套,左手拿着一顶草帽和一根精美的手杖,脚穿一双黄色皮鞋。他看上去五十多岁,脸也刮得很干净。

哈森罗伊特　(高声叫道)约恩,约恩太太!瞧,这就是我的宝藏,亲爱的叶特尔!尘世繁华转瞬即逝!① 我在这儿保存了我演戏一辈子留下来的宝贝,已经做过了必要的整理②:破铜烂铁,旧衣烂衫!约恩,约恩!她刚才还在这儿,灯罩还烫手呢,(划着一根火柴点上灯)天已经亮了,让世界毁灭吧③!好了,现在你可以在灯光下好好看看我这蛀虫、老鼠和跳蚤的天堂啦。

纳塔奈尔·叶特尔　您大概已经收到我写的明信片了,亲爱的经理先生。

哈森罗伊特　约恩太太!我得看看她是不是在阁楼上。(灵活地爬上梯子,摇了摇盖板)锁了!钥匙当然是在这蠢猪的裙子口袋里。(用拳头生气地捶打着盖板)约恩,

---

①②③　楷体部分原文为拉丁文。

约恩!

纳塔奈尔·叶特尔 (有些不耐烦地)经理,难道离了约恩太太就不行吗?

哈森罗伊特 什么?你以为我会穿着燕尾服,戴着勋章,亲自为你从这三百只柜子和箱子里翻找你巡回演出需要的破布吗?我可是刚刚受到亲王接见来着!

纳塔奈尔·叶特尔 对不起,我可不是穿上破布去巡回演出!

哈森罗伊特 见鬼,那你就光着身子去演出吧!我才不在乎呢,这碍着我屁事!别忘了你在跟谁说话!并不是宫廷戏子叶特尔——管你是谁呢——吹一声口哨,哈罗·哈森罗伊特就会俯首帖耳地听你摆布!难道就因为一个小丑需要一顶破帽子或两只旧靴子,我这个堂堂的绅士就得牺牲星期天下午宝贵的时间,像一条狗那样在破烂堆里爬来爬去,闻遍每一个角落吗?不,朋友,那你可找错人了!

纳塔奈尔·叶特尔 (平静地)您能不能告诉我,经理,是谁惹您发这么大的火?

哈森罗伊特 你这混蛋,一个钟头前我还受到一位亲王的款待来着,在此以后,正因为如此!就因为你,我才坐上一辆该死的马车,急急忙忙赶回这该死的地方……假如你不懂得尊重别人的好意,那就快滚!

纳塔奈尔·叶特尔 您约好让我四点钟来,却让我在这阴森的房子里,在这条臭烘烘的走廊上,在一帮孩子的戏弄下足足等了一个钟头!我耐心地等,对您没发一句怨言,而您现在却来劲了,拿我当出气筒!

哈森罗伊特 混蛋……

纳塔奈尔·叶特尔　您见鬼去吧,我可不吃您这一套!您当我的小丑都不配,只配到大街上去翻跟头!

〔他怒气冲冲地拿起帽子和手杖走了。

哈森罗伊特　(愣住了,爆发出一阵狂笑,对着叶特尔的背影喊)别丢人现眼了,我又不是出租面具的!(传来门锁撞上的声音。哈森罗伊特掏出怀表)这头该死的猪!讨厌的蠢驴!感谢上帝,这该死的东西终于走了!(他把怀表装进口袋,紧接着又掏出来,侧着耳朵听外面的响动,然后不耐烦地在屋里走来走去。他猛地站住,对着高礼帽里的一面小镜子照了一会儿,细心地梳了梳头发,又走到圆桌旁,打开桌上放着的几封信,嘴里哼着)

　　啊,斯特拉斯堡,啊,斯特拉斯堡,
　　你这美丽的城市。

(他重又看了看怀表。突然,他头顶上的门铃响了)一分钟也不差!女人在这种事情上总是很准时的!(匆忙地去开门。观众可以听见他高兴地大声问候某个人。不久,他那洪亮的声音便被一个女人银铃般的笑声盖过了。过了一会儿,他陪着一个打扮得很漂亮的年轻女人——阿丽丝·吕特布什——重新出现了)阿丽丝,小阿丽丝!过来,到灯这边来!我得好好看看,你可还是我当帝国直辖区剧院经理那会儿的那个小阿丽丝!小宝贝儿,我那时看着你长大,看着你学走路,还教你说话!你总是把"头儿"说成"砣儿",哈哈哈!你还记得吧?

阿丽丝·吕特布什　瞧你说的,经理,你不会说我忘恩负义吧?

哈森罗伊特　(揭去她的面纱)小宝贝儿,你越来越年轻了!

阿丽丝·吕特布什　（脸色绯红,高兴地）你也根本没见老,还是从前那样子。可是,这楼上太黑了,有点儿叫人害怕。哈罗,你能不能打开窗子?这儿的空气都快发霉了。

哈森罗伊特　庇里科克坐在庇里科克山顶上!

托姆斯饿了七年整,

只把老鼠和耗子吞。

说真的,我这几年的日子的确不好过。亲爱的阿丽丝,虽然我没给你写过一封信,但我会从头到尾原原本本地告诉你的。

阿丽丝·吕特布什　我给你写了那么多信,可你一封也不回,这可不怎么好。

哈森罗伊特　干吗要回信呢?哈哈哈!连我自己都想不出办法,给一个小姑娘写信又有什么用?嘿!从虚无中产生的还是虚无。蛆虫和尘土,尘土和蛆虫,哈哈哈,这就是我在西部边境为德国文化拼命工作的结果!

阿丽丝·吕特布什　你没把这些服装和道具留给库尔茨经理?

哈森罗伊特　"啊,斯特拉斯堡,啊,斯特拉斯堡,你这美丽的城市。"不,小宝贝儿,我没把这些东西留在斯特拉斯堡。那个饭馆跑堂的,酒吧间的小丑,下等舞厅里端盘子的家伙,接替我的位置以后不想要这堆破烂!那个该死的白痴,不可救药的笨蛋!哼,所以我就把这些东西全带走了。可是,为此我却把我演戏辛辛苦苦挣来的四万马克,还有我那好太太从娘家带来的五万马克全赔进去了!真见鬼!不过,这些玩意儿能保存下来,对我也是一个安慰。瞧,哈哈哈,瞧这一帮凶神!（摸了摸几个硬纸糊成的全副武装的武士)你还认识它们吗?

阿丽丝·吕特布什　我当然认识我的老搭档。

哈森罗伊特　嘿,这些可怕的家伙,还有那上面吊着的、挂着的,地上摆着的、放着的,终于被捡破烂的老哈森罗伊特保存下来了,经过这几年的折腾仍然完好无损!不过,我们还是来谈谈高兴的事儿吧。我从报上看到,陛下要请你到柏林来演出呢!

阿丽丝·吕特布什　可我并不怎么在乎,我情愿在你手下演戏。你得答应我,要是你再组织剧团,就……我马上就中止同别人签的合同!(哈森罗伊特放声大笑)我在一个地方剧院干了三年,受了整整三年罪。我不喜欢柏林,更不想进宫廷戏班子,在那儿日子更不好过,演的尽是些倒胃口的戏。你知道,我乐意在你这儿演戏,我喜欢这些道具。

〔她走到武士旁,摆出同样的姿势。

哈森罗伊特　哈哈哈!那就来吧,忠心耿耿的小武士!

〔他张开双臂。阿丽丝扑到他怀里,两人长时间地接吻。

阿丽丝·吕特布什　哈罗,现在告诉我,你太太好吗?

哈森罗伊特　苔莱泽很好,尽管她整天愁眉苦脸,却越来越胖了。宝贝儿,小宝贝儿,你真香!(把她拉到怀里)你知道你是多么危险吗?

阿丽丝·吕特布什　你是说我有点儿冒傻气吧?要是那样,我可的确有点儿危险。

哈森罗伊特　我的天!

阿丽丝·吕特布什　在这个可怕的地方,爬上三层楼梯,躲在这发霉的屋子里和你约会,这对我们俩不是都有点儿危险吗?另外,在楼梯上我差一点儿碰上纳塔奈尔·叶特尔。谢天谢地,幸亏我赶快藏到一个角落里,才没让他看见!要是这位宫廷戏子发现我到这儿来看你,也许会给我们带来麻烦的。

哈森罗伊特　我大概把日期写错了。这家伙一口咬定是我约他今天下午到这儿来的。哈哈哈!

阿丽丝·吕特布什　我隔着六级楼梯看见他时,他的脸色很难看,好像刚刚吵过架。还有那帮讨厌的孩子,我上楼梯时就在我身边窜来窜去,嘴里还大喊大叫。那帮小畜生,还不到桌子高,就满嘴脏话。

哈森罗伊特　(大笑,变得严肃)嗯,你瞧,我已经习惯这种环境了。在这坟墓一样的旧房子里,所有的男人和女人都穿得破破烂烂,邋邋遢遢地跑来跑去,成天打架,吵嘴,叹气,挨饿,像牛马一样干活,可还是填不饱肚子。还有的人干着见不得人的勾当。在这儿什么人都有,流氓、小偷、骗子、强盗,多得没法数。而你的老经理哈森罗伊特就生活在他们中间,哈哈哈,就像柏林人常说的那样,同他们盖一条被子,哈哈哈!小宝贝儿,我现在的日子很艰难哪!

阿丽丝·吕特布什　你知道我在动物园车站下火车时碰见谁了?碰见了施塔特哈尔特公爵!我上了那老色鬼的马车,跟他乱七八糟地胡扯了一通。后来你猜怎么着?我们在一条林荫道上突然遇见了陛下。他骑着马,背后跟着一大群随从。我想,这下可糟了!老公爵也吓得要死。不过,陛下只举起一个手指头作出警告的姿势。注意,往下就精彩了！陛下冷不防问我,要是哈森罗伊特重新当上经理,我还想不想回斯特拉斯堡去演戏。我听了高兴得差点儿跳起来！

哈森罗伊特 （脱下外套扔在一边,露出胸前的一排勋章）你大概不知道宫廷里吃早饭是多么排场吧？可我见识过！我今天在波茨坦刚刚跟鲁勃莱希特亲王一起吃过早餐！不错,也许你的朋友又会时来运转！

阿丽丝·吕特布什 亲爱的,你简直像一位大人物,像一位将军！

哈森罗伊特 怎么样,你大概还没见过这些勋章吧！还记得我们演克莱尔欣和哀格蒙特①时的情景吗？我们应当痛饮一杯！（两人重又拥抱）及时行乐！来一杯香槟,天真的小宝贝儿,你的老经理、老相好和老朋友已经好久不喝酒了！（打开一个柜子,取出一瓶酒）这酒还不赖！（拔出瓶塞。门铃响）嘘,见鬼！是哪个该死的混蛋星期天下午敢到这儿来拉铃？（铃声更响了）小宝贝儿,快到图书室去躲一躲！（铃声重又响起,阿丽丝急忙走进图书室）活见鬼,这家伙疯了！（向门口走去）我这就来开门,你要是等不及,那就滚蛋！（传来他开门的声音）什么,你说什么？"是我,瓦尔布尔迦小姐"？我可不是瓦尔布尔迦小姐,我不是那小姑娘,我是她爸爸！啊,是您,施皮塔先生！我是她爸爸,是她爸爸！您有什么事？（哈森罗伊特和艾里希·施皮塔,一个戴眼镜、相貌端正、脸部线条分明的二十一岁的年轻人,一起出现在过道里。施

---

① 歌德的戏剧《哀格蒙特》中的男女主人公。

皮塔是神学院学生,身穿黑色长袍,背有点儿弯,由于长期不见阳光和营养不良,脸色苍白,身体瘦弱)您想在这个阴暗的仓库里给我女儿上课吗?

施皮塔　我坐马车经过这儿时似乎看见瓦尔布尔迦小姐进了这幢房子的大门。

哈森罗伊特　您大概眼花了,亲爱的施皮塔。我女儿同她母亲这会儿正在英国教堂里,我想,正在做祈祷。

施皮塔　假如我打扰了您,那就请您原谅。我冒昧地上楼来,是为了来陪陪她,然后再送她回家。我想,在这个老鼠出没的地方,她会感到害怕的。

哈森罗伊特　好啦,好啦,可她不在这儿!亲爱的施皮塔,我很遗憾。我自己也是偶尔上这儿来的,为了写几封信,当然,还有别的急事需要处理。您还有什么事吗,我的好施皮塔?

〔施皮塔擦着眼镜,显得有点窘。

施皮塔　刚一到这漆黑的地方,真有点儿不习惯。

哈森罗伊特　您是不是想要您的工钱?可惜,我上街时口袋里从来不多带钱。请您耐心点儿,等我回家后再付给您。

施皮塔　这事您不用着急,经理先生。

哈森罗伊特　既然您这样说,那就好。不过,我现在忙得很,施皮塔先生……

施皮塔　尽管如此,我还是想利用这次偶然的机会占用您一点儿宝贵的时间。只要一分钟,经理先生。我可不可以提一个简短的问题?

哈森罗伊特　(掏出怀表,望着表说)那就一分钟,我看着表,亲爱的施皮塔。

施皮塔　我想,提问和回答加起来都用不了一分钟。

哈森罗伊特　那就快说!

施皮塔　您看我有没有演戏的才能?

哈森罗伊特　我的天!您疯了吗?请原谅,未来的牧师先生,我有点儿失礼了。古人虽然说过,自然跳跃并非坏事,可您的跳跃太不自然了,叫我摸不着头脑。咱们还是别谈这事吧!我相信,一提起它,咱们即使讨论三四个星期,甚至三四年,也得不出结果。您是学神学的,亲爱的,出生在一个牧师家庭,怎么会产生这样的念头?您有关系有门路,前程也有保障嘛!

施皮塔　啊,这是深思熟虑的结果,是经过长期激烈的思想斗争才作出的决定,经理先生!当然,我还没对任何人透露过,这完全是我个人的秘密。我幸运地结识了您一家人,从那一刻起我就感到,我找到了真正的生活目的。

哈森罗伊特　(极不耐烦地)我很荣幸,我和我的家庭真太荣幸了!(把手放在施皮塔的肩膀上)不过我求求您,咱们还是以后再谈吧,我有要紧的事情要办!

施皮塔　您要是不答应,我就坐在这儿不走了!反正我已经打定了主意!

哈森罗伊特　是谁引出您的怪念头的,未来的牧师先生?我一直很器重您,甚至羡慕您那平静的牧师家庭。可是,在这样一个大城市异想天开地要当什么演员,这可太过分了!这种事并不是人人都干得了的,对您来说更是如此!年轻人,您知道当戏子是什么滋味吗?总而言之,我要是您父亲,就会把您关起来,直到您完全放弃这种愚蠢透顶的想法。简直不可思议!好了,再见吧,亲爱的施皮塔。

施皮塔 我认为,不管是关起来还是别的什么暴力手段,都不能动摇我的决心。

哈森罗伊特 可是年轻人,您当不了演员!您那副样子,您的眼镜,尤其是您又尖又哑的嗓子,根本不适合当演员!

施皮塔 既然生活中有我这样的丑八怪,那么在舞台上为什么就不应该有呢?我认为,一副动听的嗓子,加上席勒——歌德——魏玛式的矫揉造作,不仅不值得提倡,而且是极其有害的。问题是,您愿不愿意收我这个丑八怪学生。

哈森罗伊特 (匆忙穿上外套)不!首先,我的学校就是一个席勒——歌德——魏玛式的矫揉造作的学校;其次,我没法向您的父亲交代;第三,咱们之间的争吵已经够多了。每次上完课,吃过晚饭,咱们都要吵一回。再这样下去咱们也许会打起来的。就这样吧,施皮塔,我还要去赶马车。

施皮塔 我已经把这事告诉我父亲了,我给他写了一封十二页的长信,向他逐条说明了我的理由……

哈森罗伊特 那位老先生一定会乐得蹦起来!年轻人,快走吧,不然我就要发疯了!

〔他使劲拽着施皮塔离开了房间。观众可以听见门锁响的声音。房间里静悄悄的,从外面传来柏林大街上嘈杂的声音。阁楼的盖板掀开了,瓦尔布尔迦急急忙忙从梯子上下来,背后跟着约恩太太。

约恩太太 (压低声音,使劲地)您怎么啦?不是什么事也没发生吗!

瓦尔布尔迦 约恩太太,我差点儿喊出声来,我几乎忍不住要喊了！上帝呀，我简直受不了！

约恩太太　那就往嘴里塞块手绢，小姐！到底出了什么事？瞧您这副样子！

瓦尔布尔迦　（牙齿碰击着，竭力压制着恐惧）我差点儿……差点儿吓死过去，约恩太太！

约恩太太　是什么把您吓成了这个样子？

瓦尔布尔迦　您没看见那个可怕的人吗？

约恩太太　他有什么可怕？他不过是我弟弟，偶尔帮我打扫一下这里的卫生。

瓦尔布尔迦　还有那姑娘，坐在角落里背对着我，一直在小声哭泣。

约恩太太　您母亲生您的时候，不也是这样么！

瓦尔布尔迦　爸爸要是再回来，那我就完了。

约恩太太　那就赶快离开，别再磨蹭了！（送惊恐万分的瓦尔布尔迦出去，又转身回到屋里）谢天谢地，这小丫头什么也没发觉！

〔她拿起拔掉塞子的酒瓶，又拿起桌上的一只玻璃杯倒了满满一杯，然后爬上梯子，在阁楼里消失了。哈森罗伊特紧接着回到屋子里。

哈森罗伊特　（刚走到门边便唱道）"啊，圣母特烈莎，降临人世吧！"（喊）阿丽丝！（仍然站在门边）出来吧，帮我用这根铁条把门顶牢！阿丽丝！（走到圆桌边）看谁还敢再来打搅我们！喂，小精灵，你藏在什么地方？阿丽丝！（注意到酒瓶，拿起来举到空中）怎么？已经空了一半？见鬼！（从图书室传来华丽的花腔女高音的歌声）哈哈哈！我的天，她已经有点儿醉了！

第 二 幕

〔同一栋房子的三楼,约恩太太的家,天花板上面便是哈森罗伊特经理贮存道具的房间。这是一间宽敞的、天花板很高的、漆成灰色的房间,看得出来以前曾是一间营房。房间的后墙上,一扇双开的门通向走廊,门上安了一只可以从外面拉响的铃。门右边,一道一人多高的木板墙一直伸向舞台前部,并在离舞台前沿两米处绕个直角与右边的墙连接。隔开的这块地方显然是卧室,木板墙里露出几个柜子的顶部。

从门外进来,左边是一只蒙着漆布的沙发,沙发背靠着木板墙,墙上点缀着几幅照片:穿着军服的泥瓦匠约恩,约恩和约恩太太的结婚照,诸如此类。沙发前面有一张椭圆形的桌子,上面铺了一块褪了色的桌布。从外面进来,必须经过沙发和桌子才能到达卧室门。卧室门上挂着一块花布作为门帘。

木板房前面靠舞台的地方放着一只收拾得很整洁的碗橱,墙边是炉子。这一小块地方当然是厨房了。

房间左面的墙上有两扇窗户,靠近舞台前沿的那扇窗户边安了一块刨得很光滑的木板,权当写字台,台上放着纸卷(施工图)、描图纸、折尺、圆规和角尺等物。离观众较远的那扇窗下有一块踏板,踏板上是一张桌子和一张小椅子,桌上放着几只玻璃杯。两扇窗都没有窗帘,但下半部用花布遮着。除此之外,房里的陈设还有一张旧的藤躺椅和几把木椅子。

整个房间虽然家具很少并极其简陋,却给人以干净、整齐和井井有条的感觉,这在没有孩子的家庭常常可以见到。

五月末的一天,下午大约五点钟。温暖的阳光从窗户射进房里。泥瓦匠约恩,一个四十来岁、满脸胡子、相貌善良的男子,正惬意地站在那张代替写字台的木板前看着施工图并不时记录着什么。约恩太太坐在另一扇窗前的椅子上做针线活。她看上去面色苍白,好像刚刚经历过一件大事,但是有一种十分满意的神情,只不过眼里不时流露出不安和担心的光。她身边有一辆崭新的、漂亮的婴儿车,车里睡着一个刚刚生下来的婴儿。

约 恩 (谦卑地)孩子他妈,我把窗子打开一条缝,抽一袋烟怎么样?

约恩太太 你又想抽烟了?我看还是算了吧!

约 恩 我并不是一定要抽,只不过说说而已。好了,我再嚼一块烟草总行吧。

〔他拿出一块烟,满意地嚼着。

约恩太太 (过了好一会儿)喂,你不是要到户口登记处去吗?

约 恩 那儿的人对我说,我还得再去一次,详细说明这孩子出生的地点和时辰。

209

约恩太太　（嘴里衔着针）你当时干吗不说清楚呢？

约　恩　我知道吗？我根本不知道。

约恩太太　你怎么不知道？

约　恩　我当时又不在家。

约恩太太　哼，你家在柏林，可整年都待在阿尔托那，每个月顶多回家一次，当然不会知道家里发生了什么事。

约　恩　领班的活儿最忙，我不待在那儿行吗？另外，我到那儿去干活，是因为那儿钱挣得多。

约恩太太　可我在信里告诉过你，我们家添了个小家伙。

约　恩　这我知道，我也是对户口登记处的人这么说来着！我说，孩子当然是生在我们家里。可他说，怎么能说是当然呢！我又说，难道他生在屋顶上的老鼠窝里不成？我很生气，因为他胡说什么也许不是生在我们家里。他也火了，对我大喊大叫道："你怎么能用这样的口气跟我说话！"我说："我是靠干活糊口的，不是靠口气吃饭的，户籍官先生！"接着，他就让我详细说明日期和时辰……

约恩太太　我不是详详细细给你写在一张纸条上了吗，保尔？

约　恩　我一生起气来就把什么都忘了。我相信，假如他当时问我："你是泥瓦匠保尔·约恩吗？"我恐怕也会回答不知道。反正那时我有点儿晕晕乎乎，我刚刚同弗里茨一起喝了一杯，后来又碰到舒伯特和屠夫卡尔，他们说我应该请客，因为我当上了父亲。喝过酒他们仍不罢休，还在户口登记处的大门外等着。我当时想，他们爱等多久就等多久吧！所以当那家伙问我，我老婆是在哪幢房子里生下这孩子的，我就说不清了，只好哈哈大笑。

约恩太太　不管你喝酒没喝酒，保尔，你都是那副德行！

210

约　恩　连你也这样说！不管怎么样,你这老太婆还能生下孩子,这就够使我高兴得晕晕乎乎了。

约恩太太　你还是赶快到户口登记处去吧,告诉他们,你的孩子是你老婆五月二十五号在自己家里生下的。

约　恩　不是五月二十六号吗？我告诉他们是五月二十六号来着！难怪他们看出我有点儿没把握？如果真是那样,那倒也罢了。不然你就自己去。

约恩太太　我吗？还是算了吧,二十六号就二十六号！(门开了,塞尔玛·克诺伯推着一辆破旧的婴儿车走进来。与约恩太太那辆婴儿车相比,它简直太寒酸了,车里躺着一个用破布裹着的婴儿)不,不,塞尔玛,你把一个生病的孩子弄到我家来,以前没什么,现在可不行！

塞尔玛　他咳嗽得很厉害,我妈妈抽烟抽得太凶了,约恩太太。

约恩太太　我对你说过,塞尔玛,你随时都可以到这儿来取牛奶和面包什么的,可这小可怜虫最好还是待在他妈妈身边！我的小阿达尔贝特要是传染上痨病可不是玩的！

塞尔玛　(带着哭腔)妈妈昨天和今天都没回家。这孩子吵得我晚上没法睡觉,整夜哭个不停。我困死了,真想从窗口跳下去,要不就把小赫尔弗哥特丢在大街上逃走,逃到连警察也找不到的地方去。

约　恩　(望着生病的孩子)看上去好像好一些了。孩子他妈,我看还是行行好吧！

约恩太太　(坚决地,把塞尔玛和婴儿车推出门)快走吧,别待在这儿！这可不行,保尔,谁要是自己有了孩子,就顾不上别人的孩子了。天晓得克诺伯那该死的女人跑到哪儿去了。塞尔玛是另一回事,你可以随时上这儿来,甚至可以在这儿睡一会儿觉。

〔塞尔玛推着婴儿车下。约恩太太立即插上门。

约　恩　你以前不是经常照顾这小家伙吗?

约恩太太　你懂个屁!小阿达尔贝特要是传染上什么病怎么办?

约　恩　这倒也是。不过,还是别叫他阿达尔贝特行不行?用一个刚生下八天就死了的孩子名字称呼他可不大好。我总觉得有点儿不吉利。

〔有人敲门,约恩准备去开门。

约恩太太　你要干什么?

约　恩　外面有人敲门。

约恩太太　(赶紧用钥匙锁上门)我简直晕头转向了,所有人都往这儿跑!(侧耳静听,然后又大声喊)我才不开门哪,你有什么事?

一个女人的声音　我是哈森罗伊特太太!

约恩太太　(意外地)啊,我的天!(打开门)您别见怪,经理太太!我不知道是您!

〔哈森罗伊特太太,一个五十多岁、患气喘病的胖女人,走进屋,后面跟着瓦尔布尔迦。她的衣着不像第一幕中那样华丽,手里拿着一个大包裹。

哈森罗伊特太太　您好,约恩太太!尽管这楼梯很难爬,我还是想来看看……想来看看你们家发生的大喜事。

约恩太太　感谢上帝,我现在的日子好过多了,经理太太。

哈森罗伊特太太　这大概是您丈夫吧,约恩太太?应该说……凭良心说,您太太在您不在家的日子里可从来没抱怨过,总是……总是在楼上我丈夫的道具储藏室里高高兴兴地干活。

约　恩　的确是这样,她实在太高兴了,经理太太。

哈森罗伊特太太　假如您经常……能更经常回家来……回家来看看,您太太会更高兴的。

约恩太太　我有一个吃苦耐劳的好男人,经理太太。因为保尔在外面干活,我也不想老在家待着。保尔的弟弟十二岁就进了初级军官学校……对一个男人来说,没有孩子,生活就简直没有意思。他产生了稀奇古怪的念头,想到汉堡去挣大钱,甚至还想去美国。

约　恩　那只不过是一时的想法而已。

约恩太太　您瞧,我们这些小人物……像我们这种人,只有苦苦煎熬才能勉强过得去,可是……(摸了摸约恩的头发)我们也有欢喜和忧愁。您瞧,他高兴得眼泪都流出来了。

约　恩　三年前我们也有一个孩子,可是刚生下来八天就死了。

哈森罗伊特太太　这事我丈夫……我丈夫已经……已经告诉过我了。你们当时很悲伤。你们知道,我丈夫对谁……对谁心眼都那么好。对邻居,对给他干活的人……更是这样,不论他们遇到好事……还是坏事……他都像自己的事……那样关心。

约恩太太　(拍了拍约恩的肩膀)我还记得他抱着小棺材坐在车上的样子,甚至不让掘墓人碰那棺材。

约　恩　(擦去眼里的泪水)的确是那样,我当时不准任何人碰一下它。

哈森罗伊特太太　你们简直想象不到……想象不到,今天吃午饭的时候,我们……我们突然喝了点儿酒!三年来,我们一直只喝水和咖啡……这是我们唯一的饮料!我丈夫——您知道,他到阿尔萨斯去了十一二天,今天刚刚回来……我丈夫说,让我们为好心的约恩太太干一杯,因为——他用他那动听的嗓子喊道——因为她向我们证明,上帝……上帝对一颗母亲之心的祈求并不是无动于衷的!我们为您干了一杯!瞧,我还受我丈夫的……特别委托,给您带来了……带来了一个索氏牛奶过滤器。瓦尔布尔迦,把纸包打开!

〔哈森罗伊特经理推开虚掩着的门径直走进屋。他戴着高礼帽和手套,身穿双排扣的浅色外套,手里拿着一根银柄的西班牙手杖,总的说来,是一身稍显陈旧的工作装束。一进门,他便急促地、滔滔不绝地说开了。

哈森罗伊特 (擦着额头上的汗)好热啊!柏林太热了,先生们!而彼得堡又发生了霍乱!您向我的学生施皮塔和凯弗尔施坦抱怨您的孩子老是胖不起来,约恩太太。说到底这是我们这个时代堕落的迹象,大多数母亲不能养活或不愿养活她们的孩子。您曾经有一个男孩得痢疾死了,约恩太太。毫无办法,我们必须正视现实!为了使您不至于再碰上坏运气,不让那帮大娘大婶们好心的忠告——它们对婴儿大多是极其危险的——牵着鼻子走,我太太按照我的吩咐给您送来了这个煮牛奶的器具。我正是用它养活了我那一群孩子,其中包括瓦尔布尔迦……嘿,这不是约恩先生吗!好极了,皇帝需要士兵!而您却需要一个传宗接代的,约恩先生!热烈祝贺您!

〔他使劲同约恩握手。

哈森罗伊特太太　（站在婴儿车旁）他生下来……生下来有多重？

约恩太太　刚好八磅零十克。

哈森罗伊特　（兴高采烈、大声而响亮地）哈哈哈！上等产品！八磅零十克德意志人的肉！

哈森罗伊特太太　这眼睛,这鼻子,和他父亲一模一样！小家伙的确……的确长得非常像您,约恩先生。

哈森罗伊特　您大概会让他加入基督教会吧？

约恩太太　（幸福而得意地）他是在教区礼拜堂的洗礼石上正儿八经地接受牧师的洗礼的。

哈森罗伊特　好极了！他的教名是什么？

约恩太太　那当然还得好好商量一下,就像所有的男人起教名那样。我觉得布鲁诺这名字就不错,可他不同意。

哈森罗伊特　布鲁诺这名字的确不坏。

约　恩　布鲁诺这名字当然不坏,我也想不出更好的了。

约恩太太　可你说什么来着,你说我有一个弟弟比我小十二岁,也叫布鲁诺。当然,他有时不学好,可那都是别人把他带坏的,他本人并不坏！你总是不相信！

约　恩　（脸红脖子粗地）你知道他是个什么东西,你知道！难道我的孩子应该起一个无赖的名字？他是个地道的无赖！我对他简直没办法……而且他还受到警察监视。

哈森罗伊特　（大笑）我的天,那您就给小家伙起另一个无赖的名字吧！

约　恩　愿上帝保佑我,我为他操过心,给他在机械厂找了份活儿,可结果怎么样？只有生气和耻辱！愿上帝保佑我,他别来碰我的孩子！（握紧拳头）不然,我就对他不客气！

约恩太太　你放心,保尔,布鲁诺不会上这儿来的,我可以向你担保。可我弟弟在我困难的时候帮助过我。

约　恩　你那时候为什么不叫我回来？

约恩太太　像你这样胆小的男人回来又有什么用？

哈森罗伊特　您崇拜俾斯麦吗,约恩？

约　恩　(搔了搔头)我自己也说不清,可跟我一起干活的泥瓦匠都不喜欢俾斯麦。

哈森罗伊特　那就是你们的胸膛里没有一颗德意志人的心！而我却给在皇家海军服役的大儿子起了个名字叫奥托！你们可以相信,(指着车里的婴儿)这新的一代人会懂得他们为维护德国的统一,为了这伟大的英雄业绩应该做些什么。(拿起瓦尔布尔迦从包裹里取出的煮奶金属锅,举到空中)嗯,这煮奶器的用法很简单:这个锅,还有这些瓶子——先在每个瓶子里倒三分之一的牛奶,然后再加三分之二的水,把瓶子放到灌满开水的锅里,让锅里的水保持在沸点上。这样,一个半钟头后,瓶子里的牛奶就没有细菌了。化学家把这叫做消毒。

约　恩　我们工头的老婆给她的双胞胎喝的牛奶也是经过消——消——消毒的。

〔有人敲门。哈森罗伊特的学生,凯弗尔施坦和克格尔博士,两个二十至二十五岁的年轻人,走进屋里。

哈森罗伊特　(看到了他的学生)耐心点儿,先生们,我马上就来！我现在正在传授关于婴儿喂养和护理的知识呢。

凯弗尔施坦　(大头,长鼻子,没有胡子,脸色苍白,表情严肃,嘴角边带着恶作剧的神态。用一种做作的庄严声调说)我们是东方三国王①。

哈森罗伊特　（仍然举着煮奶器）你们是什么？

凯弗尔施坦　（如前）我们来祝贺孩子的诞生。

哈森罗伊特　哈哈哈！如果你们是东方的三个国王，先生们，那么还缺少一位。那第三位呢？

凯弗尔施坦　第三位是我们戏剧表演界的新同学，神学院学生艾里希·施皮塔，由于发生了一件社会心理方面的偶然事件，他不得不在布鲁门大街和瓦尔纳剧院街的拐角上耽搁一会儿。

克格尔博士　我们却赶快溜走了。

哈森罗伊特　您瞧，在您家上空升起了一颗新星，约恩太太。你们说，咱们那个好心的江湖医生施皮塔又在大庭广众之下医治社会创伤啦？哈哈哈！依然故我！对别人，他可真有一副热心肠。

凯弗尔施坦　那儿挤满了人，而他似乎在人群中发现了一位女朋友。

哈森罗伊特　依我浅薄之见，年轻的施皮塔先生更适合于当护士或者当救世军。不过，他却一定要当演员。

哈森罗伊特太太　孩子们的家庭教师施皮塔先生想当演员？

哈森罗伊特　请允许我告诉你，太太，他已经把他的打算对我说了——亲爱的凯弗尔施坦，你要是带来了麝香和没药，那就快拿出来吧！你知道，你老师的才能是多方面的。一会儿我还要给我那些渴望文艺女神乳汁的学生们输送精神营养呢！过一会儿……

---

① 耶稣降生时，东方的三个国王看见天上升起了新星，便前来祝贺。

凯弗尔施坦　（拍打着一个存折）我把这件东西,一个绝对可靠的银行存折,放在我们这位小泥瓦匠的漂亮的婴儿车旁,祝愿他将来至少能当上政府的建筑部长。

约　　恩　（将几只玻璃杯摆在桌上,又取出一瓶酒,拔掉塞子)嗯,这次我得打开这瓶但泽名酒。

哈森罗伊特　您瞧,越是富有的人得到的就越多,约恩太太。

约　　恩　（倒酒)不能说泥瓦匠约恩不关心他的孩子,先生们！当然,我只能算关心他的人之一,先生们！(除了哈森罗伊特太太和瓦尔布尔迦,所有的人都拿起酒杯)干杯！孩子他妈,咱们也得碰杯！

〔大家碰杯,饮酒。

哈森罗伊特　（以责难的口吻)太太,你也应该同我们一起喝一杯。

约　　恩　（收拾完桌上的杯、瓶)我不想再到汉堡去了,让工头找一个顶替我的人吧。为了这事,我和他已经吵了三天。现在我得走了,公司里叫我六点钟去一趟。如果工头不同意,那也就只好对不起了,我总不能永远撂下我的家庭不管。我有一个同行……只要我一句话,就可以在新的国会大厦工地上找到活儿干。我为这个工头干了十二年,也该换换地方了。

哈森罗伊特　（拍拍约恩的肩膀)对极了！我完全同意您的看法,泥瓦匠先生。我们的家庭生活不是几个钱、几句好话就能换来的。

〔神学院学生艾里希·施皮塔上。他的帽子沾满污垢,外衣也弄脏了,没戴领结。他显得很激动,脸色苍白,用手帕擦着手。

施皮塔　请原谅,我可以在您这儿洗一洗吗,约恩太太?

哈森罗伊特　哈哈哈!看在上帝的分上,您这是怎么啦,我的好施皮塔?

施皮塔　我只不过是送一位太太回了家,经理先生,其他并没有什么。

哈森罗伊特　(跟众人一起对施皮塔的话大笑一阵之后)嘿,你们听听!他还补充了一句:其他并没有什么。您就这样向大家报告吗?

施皮塔　(愕然地)为什么不呢?那是一位穿着体面的太太,在这幢房子的楼梯上我经常遇见她,她在街上摔了一跤。

哈森罗伊特　啊,瞧您说的,讲详细点儿好不好,亲爱的施皮塔。看起来,那位女士把您的衣服弄脏了,手也弄伤了。

施皮塔　啊,不。这大概是那些流氓干的。那位太太晕过去了,一名警察想把她扶起来,可他笨手笨脚的,那位太太又摔倒在马路上,一辆公共马车差一点儿从她身上轧过去。我实在看不下去,尽管我承认,在大街上做好事并不是有身份的人的义务。

〔约恩太太将婴儿车推进木板隔开的小屋,然后端着一盆水走出来,将盆放在椅子上。

哈森罗伊特　也许那位女士从事的是一种受政府控制和管理的国际性赚钱行当?

施皮塔　在这种情况下我才不管她是干什么的呢。值得一提的是那匹拉车的马,经理先生,为了不至于踩着那个躺在地上的女人,它的左蹄在空中停留了五六分钟,甚至八分钟之久。(施皮塔的话又引起一阵哄笑)你们在笑!依我看,那匹马的行为丝毫也不可笑。完全可以理解,为什

219

么有些人向它欢呼鼓掌,有的甚至跑进面包店拿来面包圈喂它。

约恩太太　依我看,那匹马应该狠狠地踩她!(约恩太太的话又引起一阵哄笑)克诺伯那臭娘儿们,应当把她捆在宪兵广场上示众,应该用皮鞭抽她,使劲地抽,打得她皮开肉绽!

施皮塔　我不认为中世纪的野蛮会完全销声匿迹,不久前这样的事还发生过。1837年在柏林的监狱广场,人们就曾经把一个叫梅耶尔的寡妇从下到上撕成了两半。(取下眼镜上的碎镜片)我得马上去配一副眼镜。

约　恩　(对施皮塔)请原谅,您是不是把那打扮入时的女人送到过道对面的那间房子去了?我太太刚才说得对,她不是别人,正是克诺伯!这女人远近闻名,自己待在下流的地方不算,还把十二三岁的女孩子送进火坑。她成天在外面喝酒鬼混,却撂下自己的孩子不管,而且,一喝醉酒就打孩子。

哈森罗伊特　(打起精神,沉思地)好了,先生们,我们已经耽搁了一刻钟,现在该上课去了。我的时间有限,今天的课得准时结束。太太,咱们走吧!再见,先生们!

〔哈森罗伊特挽住他太太的胳膊走下,后面跟着凯弗尔施坦和克格尔博士。约恩也拿起他的宽边帽。

约　恩　(对约恩太太)我也该去找工头了。

〔约恩下。

施皮塔　您能不能借一条领带给我?

约恩太太　让我找找,看保尔的抽屉里有没有。(拉开桌子的抽屉,大惊失色)耶稣啊!(从抽屉里拿出一绺用彩线束着的婴儿头发)这儿有一束头发！这是我死去的孩子,小阿达尔贝特躺在棺材里时他爸爸剪下来的。(脸上突然掠过一丝深深的悲哀,但随即又变得开朗了)嗯,还是把它放在婴儿车上吧！(拿着那束头发,以一种奇特的快乐神情一面向瓦尔布尔迦和施皮塔示意,一面向木板房走去。婴儿车有三分之二从木板房露出来。她把头发放在婴儿的枕头边)过来,快过来！(神秘地向两个年轻人招手。那两人走到婴儿车旁)瞧这头发,不是和小宝宝的头发……和他的头发一模一样吗？

施皮塔　不错,连颜色都一模一样！

约恩太太　这样就好,这样就好,我不要更多了！(推着婴儿车消失在木板房里)

瓦尔布尔迦　艾里希,你不觉得约恩太太的行为有点儿奇怪么？

施皮塔　(拿起瓦尔布尔迦的手,羞怯而热烈地吻着)我不知道,不知道！或许我有点儿心不在焉,反正我看一切东西都觉得暗淡无光,这也许是心情不好的缘故。你收到我的信了吗？

瓦尔布尔迦　当然。可我不明白,你为什么这么长时间不上我家来。

施皮塔　原谅我,瓦尔布尔迦。我不能来。

瓦尔布尔迦　为什么不能来？

施皮塔　因为我的心碎了。

瓦尔布尔迦　你想当演员,这是真的吗？你想改行？

施皮塔　我最终将成为什么样的人,这取决于上帝！不过,我决不当牧师,不当乡村牧师！

瓦尔布尔迦　听着,我找人算过命了。

施皮塔　荒唐,瓦尔布尔迦,你不该这样做。

瓦尔布尔迦　我向你发誓,艾里希,一点儿都不荒唐。算命的女人对我说,我有一个秘密的未婚夫,是个演员。当然,我嘲笑了她一番。紧接着,妈妈就告诉我你想当演员!

施皮塔　真的吗?

瓦尔布尔迦　真的!算命的女人还对我说,由于一个人的来访,我们会经历许多磨难。

施皮塔　我父亲马上要到柏林来,瓦尔布尔迦。这位老先生会给我们增加许多麻烦,这倒是真的。父亲还不知道我们的事,不过即使没有口袋里这几封信,我内心也早已和他闹翻了,这些信就是他对我的忏悔的回答。

瓦尔布尔迦　的确有一颗凶险、嫉妒、恶毒的星笼罩着我们的约会。我过去非常崇拜我爸爸,但从那个星期天起,我一见到他就脸红。不管我多么努力克制自己,我都无法问心无愧地正视他的眼睛。

施皮塔　你和你爸爸也有裂痕吗?

瓦尔布尔迦　啊,假如光是那样就还好了!我曾经为爸爸而自豪,可现在一想到你可能会知道那件事,我就浑身发抖。你可能会瞧不起我们。

施皮塔　我?我会瞧不起你们?我不知道,也不想知道,好姑娘。不过,我这就毫无保留地告诉你:我有一个比我大六岁的姐姐,在一个贵族家庭当家庭教师。有一天终于出事了……当她跑回父母家,想在那儿得到庇护时,我那虔诚信奉基督教的父亲却把她赶出了大门。他当时大概想:即使是耶稣基督也会这样做!从此以后,我姐姐就渐渐堕落了。过一阵子,咱们可以到席尔德霍恩去,看看那儿的所谓自杀者的小公墓。我姐姐最后便埋葬在那里。

瓦尔布尔迦 （拥抱施皮塔）可怜的艾里希！这事你可从来没向我透露过一个字。

施皮塔 现在就不同了,我不是都告诉你了吗？我还要同爸爸谈这件事,即使和他闹翻也不在乎。每次我看到一个可怜的穷人遭到践踏,或者一个流氓欺侮一个妓女,我都会十分激动,不能克制自己。每逢这种时候,你总是感到奇怪。有时,我还会产生幻觉,觉得在大白天看到了鬼,看到了我死去的亲姐姐。

〔鲍丽娜·皮帕卡尔卡上。她的衣着与第一幕中完全一样,脸色似乎更加苍白,但显得更漂亮了。

皮帕卡尔卡 早上好！

约恩太太 （在木板房里）谁来了？

皮帕卡尔卡 我是鲍丽娜,约恩太太。

约恩太太 鲍丽娜？我不认得什么鲍丽娜。

皮帕卡尔卡 我是鲍丽娜·皮帕卡尔卡,约恩太太。

约恩太太 谁？——啊,请你等一下,鲍丽娜！

瓦尔布尔迦 再见,约恩太太。

约恩太太 （从木板房走出,仔细地拉好门帘）再见！我和这姑娘有点儿事要说,你们上街去逛逛吧！（施皮塔和瓦尔布尔迦匆忙下。约恩太太锁上门）原来是你呀,鲍丽娜。有什么事吗？

皮帕卡尔卡 有什么事？我心急火燎地赶来,再也没法等了。我得看看怎么样了。

约恩太太 看什么？什么怎么样,鲍丽娜？

皮帕卡尔卡 （有点儿心虚）看看他身体好不好,长得怎么样。

约恩太太　谁身体好不好,长得怎么样?

皮帕卡尔卡　你应该什么都知道呀!

约恩太太　我应该知道什么?

皮帕卡尔卡　孩子是不是平安无事。

约恩太太　哪个孩子?什么平安无事?你说清楚!你满嘴胡说些什么!

皮帕卡尔卡　如果我把事情的真相全都说出来,约恩太太……

约恩太太　哪件事情?

皮帕卡尔卡　我的孩子……

约恩太太　(使劲打了她一个耳光)你再胡说一句,我就打烂你的嘴,叫你觉得你是三个孩子的母亲!快滚,别让我再看见你!

皮帕卡尔卡　(向门跑去,使劲摇晃上了锁的门)打人啦!救命,救命!我受不了啦!(大哭)开门!约恩太太打人了!

约恩太太　(态度完全变了,搂住鲍丽娜,不让她走)鲍丽娜,看在上帝的分上,鲍丽娜!我鬼迷了心窍!好了,我给你赔不是行不行?你还要我怎么样?鲍丽娜,我向你下跪,鲍丽娜,鲍丽娜,我向你赔罪好不好?

皮帕卡尔卡　你为什么打我?我这就去警察局,告你打人。我要去告你,去警察局!

约恩太太　(把脸伸过去)你也打我一个耳光吧!这样就好了,你也可以出一口气。

皮帕卡尔卡　我这就去警察局……

约恩太太　这样你就报了仇。我说,姑娘,这样你就不吃亏了!你为什么不打?姑娘,快打呀!

皮帕卡尔卡　打你一个嘴巴有什么用。

约恩太太　(自己打自己的脸)瞧,我的脸也肿了。姑娘,打呀,别客气!来吧,把你的气都发出来。打完了……鲍丽娜姑娘,我再给你和我自己煮一杯真正的咖啡,上帝可以作证,不是那种廉价的代用品。

皮帕卡尔卡　(态度缓和了些)你为什么突然翻脸不认人,对我这可怜的姑娘那么凶,约恩太太?

约恩太太　我自己也不知道是怎么回事!过来,鲍丽娜,坐下吧!快坐下,美人儿。我很高兴你来看我。我这坏脾气是母亲传给我的,我出生在布吕肯勃莱希。有时候我简直没法控制自己。我母亲多次对我说,你要当心,孩子,不然会遇到不幸的。她也许说得对。你过得好吗,鲍丽娜?现在在干什么?

皮帕卡尔卡　(掏出一把钞票和银币,数也不数,放在桌子上)这是你给我的钱,我用不着它了。

约恩太太　我不晓得我什么时候给过你钱,鲍丽娜。

皮帕卡尔卡　啊,你完全知道这是什么钱!它像火一样烫手,像毒蛇一样在枕头底下……

约恩太太　我在什么地方……

皮帕卡尔卡　我有一次疲倦地睡着了,梦见这钱像毒蛇一样从枕头底下钻出来,缠在我身上,还咬了我一口,我吓得叫喊起来。后来房东太太叫醒了我,我就像死过去一样躺在地板上。

约恩太太　别去想这些了,鲍丽娜!喝一点儿酒吧!(给皮帕卡尔卡斟一小杯白兰地)再吃一块儿点心,我丈夫昨天过生日。

〔她取出一盘蛋糕,从上面切下一块儿。

皮帕卡尔卡　我吃不下,约恩太太。

约恩太太　这对你的身体有好处,你一定得吃!我真高兴,鲍丽娜,你的体质好,恢复得这么快。

皮帕卡尔卡　我得看看他,约恩太太

约恩太太　看什么,鲍丽娜?你想看什么?

皮帕卡尔卡　要是脱得开身,我早就来了。我来就是为了看看他。

〔约恩太太的脸色变得苍白,原来满脸堆笑、几乎低三下四的神情不见了,由于担心而微微颤抖的嘴唇紧闭着,一言不发。她站起身来走向碗橱,一把抓起咖啡磨,使劲往里扔了一把咖啡豆,走回来坐下,将咖啡磨夹在两膝之间,手执摇柄,以一种受折磨的仇恨眼光怔怔地望着皮帕卡尔卡。

约恩太太　是这样!你想看什么?现在突然想看看那个你曾经想亲手掐死的小可怜虫了?

皮帕卡尔卡　我?

约恩太太　你还想赖吗?那我就揭发你。

皮帕卡尔卡　你已经把我折磨得够了,让我受尽了苦难,约恩太太。你老是跟着我,一刻也不让我安静,直到我在那间阁楼上,在那堆发霉的破烂里生下这孩子。你让我抱一线希望,让那个坏小子吓唬我,给我算命,看我的未婚夫会不会对我回心转意,还干这干那,我差不多要发疯了。

约恩太太　你确实发疯了!一点儿不错,完完全全发疯了!我折磨了你?你这忘恩负义的东西!我从阴沟里把你拉上来,在暴风雪中把你从标准钟那儿搂回家!你当时是一副什么模样!一副完全绝望的样子,呆呆地望着点儿煤气路灯的老头儿。不错,我跟着你,但那完全是为了你不被警察抓走,不被关进警察的囚车,不被小偷拐走!我不让你安静,折磨你,是怕你怀着孩子去投河!(模仿皮帕卡尔卡的腔调)"我要去跳护城河,约恩太太!我要掐死这孩子,用别针扎死它,然后跑到那流氓弹七弦琴的酒吧间去,当着众人的面把死孩子扔在他面前!"你当时就是这么说的。我那时成天守着你,有时陪你到半夜,直到把你送上床还在安慰你,等你睡着了才走开。你一觉睡到第二天中午,直到所有的教堂敲响了钟才醒过来。不错,我就是这样吓唬你,让你抱着希望,让你不得安宁的!你把这一切都忘了吗?

皮帕卡尔卡　可是,他是我的孩子,约恩太太……

约恩太太　那你就从护城河里把他捞上来吧!

〔她猛地站起身,在屋里快步走来走去,一会儿拿起这样,一会儿拿起那样,但随即又放下。

皮帕卡尔卡　我不能看看我的孩子吗?

约恩太太　你跳到水里去找他吧!那样你就能看见他了,我不会再阻拦你。

皮帕卡尔卡　好吧,你可以打我,骂我,往我头上扔脸盆,但在我知道孩子在哪儿并且亲眼看见他以前,谁也别想把我从这儿赶出去。

约恩太太　(安抚地)我已经把他送给别人抚养了。

皮帕卡尔卡　撒谎!我听见他咂嘴的声音,他明明就在木板房里!(木板墙后面的婴儿啼哭起来。皮帕卡尔卡向挂着门帘的那扇门奔去,并以一种并非装出来的,但有些过分的哭腔喊)别哭,可怜的、可怜的小宝贝!妈妈来了!(约恩太太几乎下意识地一个箭步窜到门前,拦住皮帕卡尔卡。后者绝望地哽咽着,挥舞着拳头)让我进去看看孩子!

约恩太太　(神情可怕地)看着我!姑娘,看看我的脸!你以为跟我这种人……可以开玩笑吗?(皮帕卡尔卡呜咽地坐下)坐在那儿号吧,哭吧!即使你嗓子哭肿了也没有用!你要是敢进去,不是你死就是我死!这孩子也活不成!

皮帕卡尔卡　(愤愤地站起身)好吧,那你就等着吧,会有好戏看的,约恩太太!

约恩太太　(重新变得缓和)鲍丽娜,我们之间的事已经了结了。孩子在最可靠的人手里,你干吗要自寻烦恼呢?你拖着个孩子打算怎么办?你应该去找你的未婚夫,做点儿更有用的事,这总比整天听孩子哭,为孩子担惊受怕更好。

皮帕卡尔卡　你说对了,恰恰是这样!他一定得娶我!所有的人……连基尔巴克太太都这么说。她给我看病时就这样说来着。我不能让步!他一定得娶我!户籍登记处的人也给我出主意,我告诉他我落到了什么地步,在阁楼生下了这孩子,他很生气,并且对我说,我决不能让步!他说我是个可怜的、被人欺侮的姑娘,还掏出钱包,给了我一个塔勒零两个格罗申。好吧,你不让我进去就算了,约恩太太,我今天来只不过是要告诉你,明天下午五点钟会来人!来干吗?区里要派一个保育员来看看孩子的情况。反正我明天还会来找麻烦的。

约恩太太 （呆板、惊愕地）什么？你去过户口登记处了？

皮帕卡尔卡 干吗不呢,我反正不想进监狱。

约恩太太 你在户口登记处说了些什么？

皮帕卡尔卡 别的没什么,只不过说我生了个男孩。我真说不出口,啊,上帝,我的脸涨得通红,恨不得钻到地底下去！

约恩太太 是这样！既然你这样害臊,姑娘,那你干吗要去报告呢？

皮帕卡尔卡 因为我的房东,还有基尔巴克太太老是催我。是基尔巴克太太领我去的。

约恩太太 那么,户口登记处的人都知道了？

皮帕卡尔卡 当然,他们什么都知道,约恩太太。

约恩太太 我不是一再叮嘱过你……

皮帕卡尔卡 我不能不报告！难道我应该让他们把我送进普洛岑湖的监狱？

约恩太太 我对你说过,由我去报户口。

皮帕卡尔卡 我问过户口登记处的人,他们说没人去申报过。

约恩太太 那你是怎么申报的呢？

皮帕卡尔卡 我说孩子的名字叫阿洛伊斯·特奥菲尔,放在约恩太太处抚养。

约恩太太 那么,明天就会来人喽？

皮帕卡尔卡 委托监护处的一位先生要上这儿来。不是这样吗？我说,你还是冷静点儿,聪明点儿。你刚才可把我吓坏了。

约恩太太 （失神地）的确是这样,事情已经没法挽回了。到

229

了这个地步已毫无办法了。

皮帕卡尔卡　既然是这样,我能不能看看孩子,约恩太太?

约恩太太　今天不行!明天吧,鲍丽娜。

皮帕卡尔卡　今天为什么不行呢?

约恩太太　因为他今天身体不好,鲍丽娜。那么明天吧,下午五点钟行吗?

皮帕卡尔卡　房东太太告诉我,命令上写着,明天下午五点钟,一位城里来的先生要上这儿来视察。

约恩太太　(推着皮帕卡尔卡向外走,自己也一同出门。声音呆滞地)好吧,让他来吧!

〔约恩太太在走廊上站了一会儿,然后独自回到屋里。她的神态发生了奇怪的变化,目光呆滞,精神恍惚。她匆匆地向卧室门走了几步,突然沉思地站住,接着又中断沉思快步走到窗边,转过身,重又陷入茫然无措的状态。她像夜游病人一样慢慢地走到桌边坐下,双手托腮,失神地望着前方。

塞尔玛·克诺伯上。

塞尔玛　约恩太太,妈妈在睡觉,我饿坏了,能给我一片面包吗?(约恩太太无精打采地站起身,机械地从一个大面包上切下一块儿。塞尔玛发觉她有点儿异样)是我呀,约恩太太!你怎么啦?小心别让刀切了手!

约恩太太　(喘着粗气,渐渐地变成干嚎,手中的面包和刀滑落在桌上)害怕!忧虑!你们知道这一切吗!(浑身颤抖,寻找一件支撑物,以免摔倒)

第 三 幕

〔一切如第一幕。煤油灯亮着,过道里有微弱的灯光。

哈森罗伊特正在给他的三个学生——施皮塔、克格尔博士和凯弗尔施坦上戏剧课。他坐在桌边,一面拆看信件,一面用裁纸刀在桌上敲着节拍。在他前面,一边站着克格尔和凯弗尔施坦,另一边站着施皮塔,作为《墨西拿的新娘》①中的两支合唱队。三人脚下用白色粉笔画了一个大的方框,像棋盘一样,方框分成六十四个小格。瓦尔布尔迦坐在斜面桌旁的一堆账簿上,手里翻着一本大账簿。在他们后面站着这幢房子的管理员和二房东克瓦夸罗,一个四十多岁的矮胖男人。他是一个流动马戏班的班主,自己也是马戏班的主要演员,说话时带着喉音,又尖又高。他穿着一件还算干净的衫衣,没扣扣子,外罩一件薄外衣,手里拿着帽子。

克格尔博士和凯弗尔施坦　(充满激情地)

　　我满怀敬畏地向你致意,
　　　你这辉煌的殿堂,

---

① 《墨西拿的新娘》,席勒的戏剧名。

> 哺育我的君主的
> 伟大的摇篮，
> 圆柱支撑着巍峨的宫殿。
> 剑鞘里沉睡着……

哈森罗伊特 （生气地喊）停！注意句号和停顿，句号和停顿！你们不是在摇八音盒！《墨西拿的新娘》里的合唱不是八音盒摇出来的小曲！"我满怀敬畏地向你致意"，从头再来一遍，先生们！"我满怀敬畏地向你致意，你这辉煌的殿堂！"应该这样，先生们！"剑鞘里沉睡着闪着寒光的宝剑"，停顿！"巍峨的宫殿"，停顿！继续唱，先生们！

克格尔博士和凯弗尔施坦

> 剑鞘里沉睡着
> 闪着寒光的宝剑，
> 凶恶的蛇发女妖
> 被紧锁在庄严的大门前。
> 因为……

哈森罗伊特 （粗暴地）停！难道你们不知道什么是停顿吗，先生们？你们连最基本的知识都不懂！"凶恶的蛇发女妖"，停顿！要斩钉截铁，不能拖泥带水！停顿，死一般的寂静，好像你们自己也不存在了！然后从胸膛里爆发出最强的声音！看在上帝的分上，别像蚊子哼哼！"因为……"继续唱！

克格尔博士和凯弗尔施坦

> 因为复仇女神的儿子
> 以他神圣的誓言守卫着

> 你不可侵犯的门槛……

哈森罗伊特 （跳起来狂喊,并走来走去）誓言,誓言,誓言！誓言！！停！你们不知道什么是誓言吗,凯弗尔施坦？"誓言守卫着！！——复仇女神的儿子",誓言就是复仇女神的儿子发出的,克格尔博士！加强音量,知道吗？死亡！要让最后一排的观众也起鸡皮疙瘩,汗毛直竖！听着:"因为复仇女神的儿子以他神圣的誓言！！！——守卫着……"复仇女神的儿子是地狱之神里最可怕的神！不用再重复了,继续下去！不过你们要记住,誓言与慕尼黑人喝啤酒时吃的小萝卜是两码事！

施皮塔 （朗诵）

> 我的心在胸膛里燃烧……

哈森罗伊特 停！（跑到施皮塔跟前,弯曲他的手臂和腿,以取得一种满意的悲剧姿势）首先你的姿势不对,亲爱的施皮塔。你根本没有表达出一个悲剧人物的崇高。其次,你并没有照我要求的那样把右脚从ⅠD的位置移到ⅡC位置。咱们暂停一会儿吧,克瓦夸罗先生在等着呢！（对克瓦夸罗）好,我现在可以为您效劳了,二房东先生。我请您来,是因为我在清点儿阁楼上的物品时遗憾地发现,有几只装服装的箱子失踪了,换句话说,被人偷走了。在我报告警察——我当然会这样做的——之前,我想听听您的意见。另外,更加不可思议的是:衣箱没有找到,却在阁楼的一个角落里发现了……我怎么说呢,发现了几件奇怪的东西。光是这几件东西,就可以请教维尔霍夫①先生了：一条蓝色条纹的鸭绒被，当然，已经破旧得不成样子，另外还有一块儿不知道是什么东西的碎片，那是什么东西倒也无关紧要，可形状十分奇怪。

克瓦夸罗　经理先生，我上去看看。

哈森罗伊特　上去吧！约恩太太也在上面，她对这些东西似乎比我更加不安。这三位先生是我的学生，他们死活不肯相信阁楼上发生了诸如谋杀之类的怪事。不过请注意，咱们先别把事情传出去，以免闹得尽人皆知。

凯弗尔施坦　每次我母亲的裁缝店里丢了东西，大家总是说，是老鼠偷吃了。真的，在这栋房子里到处都是老鼠，我在楼梯上就差点儿踩死一只。为什么那些箱子和戏装就不会被老鼠吃掉呢？要知道丝绸的味道是甜的！

哈森罗伊特　妙，妙！这类裁缝店的奇闻真是妙极了，亲爱的凯弗尔施坦！哈哈哈！你还没把你的鬼故事讲给我们听呢。照你的说法，在这幢房子还是骑兵营房的时候，一个名叫索尔根弗赖的骑兵曾穿着马靴，佩带着马刀在这阁楼上吊死了。你也许还怀疑东西是他偷的吧？

凯弗尔施坦　您可以上去看看他吊死的那根钉子，经理先生。

克瓦夸罗　这幢房子里的人都说，一个名叫索尔根弗赖的士兵在这间阁楼里上吊自杀了。

凯弗尔施坦　院子里木匠的老婆和二楼的女裁缝还常常看见，他大白天把脑袋伸出天窗朝下面的人点头、行军礼呢。

克瓦夸罗　据说一名下级军官骂他是蠢货，还开了个恶毒的

---

① 维尔霍夫(1821—1902)，德国著名医生。

玩笑,这傻瓜想不开,便寻了短见。

哈森罗伊特　哈哈哈!虐待士兵,鬼故事!真是太妙了,可是跟这件事毫不相干。我肯定,这件失窃案或者别的什么岔子出在我去阿尔萨斯办事的十一二天里。请您务必仔细查看一下,然后把结果告诉我!(转过身去对着他的学生。克瓦夸罗爬上梯子消失在阁楼里)好了,你把台词念完吧,亲爱的施皮塔。

施皮塔　(毫无激情地朗诵)

　　　　我的心在胸膛里燃烧,

　　　　紧握双拳准备战斗,

　　　　看到美杜莎可憎的头颅,

　　　　我便看见了仇敌的身影,

　　　　满腔热血便剧烈地沸腾。

　　　　对他应当好言相劝

　　　　还是听凭我的愤怒任意发泄?

　　　　然而欧墨尼德①的报复使我恐惧,

　　　　这片土地的保护神,

　　　　神圣的和平的维护者。

哈森罗伊特　(坐在桌旁,一手托腮,专心地倾听着。施皮塔的朗诵结束后好一会儿才似乎猛醒)完了吗,施皮塔?我真得谢谢你!你瞧,亲爱的施皮塔,我又陷入了进退两难的尴尬境地:或者我厚着脸皮恭维你,说你朗诵的方式好极了,不过,那样我就得撒谎;或者我就得对你说,你这种朗诵方式实在太糟糕了,而这样,咱们又得吵一场。

---

① 希腊神话中复仇三女神之一。

施皮塔 （失色地）您说得对,我讨厌那种矫揉造作、慷慨激昂的腔调。正因为这样,我才离开了神学院,我觉得那种说教的口气令人作呕。

哈森罗伊特 那么,你打算像法院的书记官宣读审讯记录,或者像饭店的侍者报菜单那样表演悲剧合唱喽?

施皮塔 我不喜欢像《墨西拿的新娘》这样虚假夸张的戏。

哈森罗伊特 请你再说一遍,亲爱的施皮塔!

施皮塔 这是无法改变的,经理先生,咱们关于戏剧艺术的观念在某些方面完全不同。

哈森罗伊特 我的天,你这副神态简直狂妄透顶!请原谅。不过,你现在是我的学生,而不是我的家庭教师!什么你的和我的,你这个初出茅庐的门外汉!你还想谈论席勒,弗里德里希·席勒?我告诉过你几十次,你那点儿浅薄幼稚的艺术观完全是胡说八道!

施皮塔 这还得要事实来证明。

哈森罗伊特 你一开口就已经得到了证明!你全盘否定朗诵艺术,想把庄严肃穆的台词念得像市场上小贩的叫卖声一样!你看不起戏剧的情节,声称那不过是胡编乱造,是无稽之谈!你还贬低剧本中的正义、罪恶和惩罚,说那是骗人的谎言!总之,你用你那高贵而荒唐的理智否定了世界的道德秩序。你不懂得人类高尚的精神。前不久你还声称,一个剃头匠或者穆克大街的一个扫街妇,可以像麦克白夫人和李尔王一样成为悲剧的主人公!

施皮塔 （脸色苍白,擦眼镜）在艺术和法律面前人人平等,经理先生。

哈森罗伊特 是吗,是这样吗?你是从哪儿学来这条绝妙的格言的？

施皮塔　（坚定地）这句话是我生活的准则。我的想法也许与席勒和古斯塔夫·弗赖塔克①有矛盾，但与莱辛和狄德罗完全一致。在过去两个学期中，我仔细阅读了这两位真正伟大的戏剧家的作品，对我来说，那种惺惺作态的法国假古典主义被他们彻底打败了。我认为，不仅古典主义的戏剧艺术，而且歌德后期著作中对演员所作的种种愚蠢透顶的限制，都是僵化陈腐的无稽之谈。

哈森罗伊特　原来如此！

施皮塔　德国戏剧要复兴，就必须以青年席勒、青年歌德，特别是以戈特霍尔德·埃夫赖姆·莱辛为榜样，他们的许多话不仅丰富了艺术，而且适用于绚丽多彩的生活，即完全合乎自然。

哈森罗伊特　瓦尔布尔迦，我认为施皮塔先生应当和我掉个个儿！施皮塔先生，你还想扮演家庭教师的角色吗？那就同瓦尔布尔迦上图书室去吧！人的狂妄，特别是年轻人的狂妄，一旦发作起来，就会把我们像蚂蚁一样压在一座花岗岩山峰下面。

施皮塔　可您并不能驳倒我。

哈森罗伊特　年轻人，我不仅在皇家图书馆读过两个学期的书，而且演过大半辈子戏，现在头发都花白了！我告诉你，歌德给演员制订的规则是我最基本的艺术信念。你如果不喜欢，那就请你另找别的老师吧！

施皮塔　（坚定不移地）我觉得歌德那些老掉牙的规则跟他

---

① 古斯塔夫·弗赖塔克（1816—1895），德国作家，沙文主义的鼓吹者。

自己以及他的本性格格不入。他甚至宣称,每一个演员,不论他扮演什么角色——下面是他的原话——都必须在表情上表现出某种吃人的神态,下面又是他的原话,只有这样,观众才会立即想到这是一出高尚的悲剧。

〔凯弗尔施坦和克格尔试图装出吃人的神态。

哈森罗伊特　拿出你的笔记本来,我的好施皮塔,请写上,哈森罗伊特经理是一头蠢驴!席勒是一头蠢驴!歌德是一头蠢驴!当然,还有亚里士多德!(爆发出一阵狂笑)哈哈哈!只有一个叫施皮塔的人才绝顶聪明!

施皮塔　我很高兴,经理先生,至少您的情绪又好起来了。

哈森罗伊特　不,见鬼,我的情绪很坏!你是我们这个时代的一种病症。别自以为是!——你是一只老鼠!这些老鼠在政治领域正开始毁掉——我们新近才统一起来的伟大的德意志帝国!——老鼠成灾!——它们骗走了我们辛辛苦苦得来的成果!而在德国的艺术园地里也同样老鼠成灾,它们正啃食着理想主义这棵大树的树根!它们想把皇冠拖进泥泞,拖进污秽。拖进污秽,连同你们一起拖进污秽!

〔凯弗尔施坦和克格尔想保持严肃,但又忍不住放声大笑,引得哈森罗伊特也笑了起来。瓦尔布尔迦奇怪地瞪大眼睛。只有施皮塔依然表情严肃。

约恩太太顺着梯子从阁楼下来,后面跟着二房东克瓦夸罗。

哈森罗伊特　(发现约恩太太,两臂指着她,好像有什么重大发现)瞧,你的悲剧主人公来了,施皮塔!

约恩太太　(在哈森罗伊特、克格尔和凯弗尔施坦的笑声中走近,诧异地)我怎么了,经理先生?

哈森罗伊特　妙不可言,约恩太太!如果您那平静、安宁、与世无争的生活使您不能成为悲剧主人公,那您就应该感谢上帝!——不过请您告诉我,您看见鬼了吗?

约恩太太　(脸色发白,不自然地)哟,干吗说这些呢?

哈森罗伊特　您没看见那个在阁楼上寻了短见的士兵索尔根弗赖吗?他作为逃兵到另一个世界夺取军功、飞黄腾达去了。

约恩太太　要是看见一个活人,我倒是有点儿害怕。可我从来不怕死人。

哈森罗伊特　喂,情况怎么样,克瓦夸罗先生?在阁楼上发现了什么?

克瓦夸罗　(提着一只瑞典马靴)我仔细察看过了,至少可以肯定,无处栖身的流浪汉曾在上面过夜,现在还不知道他们是怎么进来的。另外,我还在这只靴子里发现了一件东西。(从靴子里拿出一个带橡皮嘴的奶瓶,里面还有半瓶奶)

约恩太太　这很好解释:我在上面打扫卫生时带着小阿达尔贝特来着。我和丢东西的事毫无关系!

哈森罗伊特　谁也没说您和这事有关系,约恩太太。

约恩太太　阿达尔贝特出生的时候……还有阿达尔贝特死的时候……他可以作证,我是一个好妈妈……不过我得走了。经理先生……我可能要离开两三天。再见!我得让阿达尔贝特的姑姑、姑父看看这孩子,我得去换换空气。

〔她步履蹒跚地下。

哈森罗伊特　她乱七八糟说了些什么呀?

克瓦夸罗　她生第一个孩子的时候,身上的一颗螺丝钉就松了,后来那孩子死了。自从她生了第二个孩子,又有一颗螺丝钉松动了。不过,她比以前更会算计,拿出她积蓄的钱放了高利贷。

哈森罗伊特　那么,我丢东西的事怎么办?

克瓦夸罗　这得看谁是嫌疑犯。

哈森罗伊特　在这幢房子里?——您是说,克瓦夸罗先生……

克瓦夸罗　很可能是这样。不过,现在也确实应该对这幢房子进行一番清查了。克诺伯那寡妇有前科,得把她赶出去!还有那一帮住在西头的家伙,警察局的希尔克说他们中间有几个为非作歹的危险分子。警察不久就要来收拾他们的。

哈森罗伊特　在这所房子的什么地方有一个合唱团,我不止一次听到过他们的美妙男声合唱:"德意志,德意志高于一切""你属于谁,美丽的大森林""在一片清幽的地方",以及别的什么。

克瓦夸罗　那就是他们!就是他们!这帮家伙唱歌的确唱得不坏!肯定是他们!俗话说,什么地方唱歌,什么地方就有鸟儿。不过我不能透露姓名。有一次我牵着"王子",我那条狼狗,悄悄地溜到他们附近来着。有事情您就报告,报告警察,经理先生!

〔克瓦夸罗下。

哈森罗伊特　他的目光是那样有把握,他的话里隐含着杀机,他的拳头意味着有人要倒霉。谁要是在夜里不梦见他,那就算幸运。谁要是在梦中遇见他,那就非喊救命不可。

这个令人厌恶、腻味的家伙！不过没有他,这栋破旧营房的房租便收不上来,而军队的财政便少了一笔收入。(门铃响)这是阿丽丝·吕特布什小姐,这聪明的小傻瓜！我正在为斯特拉斯堡的父母官们是否跟我签合同担心呢,在我靠上帝的帮助被任命为那儿的剧院经理后,她的斡旋是我采取的第一个行动。瓦尔布尔迦,施皮塔,到阁楼上去！检查一下那六个贴着"记者"字条的箱子,我们得赶快把行李收拾好!(对凯弗尔施坦和克格尔)你们暂时到图书室去待一会儿!(跑去开门。瓦尔布尔迦和施皮塔顺从地迅速消失在阁楼里。凯弗尔施坦和克格尔走进图书室。哈森罗伊特在幕后喊)请进来,尊敬的先生！请原谅,请别见怪,先生,我在等一位女士,一位年轻的女士……不过没关系,请进！

〔哈森罗伊特和施皮塔牧师上。后者六十多岁,相貌和举止都有点儿像农民。他虽然是个乡村牧师,但乍看上去又像个土地测量员或小地主。他身体粗壮,脖子短粗,有一张扁平的、透着虔诚的宽脸,戴一顶宽边软帽,鼻梁上架一副眼镜,手里搭着一件粗呢大衣,拿一根手杖。从他那粗笨的靴子和衣着可以看出,他准备遇上坏天气。

施皮塔牧师 您知道我是谁吧,经理先生?

哈森罗伊特 我不能肯定,不过……

施皮塔牧师 您就直说吧,经理先生！您叫我乌克马克地区施沃依茨村的施皮塔牧师好了。我的儿子艾里希·施皮塔在您家担任家庭教师或类似的什么职务。艾里希·施皮塔,他就是我的儿子,我很为他担忧。

哈森罗伊特 首先我很高兴能认识您。其次我要告诉您,您大可不必为您的儿子艾里希改行的事过分担心,过分忧虑。

施皮塔牧师　啊,我太担心,太忧虑了!(坐在一张椅子上,十分好奇地打量着这个奇怪的房间)我很难向您说明,很难使您明白,我是多么的忧虑。不过请允许我提个问题,尊敬的先生,我似乎是在一个军械库里。(用手杖碰了碰一个纸糊的武士)这是一种什么装备?

哈森罗伊特　这是古代的重骑兵。

施皮塔牧师　啊,啊,我想象中的席勒完全是另一个样子!(定了定神)啊,这个柏林!把我弄得晕头转向了!您瞧瞧我这个人,经理先生,不仅忧虑万分,不仅被柏林这个所多玛①搅得心里七上八下,而且被儿子的行动弄得心快要碎了。

哈森罗伊特　行动,什么行动?

施皮塔牧师　您还来问我?一个正直的人的儿子和……和……一个演员!

哈森罗伊特　(正言厉色,态度庄严地)先生,我并不赞成您儿子的决定。不过我本人,谁若有坏心谁就是无赖,是一个正直的人,是一个正直的人的儿子。我希望,一个像我一样有身份的人……我当过演员,六个星期前在梅瑟堡的路德戏剧节上,我还不仅作为导演而且作为演员出现在世界最重要的舞台上。——我是文化战士!——以我市民的荣誉和名誉担保,至少按照我的理解,您儿子的决

---

① 《圣经》传说中的巴勒斯坦城市,因其居民罪恶深重,被上帝所降天火毁灭。

定不能由我负责。这是一种困难的职业,此外还需要有天才。对于意志薄弱的人,这也是一种危险的职业。我自己就尝尽了各种艰辛,因此总是劝告别人别干这一行。只要我的女儿们流露出一丝一毫想当演员的想法,我就会打她们耳光。她们要是嫁给演员,我就会在她们的脖子上绑块石头,把她们扔到大海里去。

施皮塔牧师　我不想伤害任何人的感情。我承认,作为一名不抱奢望的乡村牧师,我对这一切毫无了解,不过请您为一位父亲,一个辛辛苦苦地省下每一分钱供他儿子上大学的可怜的乡村牧师想一想吧。想一想他的儿子不久就要通过考试,而他的父亲和母亲——我的太太还生着病——满怀期望地等着他在某一个教区主持第一次祈祷的那个时刻。但恰恰在这时候来了这么一封信!这家伙简直发疯了。

〔施皮塔牧师的愤慨虽然不是装出来的,但有点儿过分,他伸进背心口袋掏信并递给哈森罗伊特的手剧烈地颤抖着,然而这颤抖却过于明显了。

哈森罗伊特　年轻人在寻找自己的道路,这并不值得大惊小怪,有时候,他们的生活中出现危机,这也是不可避免的。

施皮塔牧师　但这一次危机是可以避免的。您从这封信不难看出,谁应当对这个真诚的、一直很听话的年轻人灵魂中出现的堕落负责。我当初不应该让他到柏林来。当然,最终应当对我儿子的严重失足负责的是那种所谓科学的神学,这种神学与异教徒的哲学打得火热,试图毁掉亲爱的上帝和救世主在我们心目中的形象。此外还有别的诱惑,经理先生,对许多事情,我简直羞于启齿,甚至一提到就感到脸红,什么上等人舞会呀,女人的特殊服务呀,如此等等。我夜间十二点半钟在林登大街和弗里德利希大街的人行道上散步时,一个几乎还未成年的可憎的家伙溜到我身边,用一种令人作呕的无耻腔调问我需要不需要刺激!另外,还有那些橱窗,在一些高贵的大人物的肖像旁边站着半裸体的舞女和女演员,总之,尽是些令人厌恶的淫秽的东西!然后是所谓的彩车游行,一帮涂脂抹粉、袒胸露背的堕落女人招摇过市,引得所有的规矩人都拥上大街!这一切简直是世界末日,经理先生!

哈森罗伊特　啊,牧师先生,世界不会灭亡!不会由于公开的堕落和夜间在大街上发生的秘密的罪恶而毁灭。你和我,或许还有整个人类荒唐可笑的插曲,都将继续存在。

施皮塔牧师　然而,这邪恶的榜样将青年人引上了歧途。

哈森罗伊特　请允许我提醒您,牧师先生,我从未发现您儿子干过什么轻浮的事,他只不过是爱好文学罢了。另外,他也并不是第一个改行从事文学和戏剧事业的牧师的儿子,莱辛和赫尔德①早在他之前便这样做了。也许他看这方面的书看得太多,所以着迷了。不过,您儿子在文学方面的看法有时使我有点儿担忧。

施皮塔牧师　那就更糟糕,更可怕!比我原来预计的更坏!我可真是开了眼,先生,我生了八个儿女,艾里希是我们寄希望最大的孩子。他的第二个姐姐使我们受到了上帝最严峻的考验,现在看来,她和艾里希都是这个邪恶城市

---

① 莱辛(1729—1781)和赫尔德(1744—1803)均为德国启蒙运动思想家和作家,都出身于牧师家庭,本人早年都学过神学或当过牧师。

的牺牲品。那女孩子早熟,长得也很美,可是……现在我要谈另一件事。我到柏林已经三天了,可是还没有见到艾里希。今天我到他的住处去找他,他还是不在。我在他那儿待了一会儿,当然稍微翻了翻他的东西。您看看这张照片,经理先生!

〔他把艾里希的信放回背心口袋,又取出一张小照片递到哈森罗伊特眼前。

哈森罗伊特 (拿过照片,一会儿像个近视眼,一会儿又像个远视眼似的端详着,惊愕地)这是怎么回事?

施皮塔牧师 不过是个傻乎乎的小美人儿罢了。您再看看签名!

哈森罗伊特 在哪儿?

施皮塔牧师 (念)"送给最亲爱的人,你的瓦尔布尔迦。"

哈森罗伊特 请问,您对这事怎么看,牧师先生?

施皮塔牧师 不是个浪荡的饭馆女招待,就是个年轻的女裁缝!

哈森罗伊特 (脸色难看地)哼!(将照片装进口袋)我把照片留下了,牧师先生。

施皮塔牧师 我的儿子就是在这样的环境中变坏的。请您设想一下我的处境:我将带着什么样的感情,还有什么脸面站在祭坛上面对我那个教区的信徒们?

哈森罗伊特 见鬼,这和我有什么关系,牧师先生!您的教区、您那些堕落的儿女以及诸如此类的东西,和我有什么相干?(又拿出那张照片)另外,关于这个健康、漂亮的姑娘,您说她是"饭馆女招待"什么的,也大错特错了!我不想说更多的话,一切的一切都走着瞧,牧师先生!

再见。

施皮塔牧师　老实说,我不懂您这话是什么意思。这也许就是您那个圈子里的人说话时常用的口气。我走了,不再打扰您,不过我作为父亲在上帝面前有权要求您,今后别再给我那个误入歧途的儿子上什么戏剧课!否则我便要采取措施制止这一切!

哈森罗伊特　不仅如此,牧师先生,我还要禁止他再进我家的门!(送牧师出门,然后使劲关上门回到屋里,挥舞双手喊道)这儿简直乱了套!好像遭到了尼安德特人①的入侵!(猛地推开阁楼盖板)施皮塔,瓦尔布尔迦,下来!(瓦尔布尔迦和施皮塔从阁楼里下来。哈森罗伊特对疑惑地望着他的瓦尔布尔迦)到账簿那儿去,好好给我坐着!而您,亲爱的施皮塔,您准备怎么办?

施皮塔　您叫我们下来,经理先生。

哈森罗伊特　不错。看着我。

施皮塔　好吧。(看着哈森罗伊特)

哈森罗伊特　你们简直要把人气死!你们不应该瞒着我!听着,不许说话!我以前看错人了,不知道您是这样一个忘恩负义的人!不许还嘴!刚才有位先生到过这儿!他忧虑万分!快去,追上他,陪他下楼!告诉他,我可不是你们的出气筒!

〔施皮塔耸耸肩,拿起帽子下。

哈森罗伊特　(气冲冲地走到瓦尔布尔迦面前,揪住她的耳朵)而你,亲爱的,你要是不经我的允许再和这个不成器

---

① 在德国杜塞尔多夫附近尼安德特发现的旧石器时代中期的古人类。

的神学家说上一句话,就得吃耳光!

瓦尔布尔迦　哎哟,哎哟,爸爸!

哈森罗伊特　这个无赖,装出一副傻乎乎的样子,好像老实巴交,实际上在他那假面具后头却隐藏着一颗无耻的狡猾的心!让这种人跨进我家的门槛真是太不谨慎了!我们家是个规规矩矩的家庭,你难道要像这个流氓的姐姐那样给父母丢丑,最后落得个身败名裂的下场吗?

瓦尔布尔迦　我不赞成你对艾里希的看法,爸爸。

哈森罗伊特　什么!不管怎么样,我已经把话说在前头了,没有什么价钱好讲!要么你跟他一刀两断,要么你就离开这个家,过一种没有廉耻的下流的生活!如果你不听劝告,那就快滚!我不要这样的女儿!

瓦尔布尔迦　(面色苍白、神情忧郁地)你总是说,爸爸,你是不依赖父母自己闯出一条路来的。

哈森罗伊特　可你不是男人。

瓦尔布尔迦　当然不是,不过请你想想阿丽丝·吕特布什!

〔父女二人相对而视。

哈森罗伊特　什么?你昏头了吗?要不就是发疯了?(显然是想转移视线,使劲敲敲图书室的门。克格尔和凯弗尔施坦从里面走出来)我们刚才排到哪儿了?继续下去!

克格尔和凯弗尔施坦　(朗诵)

年长者应当冷静,

聪明人先礼后兵。

我的理智要求我,

首先向他问候。

〔施皮塔领着皮帕卡尔卡和基尔巴克太太上。皮帕卡尔卡身穿日常服装,基尔巴克太太怀里抱着一个婴儿。

哈森罗伊特　您这是怎么了? 为什么把这些女人带到这里来?

施皮塔　这不是我的错,经理先生,这两个女人一定要见您。

基尔巴克太太　不对,我们只是想见见泥瓦匠约恩的老婆。

皮帕卡尔卡　约恩太太不是总在您这儿干活吗?

哈森罗伊特　不错! 不过我很遗憾,我希望她的私人会见不在我这儿,而在楼下她自己家里进行。否则我以后得在这门口安上自动射击装置或者陷阱什么的。您是怎么回事,亲爱的施皮塔? 现在请您行行好,把这两位女士带到楼下去。

皮帕卡尔卡　约恩太太不在楼下她自己家里。

哈森罗伊特　可她也不在楼上我们这儿。

基尔巴克太太　这位大姐把她的小儿子放在泥瓦匠约恩的老婆这儿喂养来着。

哈森罗伊特　这简直太叫人开心了! 太有意思了! 请您救救我,凯弗尔施坦!

基尔巴克太太　城里保育院的一位先生想看看这孩子的情况,看喂养得好不好,照顾得怎么样。我们同那位先生一起到约恩太太家里去,看到孩子和一张纸条,上面写着:约恩太太在楼上干活。

哈森罗伊特　孩子放在谁那儿喂养?

基尔巴克太太　在泥瓦匠约恩的老婆那儿。

哈森罗伊特　(不耐烦地)这完全是胡说八道,根本不是这么回事! 我让你陪那位幽默的老先生下楼去,施皮塔,没有叫你把这些女人带到这儿来给我找麻烦!

施皮塔　我找了那位先生好久,可是他已经不见了。

哈森罗伊特　她们俩好像不大相信我的话。请你们告诉她们,先生们,约恩太太根本没收养过什么孩子,她们大概认错人了!

凯弗尔施坦　我奉命告诉你们,女士们,你们也许认错人了!

皮帕卡尔卡　(眼睛红肿,口气激烈地)她收养了孩子,收养了我的孩子!从城里来的那位先生说,这孩子落到了坏人手里,被折腾坏了。她毁了我的孩子!

哈森罗伊特　您肯定是弄错了,年轻的太太。您所说的那个约恩太太,根本就没收养过什么孩子。

皮帕卡尔卡　她抢走了我的孩子,让他挨饿,把他给毁了!我要见约恩太太,当面对她这样说!让她还我的孩子!她得上法院,那位先生说,我得上法院去告她。

哈森罗伊特　我请您不要激动。事实上,是您搞错了!您怎么会知道约恩太太收养了一个孩子呢?

皮帕卡尔卡　因为是我亲手交给她的。

哈森罗伊特　可是约恩太太自己有一个小孩,她的亲生儿子。我记起来了,她说过她要带着那孩子去看望她丈夫的妹妹。

皮帕卡尔卡　她没有孩子,根本没有!我现在就去警察局。她撒谎,骗人!约恩人人没有孩子,她把我的小阿洛伊斯毁了!

哈森罗伊特　我的天!年轻的太太,您搞错了。

皮帕卡尔卡　谁也不相信我生了个孩子!连我的未婚夫也写信说我骗他,说我是个说谎的坏女人!(摸了摸基尔巴克太太抱着的婴儿)他是我的,我可以在法庭上发誓,向圣母马利亚发誓！

哈森罗伊特　请您让我看看这孩子！（皮帕卡尔卡揭开盖在婴儿身上的被单。哈森罗伊特仔细地端详着婴儿）哼！事情不久就会水落石出，毫无疑问！首先，我了解约恩太太，假如她收养了这个孩子，决不会把他弄成这个样子！道理很简单，只要牵涉到孩子，她的心肠便软得不得了。

皮帕卡尔卡　我只想见约恩太太，别的什么都不想说。我用不着向所有的人讲事情的经过，只有在法庭上才会讲出日期、时辰和这孩子出生的详细地点。你们应该相信我，但愿老天睁开眼睛。

哈森罗伊特　太太，您是说，如果我理解得正确的话，您是说，约恩太太的孩子不是她自己生的，而是您交给她抚养的？

皮帕卡尔卡　如果不是这样，就让雷劈死我！

哈森罗伊特　这就是您所说的那个孩子吗？愿上帝别把您的话当真！对您实说了吧，我是哈森罗伊特经理，曾有三四次亲手抱过我的清洁女工约恩太太的孩子，甚至把他放在磅秤上称过。那孩子有八磅重，而这个小可怜虫顶多只有一公斤。从这一点看来，我肯定他不是约恩太太的孩子。说他是您的孩子，这也许是对的，反正我不会怀疑。不过我认识约恩太太的孩子，他跟这个小东西根本不是同一个人。

基尔巴克太太　（满怀敬意地）说得对，的确是这样，这不是那个孩子。

皮帕卡尔卡　这就是那个孩子，只不过因为营养不良瘦了许多而已！这肯定错不了，我敢发誓这就是那个孩子。

哈森罗伊特　那我就没办法了。（对他的学生们）咱们今天的课上不下去了,先生们!不知为什么,我总觉得这件事有点儿蹊跷。(对两个女人)你们也许走错门了吧?

基尔巴克太太　我跟这位大姐和城里保育院来的那位先生,在门上挂着约恩太太牌子的那间屋子里发现了这孩子。当时约恩太太不在,泥瓦匠约恩到阿尔托那做工去了。

〔警察希尔克悠然自得地走进来。

哈森罗伊特　啊,是希尔克先生!您上这儿来有何贵干?

希尔克　经理先生,我听说有两个女人逃到这儿来了。

哈森罗伊特　的确有两个女人在这儿,不过怎么是逃来的呢?

基尔巴克太太　我们可没逃。

哈森罗伊特　她们来找我的女佣。

希尔克　请允许我向她们提几个问题!

哈森罗伊特　请吧。

皮帕卡尔卡　让他问吧,这样倒省事。

希尔克　(对基尔巴克太太)您叫什么名字?

基尔巴克太太　基尔巴克太太。

希尔克　大概是乡保育院的吧?您的住址?

基尔巴克太太　利尼恩街九号。

希尔克　您手里抱的是您的孩子吗?

基尔巴克太太　是皮帕卡尔卡大姐的孩子。

希尔克　(对皮帕卡尔卡)您的名字?

皮帕卡尔卡　鲍丽娜·皮帕卡尔卡,斯科尔泽尼亚人。

希尔克　这位太太说,她抱的是您的孩子,您敢说是这么回事吗?

皮帕卡尔卡　警察先生,我诚恳地请求您保护,因为我毫无理由地遭到这些人的怀疑。我是同城里的那位先生一道从约恩太太的房间里抱走我的孩子的,我曾把孩子放在她那儿抚养……

希尔克 （用锐利的目光看着她）也许是从对面饭店老板的寡妇克诺伯的房间里吧！谁知道您抱走这孩子是想干什么！您肯定是被人收买以后派到这儿来的,反正您心里有鬼！您抱起孩子溜到这上面来,因为克诺伯太太丢了孩子便四处寻找,因为斜对面就是警察局。

皮帕卡尔卡 我才不怕什么警察局呢……

哈森罗伊特 您的谎言已经暴露了,我的好太太！难道您还不明白？您说,约恩太太没有孩子,还说您从约恩太太房间里抱走的是您自己的亲生儿子,您曾把他放在约恩太太那儿抚养来着！我们大家都认识约恩太太的孩子,而您抱走的这一个并不是那孩子,懂了吗？准确地说,您的话一句也对不上号！希尔克先生,如果您把这两位女士带走,我将感激不尽,那样我就可以继续上课了。

希尔克 好的,我们还要到克诺伯那儿去核对一下事实,看看这是不是那个被偷走的孩子。

皮帕卡尔卡 偷孩子的不是我,孩子是被约恩太太抢走的！

希尔克 行了！（对哈森罗伊特）据说,这孩子的父亲有贵族血统。克诺伯太太认为,这是她仇人耍的一个阴谋,目的是要剥夺她的年金,不承认她死去的丈夫曾经在军官学校受过训练。（有人猛烈地打门）这一定是克诺伯太太,她来了。

哈森罗伊特 希尔克先生,请您负起责任来！要是乱七八糟的人闯进来使我受到损失,我就要请警察局长帮忙,我和马达依先生很熟。别害怕,孩子们,你们就是我的证人！

希尔克 （走到门边)待在外边！一个都不许进来！

〔门外一个小流氓的怪叫声。

皮帕卡尔卡 让他们叫吧,只是别靠近我的孩子。

哈森罗伊特 你们最好还是到图书室去！（让皮帕卡尔卡和基尔巴克太太抱着婴儿躲进图书室）现在,希尔克先生,您可以让那个泼妇进来了。

希尔克 （打开门）进来,克诺伯太太！别的人待在外面！

〔西多妮·克诺伯太太走进屋,她是个高个子的瘦削女人,身着时髦但又破旧不堪的夏装。她的脸上带着街头浪荡女人的特征,但看得出原来的出身并不坏,有一种贵妇人的风度。她说话时带着矫揉造作的腔调,眼睛明显地流露出酒精和吗啡起作用的痕迹。

克诺伯太太 （大摇大摆地走到屋子正中）您用不着担心,经理先生。您知道,我喜欢孩子,所以陪我一起来的大多是些小男孩和小丫头。请原谅我闯到您这儿来！有个孩子告诉我,来了两个女人偷走了我的儿子,溜到楼上来了。我在找我的儿子,他名叫赫尔夫哥特·贡多弗里德,他从我家失踪了。我不会找您麻烦的。

希尔克 我也恳请您别这样做,懂吗？

克诺伯太太 （高傲地扬起头,似乎没听见希尔克的话）很遗憾,我在楼下院子里大吵大闹了一番,大家都站在窗口看热闹。后来,我向一些人打听,先后问了三楼那个可怜的烟厂女工和四楼那个生痨病的女裁缝,问是不是塞尔玛抱着我的儿子上她们那里去了。我不想闹得四邻不安,您知道,经理先生。我明白您是个有身份的人,是个名人,可涉及我儿子赫尔夫哥特·贡多弗里德,我不得不严加防备！（声音颤抖，不时用手绢擦眼睛）我是个可怜的、苦命的女人，先生，我虽然堕落了，可也过了几天好日子。我不想使您厌烦，可我的仇人跟我过不去，想剥夺我最后的一点儿希望。

希尔克　请您直截了当地说说您的要求，别转弯抹角！

克诺伯太太　（如前）不仅如此，有人还企图强迫我放弃我的合法姓氏。我到巴黎生活过一个时期，嫁给了一个残暴的人，德国南部一个打靶馆的承租人，因为我当时抱有一种愚蠢的想法，以为这样一来就可以改善我在某些事情上的处境了。啊，这些该死的男人，经理先生！

希尔克　您扯得太远了，请您简单一点儿！

克诺伯太太　我很高兴能见到一位有教养有思想的人。先生，我可以向您讲述一个故事……这儿的人都叫我"伯爵夫人"，上帝可以作证，我年轻的时候的确和这相差不远！我还当过一段时期演员！我刚才说，我可以讲一个故事，我生活中的一个故事，早年的一个故事，而这个故事并不是杜撰出来的。

希尔克　谁知道是不是杜撰出来的！

克诺伯太太　（强调地）我的遭遇不是捏造出来的，尽管它听起来叫人难以置信！一天夜里，生活在耻辱的深渊中的我，在大街上遇见了我的一个表弟，我小时候一起玩耍的伙伴。他现在是近卫军骑兵上尉，自从我那出身于贵族的高傲的父亲把我赶出家门，我逐渐堕落以后，他就生活在天上，而我却生活在地下。啊，您想象不到，生活在我那个圈子里的人是多么迟钝，多么粗野，多么无耻！我是一条被人践踏的蛆虫，经理先生，我连做梦也不愿回到那种悲惨的生活中去。

希尔克　我请您回到正题上来！

哈森罗伊特　希尔克先生，我对她所说的事情倒是很感兴趣！请您先别打断她！（对克诺伯太太）您刚才提到您的表弟，说他是近卫军骑兵上尉？

克诺伯太太　那时候他还没有入伍，现在是近卫军骑兵上尉。他认出了我，我们一起高兴地度过了几个小时，一起回忆了童年时代的情景。在他的同伴中有一个年轻的少尉——我不想提起他的名字，一个漂亮而忧郁脆弱的小伙子。经理先生，我早就不顾廉耻了！前几天甚至有人把我从一所教堂里赶了出来。为什么我这个名誉扫地的、被人践踏的、没人理睬的、有过几次前科的女人不该向您公开承认，这个人就是赫尔夫哥特·贡多弗里德的父亲呢？

哈森罗伊特　就是那个被偷走的孩子的父亲吗？

克诺伯太太　好几个人都这么说，很可能是被人偷走了！至于我自己，虽然我的仇人有钱有势，但我还不完全相信。也许这真是孩子生父的父母搞的阴谋。您大概会感到吃惊，他们是一个最古老、最有名望的家族的后代。再见，经理先生！不管别人怎样议论我，都请您相信，我虽然身陷泥潭，但是人的感情并没有泯灭！我已经无力跳出这个火坑了，只能同人类的渣滓混在一起。瞧这儿，（指了指裸露的手臂）醉生梦死，麻木不仁！我只能靠酒精和吗啡来忘掉一切！为什么不呢？谁该为我的堕落负责？因为我，我亲爱的母亲总是遭到父亲的斥责，为了我，我的保姆几乎气得发疯！现在……

255

希尔克 现在我让您住口！我们不能占用这儿的先生们过多的时间。(推开图书室的门)现在您说说,这是不是您的孩子!

〔首先走出来的是皮帕卡尔卡,她用充满仇恨的目光盯着克诺伯太太。接着,基尔巴克太太抱着孩子上。希尔克揭去罩在婴儿身上的被单。

皮帕卡尔卡 您想干什么？跑到这儿来血口喷人？难道我是吉卜赛人？专门溜进别人家偷小孩？放明白点儿,我不是好欺侮的！我连自己和亲生孩子都养活不了,怎么会跑来偷别人的孩子？我的命已经够苦了！

〔克诺伯太太目瞪口呆,疑惑地、不知所措地环顾四周,然后从口袋里迅速掏出一个小玻璃瓶,将瓶里的香水洒在手绢上。为了不致昏倒,她用手绢捂住嘴和鼻子,使劲吸着香水的气息,接着,又怔怔地望着皮帕卡尔卡。

哈森罗伊特 您为什么不说话,克诺伯太太？这位姑娘声称她是这孩子的母亲,而不是您。

〔克诺伯太太举起伞想打皮帕卡尔卡,众人阻止。

希尔克 住手,这可不是教训小孩！只有在您自己家里才能打孩子！问题在于,谁是这孩子的母亲。现在……现在,克诺伯太太,请您说真话,这孩子究竟是不是您的？

克诺伯太太 (突然爆发)我以圣母马利亚和耶稣基督的名义,以圣父、圣子和圣灵的名义发誓,我是这孩子的母亲！

皮帕卡尔卡 我也以圣母马利亚……

哈森罗伊特 住口,姑娘,救救您的灵魂吧！我觉得这件事相当复杂,也许您是真心诚意地起誓,可是您得承认,一个女人虽然可能生下一对双胞胎,但一个孩子决不可能有两个母亲!

瓦尔布尔迦 （目不转睛地望着孩子)爸爸,爸爸! 快瞧瞧这孩子!

基尔巴克太太 （惊恐地、声音颤抖地)这孩子要死了,刚才一走进那间屋子我就发现他不行了。

希尔克 什么?

哈森罗伊特 怎么回事?（快步走近,仔细打量着孩子)这孩子死了! 毫无疑问! 这儿有一个无形的上帝对这个可怜的、无辜的小生命做了所罗门式的判决。

皮帕卡尔卡 （不解地)您说什么?

希尔克 安静! 都跟我走!

〔克诺伯太太惊愕得说不出话来,用手绢捂住嘴,胸中发出一阵阵痉挛似的号叫。希尔克、抱着死孩子的基尔巴克太太、克诺伯太太和皮帕卡尔卡一同下。从走廊传来了嘈杂的人声。

哈森罗伊特关上门后回到屋子中央。

哈森罗伊特 这就是人的命运,[①]你能够想象出这样的事情来吗? 亲爱的施皮塔!

[①] 原文是拉丁文。

第 四 幕

〔泥瓦匠约恩的家,一切如第二幕。星期天早上八点钟左右。

约恩在木板隔开的房间里,从里面传来的水声和噗噗吹气的声音可以肯定他正在洗漱。克瓦夸罗推门进来,手握门柄。

克瓦夸罗　你太太在家吗,保尔?

约　恩　(在木板屋内)不在,埃米尔。她带着孩子上汉格斯堡我妹妹家去了,不过她说好今天上午回来。(他出现在木板房的门里,用毛巾擦着脸)早上好,埃米尔!

克瓦夸罗　早上好,保尔!

约　恩　喂,有什么新闻?半个钟头前我才坐火车从汉堡回到这儿。

克瓦夸罗　我看见你走进大门并且上了楼。

约　恩　(放下毛巾)啊,埃米尔,你真是一条看门老狗。

克瓦夸罗　告诉我,保尔,你太太带着小家伙到汉格斯堡去了多久啦?

约　恩　大概八天啦。埃米尔,你问这干吗?房租她已经交过了。另外,我马上就要辞去那边的工作,埃米尔,我们十月一号就搬家。我跟孩子他妈已经商量好了,离开这栋快要倒塌的破房子,搬到一个好点儿的地方去。

克瓦夸罗　你不想再回阿尔托那去了?

约　恩　不,我要待在家里正儿八经地养活一家子人,不想再到外面去了。首先,老是东奔西跑总不是个事儿,另外,我也不年轻了,姑娘们不愿意再上钩……嗯,这种不安定的生活也该结束了。

克瓦夸罗　你太太确实够累的,保尔。

约　恩　(情绪很好)我们结婚很早,可直到现在才有了孩子!我曾经对工头说,我年纪很轻就结了婚。他问我,是不是我的第一个老婆死了。啊,恰恰相反,我说,她还欢蹦乱跳地活着呢,不但如此,而且刚刚生了个欢蹦乱跳的柏林娃娃!今天早上,我乘汉堡到柏林的火车,带着所有的行李最后一次从四等车上下来时,我还用一声叹息感谢了亲爱的上帝。真是活见鬼,但愿他因为车站上人声嘈杂没有听见我的叹息。

克瓦夸罗　你听说了吗,保尔,对面克诺伯太太的小儿子死了?

约　恩　没有。我怎么会知道呢?不过,死了倒好,埃米尔。八天前我见到那孩子时,他正在抽风呢。塞尔玛把他推到我们这儿来,我和我老婆还喂了他一勺糖水,那时候他就快不行了。

克瓦夸罗　那么,你根本没听说孩子是怎么死的了?

约　恩　没听说!(从沙发背后取出一个长烟斗)等一下,我先把烟斗点着。没听说,我怎么会听说呢?

克瓦夸罗　真奇怪,你老婆写信都没有提一句。

约　　恩　自从我们有了自己的孩子,我老婆就再也不提克诺伯太太的孩子了。

克瓦夸罗　(试探地)你太太大概急着要一个儿子吧。

约　　恩　当然了,你认为我不想要?我辛辛苦苦地干活为了什么?我干吗要拼死拼活地折磨自己?还不是为了给儿子或者女儿攒上一笔钱?

克瓦夸罗　你知不知道,保尔,有个陌生的姑娘跑到这儿来,声称克诺伯太太的孩子根本不是她生的,而是那姑娘生的?

约　　恩　有这种事?克诺伯太太会偷别人的孩子?如果是我老婆倒有可能,克诺伯可决不会干这种事。告诉我,埃米尔,这究竟是怎么回事?

克瓦夸罗　有的人这么说,有的人那么说。克诺伯太太认为,这是她的仇人雇侦探对那个小可怜虫搞的阴谋。后来完全弄清楚了,那的确是克诺伯太太的孩子。你一点儿都不知道你的那位姻亲最近几天在哪儿吗?

约　　恩　你是说我那个在汉格斯堡当屠夫的妹夫?

克瓦夸罗　不,当然不是指你的妹夫,我是说你老婆的弟弟。

约　　恩　你是指布鲁诺?

克瓦夸罗　当然是指他。

约　　恩　嘿,他的事和我有什么相干?我要操心的事还多着呢。谁知道那该死的狗是不是还在普莱尔施泰纳鬼混!我连提都不想提起他。

克瓦夸罗　听我说,保尔。你别生气,警察局的人说,布鲁诺不久前还同那个自称是孩子母亲的波兰姑娘出现在这幢房子的大门外,有人还在皮革匠洗皮子的那条河边看到过他们在一起。现在那姑娘失踪了。具体情况我也不了解,不过警察正在寻找那个姑娘。

约　　恩　（把刚刚点燃的长烟斗丢在一边）不知道是怎么回事,我今天早上一点儿胃口都没有,总觉得心里憋得难受!我以前一直很快活,今天却突然看什么都觉得别扭,真恨不得马上回汉堡去,让耳朵和眼睛清静下来!你干吗要跑来告诉我这件事?

克瓦夸罗　我只不过想跟你说说你和你老婆不在家这几天在你家发生的事情。

约　　恩　在我家?

克瓦夸罗　不错,是在你家!听说塞尔玛把克诺伯太太的小儿子放在小车里推到你家来了,后来那个陌生女人又和别人一起从你这儿抱走了孩子。幸亏警察在楼上那个戏子那儿抓到了那个女人。

约　　恩　她干吗要这样做?

克瓦夸罗　后来克诺伯太太和那陌生姑娘为了孩子差点儿打起来。

约　　恩　鬼才知道究竟是怎么回事。女人们碰到一起总有扯不清的皮。让她们去打吧,这跟我有什么关系!但愿这背后没有什么名堂,埃米尔。

克瓦夸罗　我来就是为了这个,保尔!背后肯定有名堂!那姑娘多次当着证人的面声称,克诺伯太太的那个小可怜虫是她的孩子,并且是她放在你老婆那儿抚养的,保尔。

约　　恩　（放声大笑）真是胡说八道!她大概神经有毛病!
〔艾里希·施皮塔上。

施皮塔　早上好,约恩先生!

261

约　恩　早上好,施皮塔先生!(对站在门口的克瓦夸罗)好了,埃米尔,我会把事情弄清楚的。(克瓦夸罗下。过了一会儿)瞧这家伙,施皮塔先生,一只脚站在监狱里,另一只脚却站在警察局,而且是地区警察局长的红人!闲着没事,就像一条狗一样溜到规矩人家来探听风声。

施皮塔　瓦尔布尔迦·哈森罗伊特小姐到这儿来问起过我吗,约恩先生?

约　恩　直到目前为止还没有。不,我不知道。(打开通往走廊的门)塞尔玛!请你过来一下!塞尔玛!我得问这小丫头一点儿事。(塞尔玛·克诺伯上)

塞尔玛　(站在门口)什么事?

约　恩　进来把门关上。告诉我,塞尔玛,你死去的小弟弟和那个陌生女人到底是怎么回事?

塞尔玛　(看得出她很心虚,一面察言观色,一面走进屋。口齿伶俐地)我推着婴儿车到你家来,可约恩大娘不在。我想,弟弟病得很厉害,总是哭,在你们家会安静些。可是,突然来了一位先生和一位小姐,还有另一个女人,他们把弟弟从车里抱出来,换上干净衣服就带走了。

约　恩　那位小姐说这小孩是她的,是她放在你大娘这儿,放在我太太这儿抚养的?

塞尔玛　(显然在撒谎)我没听说,我一点儿都不知道。

约　恩　(拍桌子)真是活见鬼,简直荒唐透顶!

施皮塔　请允许我插一句,那两个女人在楼上哈森罗伊特先生那儿争吵时就是这样说的。

约　恩　您当时也在场,施皮塔先生?您看见克诺伯寡妇和那女人为这小可怜虫争吵来着?

施皮塔　当然,我亲眼看见的。

塞尔玛　其余的我一点儿都不晓得。警察希尔克先生和一个高个子的少尉问了我两个多钟头,可什么也不知道,什么也说不出来。

约　恩　一个少尉问了你两个多钟头?

塞尔玛　(咬嘴唇)他们要把妈妈关起来,因为有人告她,胡说什么弟弟是饿死的。

约　恩　好了,塞尔玛,去,给我煮杯咖啡!

〔塞尔玛走到炉子边为约恩煮咖啡。约恩自己来到木板搭成的写字台边,拿起圆规和铅笔在纸上画了几条线。

施皮塔　(克制地)我原来想,在这儿能见到您太太,约恩先生。听人说,她有时凭担保借给大学生一笔小小的款子。我现在正好需要一笔钱。

约　恩　也许是这样,可这是我老婆的事,施皮塔先生。

施皮塔　坦白地说,我今天晚上之前要是借不到钱,房东太太就会没收我的书和其他物品来抵押房租,我就要到大街上去过夜。

约　恩　我想,您父亲是牧师,施皮塔先生。

施皮塔　不错,但恰恰因为我不想成为牧师,昨天晚上我父亲和我大吵了一场。从此我在他那儿再也得不到一分钱了。

约　恩　(继续在写字台边画着)做父亲的总是这样,不管儿女死活。

施皮塔　像我这样的人决不会饿死,约恩先生。即使饿死了,我也不在乎。

263

约　恩　我就不相信,像你们这样的大学生情愿去当一文不名的饿死鬼!可你们从来不想干点儿实际的事情。(远处传来雷声。约恩向窗外望去)今天真闷热,已经打雷了。

施皮塔　我不是这样,约恩先生,您不能说我不想干实际的事。我给人当家庭教师,为商店写地址!所有能干的事情我全都干过了,而且还在想别的办法!我不仅白天干,有时晚上还干通宵。除此之外,我还得刻苦学习,拼命读书。

约　恩　老兄,你到汉堡去当个泥瓦匠试试!像你这个年纪,我已经在阿尔托那当小工了,每天能挣两个马克。

施皮塔　可能是这样,不过,我是脑力劳动者。

约　恩　这我清楚。

施皮塔　是吗?可我觉得您并不清楚,约恩先生。请您别忘记。倍倍尔和李卜克内西先生也是脑力劳动者。

约　恩　好了!过来吧,咱们至少先得吃点儿东西。吃完东西以后一切也许就不一样了。您大概还没吃早饭吧,施皮塔先生?

施皮塔　没有。坦率地说,今天还没有。

约　恩　那么就坐下来,喝上一杯热咖啡,再吃几个小面包!

施皮塔　这事先不忙。

约　恩　啊,不,您看来精神很不好,而我在火车上也待了一整夜。(朝向正在从一个布口袋里拿小面包的塞尔玛)赶快再拿一只杯子来!(在沙发上舒服地坐下,喝咖啡,并拿起一个小面包蘸着咖啡吃起来)

施皮塔　(仍然站着)要是睡不着觉,夏天晚上还是待在外面好。我昨天晚上根本就没睡。

约　　恩　穷愁潦倒的人若睡得好觉,那才怪呢!穷困的人在露天伙伴最多。(突然停止咀嚼)你过来,塞尔玛,再详细讲讲那个从这间屋里抱走孩子的女人是怎么回事!

塞尔玛　我也说不清。谁都这样问我,妈妈也问了我整整一天!问我看没看见布鲁诺·梅歇尔克,问我谁偷走了剧院经理阁楼上的衣服!照这样下去……

约　　恩　(严厉地)那位先生和那个女人从车子里抱走你弟弟时,你为什么不喊?

塞尔玛　我当时没往这上面想,以为只是给弟弟换衣服。

约　　恩　(抓住塞尔玛的手腕)来,跟我到你妈妈那儿去一下。

〔约恩牵着塞尔玛下。他们刚刚离开,施皮塔便抓起桌上的东西狼吞虎咽地吃起来,过了一会儿,瓦尔布尔迦匆忙而激动地上。

瓦尔布尔迦　就你一个人吗?

施皮塔　暂时是一个人。早上好,瓦尔布尔迦!

瓦尔布尔迦　我是不是来得太晚了?你不知道,我动了多少脑筋,费了多少口舌,才不顾一切地从家里跑出来!我妹妹堵在门口,我家的女佣也拉住我不放!可我对妈妈说,她们要是不让我走,除非把窗口钉上,否则我就从四楼的窗口跳下去,那样我也就活不成了。我做好了最坏的准备。你和你父亲谈得怎么样,艾里希?

施皮塔　我们闹翻了。他说,我应该悬崖勒马,浪子回头,打消当跳梁小丑和马戏班杂耍的念头——这是他提起演员时常用的字眼——只有这样,我才能得到他的原谅。他不许一个无赖跨进他的家门。我准备经受命运的打击,只是苦了我那可怜的、善良的母亲。你想象不出,这个人一提起戏剧便充满了多么深的仇恨!简直什么话都骂得出来。在他眼里,演员是世界上最卑贱、最下流的狗东西。

瓦尔布尔迦 我已经打听清楚了,爸爸是怎么知道我们的事的。

施皮塔 我父亲把你的照片给了他。

瓦尔布尔迦 艾里希,艾里希,你不知道他发了多么大的火,骂的话有多难听,而我只能保持沉默。我本来可以把一些事情告诉他,那样他也许就不会作那番长篇大论的道德说教,对我宽容一点儿了。我几乎要说出口,可我为爸爸感到害臊,我的舌头不听使唤!我说不出口,艾里希,不然妈妈会伤心的。他打了我,还把我关在漆黑的壁橱里达八九个小时之久,说是要打掉我那股犟劲儿。可他做不到,艾里希,他没法使我屈服!

施皮塔 (拥抱瓦尔布尔迦)啊,你是多么勇敢,多么了不起!瞧,我现在才知道,有了你就有了一切,你对我是多么宝贵!(热烈地)你真漂亮,瓦尔布尔迦。

瓦尔布尔迦 不,不!我相信你,艾里希,别的什么也不用说。

施皮塔 你还是别过于乐观吧,可爱的瓦尔布尔迦。你瞧我这样内心躁动不安,总想干一番特别的、目前连我自己都还不清楚的大事业的人,却刚刚二十岁就遭到所有的人反对,成了整个世界的累赘和笑柄!不过请你相信,总有一天一切都会改变。我们是有希望的,大地已经开始在我们的脚下颤抖!尽管现在阴云密布,但我们总有一天要收获!我们代表着未来!整个宽阔而美丽的世界属于我们的那一天一定会到来。

瓦尔布尔迦　说下去,艾里希,你的话真叫人舒畅!

施皮塔　瓦尔布尔迦,昨天晚上我还把很久以来郁积在心中的话对父亲说了,控诉了他对我姐姐犯下的过失。这使我和他彻底决裂了。他顽固地坚持,他没有我说的这样一个女儿,她早就从他心中消失了。他还说,看起来,他的儿子不久也会像她一样从他心中消失。啊,这些基督徒!这些上帝的牧羊人,就是这样对待他们所谓的迷途的羔羊的!啊,亲爱的上帝呀,你的训谕完全被颠倒了,你的教诲被篡改了,完全走向了反面!昨天夜里,当我在电闪雷鸣中坐在动物园的一条长凳上,一帮柏林的流氓在周围晃来晃去时,我感到我姐姐那永不安宁的受伤的灵魂就在我身边。她活着的时候不知有多少个夜晚是在露天的长凳上度过的。她或许也在我坐的那条长凳上坐过,为的是在孤独、屈辱和绝望之中思考这个充满仁爱、充满基督精神的基督徒世界在耶稣基督诞生两千年后对她的伤害。不管她是怎么想的,我觉得,这个受到九十九个所谓正直的人谴责的可怜的堕落者和罪人,这个承受了罪恶的世界全部压力的可怜的被遗弃者及其可怕的控诉,应当活在我的心里!而我要把这个被虐待、被践踏的女人的一切痛苦和忧愁通通抛进烈火里!我姐姐没有死,瓦尔布尔迦,她仍然活着,她通过在我心中点燃的激情在上帝面前创造着美好的东西,而这是世界上所有冷酷、无情和虚伪的道德说教所不能做到的。

瓦尔布尔迦　昨天晚上你在动物园坐了一个通宵吗,艾里希?怪不得你看上去那么疲倦,你的手这么冰冷。艾里希,你得拿着这钱包!艾里希!不,你拿着,你一定得接受!请你相信,我的东西也就是你的东西!否则你就是不爱我,艾里希!你太憔悴了,艾里希!你要是不接受我这一点儿钱,我就再也不吃东西,以上帝的名义起誓,我会这样做的!直到你接受为止。

施皮塔　(艰难地吞咽着眼泪,不得不坐下)我只不过太紧张、太疲倦了。

瓦尔布尔迦　(将钱包塞进他的口袋)看看这个,艾里希,正是因为这个我才约你到约恩太太这儿来的。糟糕的是我昨天收到了这张法院传票。

施皮塔　(看着瓦尔布尔迦递给他的一张纸)你?告诉我,这是怎么回事,瓦尔布尔迦。

瓦尔布尔迦　我敢肯定,这和阁楼上的东西被偷有关系。我很不安,要是爸爸知道……我可怎么办?

〔约恩太太抱着孩子,身穿出门的服装风尘仆仆地匆匆上。

约恩太太　(吓了一跳,怀疑地,压低声音)啊,你们在这儿!保尔回来了吗?我带着孩子出了趟远门。(抱着孩子走进木板隔的小屋)

瓦尔布尔迦　艾里希,快跟约恩太太说说我收到法院传票的事!

约恩太太　保尔已经回来了,他的东西在这儿。

施皮塔　哈森罗伊特小姐想对您说件事。她收到一张法院传票,也许是因为阁楼上的东西被偷的事。

约恩太太　(从木板屋里走出来)什么?您收到一张传票,瓦尔布尔迦小姐?那么,您可得当心哪!我这不是开玩笑!

您应当挖空心思编一套瞎话!

施皮塔　我们不懂您这话是什么意思,约恩太太。

约恩太太　(开始干家务活)你们听说了吗,今天早晨在哈莱门的一个花园里,有一个男人、一个女人和一个七岁的女孩在一棵大杨树下被雷打死了?

施皮塔　我们没听说,约恩太太。

约恩太太　这会儿又下大雨了。

〔外面传来急骤的雨声。

瓦尔布尔迦　(害怕地)走吧,艾里希,我们还是到外面去!

约恩太太　(声音越来越大)你们说怪不怪,在他们被雷打死前不久,我还和那个女人说话来着。她说——您听听,施皮塔先生——她说,有个孩子死了,别人把他放进婴儿车推到太阳地里,他居然又开始出气,又开始哭,又活过来了!这一定是夏天的太阳,夏天中午的太阳晒活的,施皮塔先生!您不相信,是吗?我可是亲眼看见的。

〔她神情奇特地在屋里转着圈,似乎没注意在场的两个年轻人。

瓦尔布尔迦　约恩太太有点儿叫人害怕,咱们还是走吧!

约恩太太　(声音更响)您不相信他又活了?他妈妈走过去抱起他,给他喂奶。

施皮塔　再见,约恩太太。

约恩太太　(声音更大,带着一种奇怪的激动的神情把两个年轻人送到门口)您不相信!这可的的确确是真的,施皮塔先生!(施皮塔和瓦尔布尔迦下。约恩太太手扶门把手,对着走廊喊)谁要是不信,谁就不知道我发现的秘密!

〔泥瓦匠约恩出现在门口,随即走进屋。

约　恩　哟,孩子他妈,你回来了,欢迎!你刚才说什么秘密来着?

约恩太太　(如梦初醒,摸了摸自己的头)我?我说了什么秘密吗?

约　恩　我想你说了,我耳朵又不背。不会是你的魂儿回来了吧?

约恩太太　(诧异、胆怯地)怎么会是我的魂儿呢?

约　恩　(好意地拍了一下他老婆的背)叶特,别在意!你带着小家伙回来了,我真高兴!(走进木板隔开的小屋)不过,他看起来好像瘦了点儿。

约恩太太　他吃不惯那儿的牛奶,乡下的奶牛吃的是青饲料。我已经在联合奶牛场订了份奶,那儿的奶牛吃的是干草。

约　恩　(从木板房走出来)我说,你何必带着孩子坐那么久火车到乡下去呢!待在城里不是好好的吗?

约恩太太　我这不是回来了嘛,保尔。

约　恩　阿尔托那的事已经完了结了,叶特。中午我得去找找卡尔,他答应给我找一份新的差事。瞧,我带来了什么!

〔从裤子口袋里掏出一个小孩玩的拨浪鼓,轻轻摇了摇。

约恩太太　那是什么?

约　恩　让孩子也乐一乐,柏林有时太安静了。听,他在啊啊地叫!(从木板屋传来孩子高兴的喊叫声)有了这孩子,我什么也不要了。

约恩太太　有谁来过这儿吗,保尔?

约　　恩　没有！今儿早上我只跟克瓦夸罗聊了几句。

约恩太太　（害怕、紧张地）嗯,聊些什么?

约　　恩　没什么,没什么要紧的。

约恩太太　（如前）他说了些什么?

约　　恩　他能说些什么？你总是打破砂锅问到底,星期天早上干吗自找不痛快呢？他又问我布鲁诺的事。

约恩太太　（脸色煞白,急促地）问布鲁诺什么事?

约　　恩　没什么事！过来喝点儿咖啡吧,别上火！有这样一个好弟弟,有什么办法呢？咱们干吗要管他的事?

约恩太太　我想听听,这个成天打探别人私事的奸细,这个叫人恶心的老混蛋,究竟嚼了布鲁诺哪些舌头。

约　　恩　叶特,别再跟我提起布鲁诺！瞧……你这是怎么啦？……你犯不上……不过我还是要说,要是布鲁诺进了班房,我不会感到意外的,说不定他很快就得完蛋。（约恩太太在桌边颓然地坐下,脸色死灰,双手托住下巴,呼吸沉重）也许还没有这么严重,你不必把他放在心上！我妹妹现在怎么样了?

约恩太太　我不知道。

约　　恩　你不是刚去过乡下吗?

约恩太太　（失魂落魄地望着他）我刚刚去过哪儿?

约　　恩　瞧,叶特,这就是你们女人！你怎么在发抖？叫你去看医生你又不去！还是去躺一会儿吧。这都是长期不见阳光的结果。

约恩太太　（搂住约恩的脖子）保尔,你会离开我！上帝啊,告诉我,保尔,别瞒着我,告诉我,到底是怎么回事。

约　　恩　你今天是怎么啦,汉娜叶特?

271

约恩太太　（突然恢复常态）别听我刚才的瞎说,保尔。昨天夜里我一夜没合眼,今天又起了个大早,身上一点儿力气也没有。

约　恩　那就躺下休息一会儿吧。（约恩太太在沙发上躺下,眼睛瞪着天花板）你得梳梳头,叶特!火车上灰大得很,你的头发一定很脏吧?（约恩太太不答,仍然瞪着天花板）我抱小家伙到外面去走走。（走进木板屋）

约恩太太　咱们结婚多久了,保尔?

约　恩　（在木板屋里摇着拨浪鼓）那是1872年的事,我刚刚从战场上回来。

约恩太太　你一回来就去找我父亲,对不对?你站得笔直,左边胸前挂着铁十字勋章。

约　恩　（抱着孩子,摇晃着拨浪鼓从木板屋里走出来,高兴地）不错!那枚铁十字勋章我到今天还留着呢,孩子他妈!你如果想看的话,我这就重新别上。

约恩太太　（仍然躺着）后来你跑到我跟前,对我说,别老是没完没了地干活……老是来来回回楼上楼下的……我也得过几天清闲日子。

约　恩　我今天还是这么说,叶特。

约恩太太　后来你用小胡子扎了我一下,在我左边耳朵那儿吻了一下!后来……

约　恩　后来你答应了我的求婚,不是吗?

约恩太太　后来我笑起来,从头到脚穿上你的军服,在镜子里照个没完。我穿上军服完全变了样。后来你说……

约　恩　哟,孩子他妈,真看不出,你还有这么好的记性。

约恩太太　后来你说,要是我有一个小子,将来也要让他为了上帝和国王,为了祖国和正义,到莱茵河边举着军旗去战斗。

约　恩　（望着孩子,举着拨浪鼓唱）

　　他望着天边的牧场,

　　英雄的父亲生活的地方:

　　奔赴莱茵河,奔赴莱茵河,

　　莱茵河属于德意志……

现在有了这个小家伙,我真舍不得让他去当炮灰了。（抱着孩子走进木板屋）

约恩太太　（如前）保尔,保尔,这一切就像是一百年前的事情!

约　恩　（独自一人从木板屋里出来）哪儿有这么久,叶特。

约恩太太　你看这么着怎么样,你带上我和孩子,咱们到美国去?

约　恩　喂,叶特,你今天是怎么了?究竟是什么缘故?我好像被一群冤魂包围了!你知道,我在工地上干活,当工人们抄起家伙互相往死里打时,我也从来不管闲事。他们都说保尔的脾气总是那么好。可今天是怎么了?太阳这么亮,我在光天化日之下却什么也看不见!我听见有什么东西在偷偷地笑,在窃窃私语,在周围游荡,可我伸出手就是抓不着!你得把那个陌生女人到这房间里来的事原原本本地告诉我!

约恩太太　保尔,你大概听说了,那女人后来再也没来过。你可以到外面去打听打听……

约　恩　你说这话时有气无力的,好像累得要死。

约恩太太　（神情激动地）不错!谁让你一年到头撇下我,让我蹲在这个鸽子笼里来着？我连一个说话的人也找不到,有时候我坐下来细细地想,我干吗要没完没了地拼命干活,辛辛苦苦地省下每一个铜板呢？我总是把你的工钱放在一边,想方设法额外挣点儿钱糊口。这一切都是为了什么？难道是为了别人？保尔,你毁了我这一辈子!

〔她把头伏在桌子上,失声痛哭起来。这时,布鲁诺·梅歇尔克像猫一样无声无息地溜进来。他穿着他那身星期天的服装,帽子上插了一枝丁香花,手里还拿着一大把丁香花。约恩正在敲窗户,没发现他到来。

约恩太太　（像看见一个鬼魂一样望着他,半天才认出他来）布鲁诺,是你吗？

布鲁诺　（飞快地看了一眼约恩,轻声地）当然是我,叶特。

约恩太太　你从哪儿来？来干吗？

布鲁诺　我忙活了整整一夜,叶特。你瞧,这会儿心情正好呢。

约　恩　（一直目不转睛地盯着布鲁诺,脸色铁青,并且现出可怕的表情。他走到一只小柜子边,从里面取出一支军用手枪,装上子弹。约恩太太没注意到他的行动）喂,听着! 我要提醒你一句,你大概已经忘了! 我只要把这东西对着你扣一下扳机,你就找不到借口了! 你这无赖! 简直不是人! 我去年秋天就对你说过,我要是看见你再跨进这个门槛,我就打死你! 快滚,不然我就开枪了! 懂吗？

布鲁诺　我可不怕你这破玩意儿。

约恩太太　（发现约恩怒不可遏地慢慢把枪口对准布鲁诺）你先打死我吧! 他可是我弟弟!

〔她挡住布鲁诺,使枪口对准自己。

约　恩　（久久地看着她,如梦初醒,改变主意）好吧!（小心地将手枪重新放进柜子里）你也许是对的,叶特!呸!贼性不改!叶特,你跟这个流氓姓一个姓真是丢脸!好吧,我还可惜这颗子弹呢!这支枪要过两个法国骑兵的命,两个真正的英雄!也许它最后还得送一个满脑子坏水的家伙下地狱!

布鲁诺　说得对,你才满脑子坏水呢!要不是看你跟我姐姐睡一张床,我早就对你不客气了,老混蛋,让你十四天爬不起来!

约　恩　（可怕的镇静）叶特,你要是再说一遍他是你弟弟!

约恩太太　保尔,走吧,我会叫他离开这里的!你知道,布鲁诺是我弟弟,我没办法改变这个事实。

约　恩　好吧!我没必要待在这儿,让你们放臭屁去吧!（穿好衣服向外走,在布鲁诺面前站住）狗杂种!你让你父亲在坟墓里也为你害臊!当初你姐姐真不该把你养大,应该让你在你父亲的坟边饿死,那样世界上倒少了个害人的畜生。过半个钟头我再回来!可我不是一个人,我要带一名警官来!（戴上宽边帽,怒气冲冲地向门口走去。布鲁诺望着他的背影,等他消失了才朝门口狠狠地吐了口唾沫）

布鲁诺　你要是在伍尔海德叫我碰见试试看!

约恩太太　你从哪儿来,布鲁诺?快说说事情怎么样了!

布鲁诺　你得给我钱,不然我就完了,叶特。

约恩太太　（关上通往走廊的门,将门锁上）等一下,让我锁上门!嗯,你说什么来着?你从哪儿来,昨晚待在什么

275

地方?

布鲁诺　我跳舞跳到半夜,叶特,后来快天亮的时候就到野外去了。

约恩太太　你进来的时候让克瓦夸罗瞧见了吗?你可得留神,别让人逮住!

布鲁诺　上帝保佑。我溜进院子,穿过一个朋友的地下室,然后翻墙从阁楼上爬下来的。

约恩太太　嗯,事情怎么样了,布鲁诺?

布鲁诺　别啰唆了,叶特!快给我钱,我得马上逃走,不然我就毁了。

约恩太太　你把那姑娘怎么样了?

布鲁诺　嘿,我给了她一点儿忠告,叶特。

约恩太太　什么意思?

布鲁诺　让她至少听话一点。

约恩太太　她肯定不会再来找麻烦了?

布鲁诺　当然!我相信她不会再来了!可事情干得很不顺手,叶特。你一问起来就没个完。我渴了,给我点儿水喝!你简直叫人受不了!(喝干一瓶水)

约恩太太　他们在大门口看见你和那姑娘在一起来着。

布鲁诺　我跟阿图尔商量好了,叶特。她不想见我,所以阿图尔约她到一个高级的地方去跳舞,把她拉到城墙边的一间地下室里,骗她说她的未婚夫在那儿等她,她就上钩了。(嘴里哼着小曲,像抽筋似的手舞足蹈):

　　　　我们这一辈子

　　　　从一个旅馆

　　　　搬到另一个旅馆!

约恩太太　后来呢?

布鲁诺　后来阿道尔夫告诉她,她的未婚夫走了。她也想走。我说我一定得送送她,阿图尔和阿道尔夫也说要陪她一起走。后来,我们闯进卡林尼奇家的后房,弄了点儿烧酒喝。她喝得晕晕乎乎的,我们就把她弄到阿图尔女朋友家的地窖里去过夜。第二天,我们哥儿们三个继续跟着她寸步不离,拿她穷开心。这小妞可真够劲儿。(星期天早上的教堂钟声响了)可我的钱用光了。我需要一笔钱,叶特。

约恩太太　(掏钱)需要多少?

布鲁诺　(倾听外面的钟声)什么?

约恩太太　钱!

布鲁诺　地下室那个老瘸子说,我最好越过边境到俄国去!听,叶特,钟声响了!

约恩太太　你干吗非得越境呢?

布鲁诺　拿条湿毛巾来,叶特,再洒上点儿醋。这鼻血整整流了一夜,弄得我狼狈极了。(掏出一条手绢捂住鼻子)

约恩太太　(取来一条毛巾,呼吸沉重地)是谁把你的手腕抓成这样,布鲁诺?

布鲁诺　(听着钟声)今天早晨三点半以后,她就再也听不见钟声了。

约恩太太　啊,耶稣,我的上帝!这不是真的!这决不可能!我可没叫你这样干,布鲁诺!布鲁诺!我受不了啦!(她坐下来)爸爸临死前对我说,你将来会杀人的。

布鲁诺　我布鲁诺可不是好惹的,叶特。假如你去警察局,就告诉他们,我布鲁诺干这种事情很在行,我不会再找他们

277

的麻烦了。

约恩太太　布鲁诺,要是他们抓住你怎么办?

布鲁诺　那也好,那我就上绞刑架去打秋千,他们就又能解剖一具尸体了。

约恩太太　(给他钱)这不是真的! 你干了些什么,布鲁诺?

布鲁诺　你真是个老糊涂,叶特。(无动于衷地抓过钱)你们总是说,我是个废物,可你们无路可走时又来求我。

约恩太太　嗯,那又怎么样?你吓唬她,让她以后不许再来纠缠不就行了吗?你本该这样做,布鲁诺,你这样做了吧?

布鲁诺　我跟她跳了大半夜的舞,后来就到街上去了。有位先生跟着我们,知道吗?我说,我同这位女士有点儿小事要商量,并且从腰里抽出一把刀子,他当然赶快溜了。我对她说,别害怕,小姐,乖乖地跟我走,别出声! 只要你以后别再到我姐姐那儿去看那个孩子,一切都平安无事! 后来我们又溜达了一会儿。

约恩太太　后来呢?

布鲁诺　后来吗?后来她不干了! 突然掐住我的脖子! 像一条疯狗一样……使出全身力气……我当时想,干脆一不做二不休! 于是……于是我就动了手,就这样,就这样干了。

约恩太太　(惊恐地瘫倒在椅子上)当时是什么时候?

布鲁诺　大概三点到四点之间。那时月亮周围有一个很大的晕环,在一排木板房后面的空地上,有一群野狗窜来窜去,发疯般地叫着。后来就打起了雷,下起了大雨。

约恩太太　(恢复常态,镇定地)好了,走吧! 她活该这样!

布鲁诺　再见! 我也许会好多年见不到你。

约恩太太　你打算到哪儿去?

布鲁诺　我先得挺几个钟头尸,我太困了!然后,我就到弗里茨那儿去,他在渔夫桥对面的旧警察监狱附近租了间小屋。我待在那儿安全些。要是有什么风声,你就给我报信。

约恩太太　你不再看看孩子了?

布鲁诺　(打了个冷战)不了。

约恩太太　为什么?

布鲁诺　不,叶特,这辈子我再也不想看到他。再见,叶特!等一下,这儿有一块儿马蹄铁!(掏出一块儿马蹄铁放在桌上)这是我拣到的,它会给你带来好运!我用不着它。

〔布鲁诺·梅歇尔克像来时一样无声地溜出去。约恩太太睁大眼睛惊恐地望着他消失的地方,像祈祷一样双手合在嘴边,颓然倒在沙发上,嘴里仍然嘟囔着,似乎在念祷词。

约恩太太　我不是杀人犯!我不是杀人犯!我没有想到事情会这样!

第 五 幕

  约恩夫妇的家。约恩太太躺在沙发上睡着了。瓦尔布尔迦和施皮塔从走廊门进来。外面传来响亮的军乐声。

施皮塔 这儿一个人也没有。

瓦尔布尔迦 约恩太太!瞧,艾里希!约恩太太躺在那儿!

施皮塔 (和瓦尔布尔迦一起走到沙发边)她睡着了吗?的确!真不可理解,这么吵居然能睡着。(军乐声渐远)

瓦尔布尔迦 嘘,艾里希!这女人让人毛骨悚然。你知道楼下大门口为什么有警察站岗,为什么他们不让我们到外面去吗?我害怕他们会把我关起来带到警察局去。

施皮塔 别疑神疑鬼的!你大概看见幽灵啦,瓦尔布尔迦。

瓦尔布尔迦 当那穿便衣的男人朝你走来,打量着我们,你问他是什么人,他从口袋里掏出警察证时,我真感到天旋地转。

施皮塔 他们在搜查一个罪犯,瓦尔布尔迦。这就是刑事警察追捕什么人时常常进行的大搜查。

瓦尔布尔迦 另外,艾里希,我好像听见爸爸的声音,他好像在同什么人大声说话。

施皮塔　你太神经质了,也许你听错了。

瓦尔布尔迦　(约恩太太说梦话。瓦尔布尔迦吓了一跳)听,她在说梦话!

施皮塔　她的额头上全是豆大的汗珠。你瞧,她双手还紧紧地握着一块儿生锈的旧马蹄铁!

瓦尔布尔迦　(侧耳静听,紧张万分地)爸爸来了!

施皮塔　我真不懂你是怎么了。让他来吧,瓦尔布尔迦!重要的是我们的决心要坚定,我们的良心是清白的。我已经准备好了,早就盼着最后的结果!(有人使劲敲门。施皮塔声音坚定地)请进来!

〔哈森罗伊特太太推门进来,比以前气喘得更厉害。当她看见自己的女儿时,明显地松了一口气。

哈森罗伊特太太　谢天谢地!你们原来在这儿,孩子们!(瓦尔布尔迦战栗着扑到她的怀里)丫头,你可把妈妈吓坏了!

〔长久的唏嘘和沉默。

瓦尔布尔迦　请原谅,妈妈,我没有别的办法。

哈森罗伊特太太　不!你怎么能产生这样的想法,给一个母亲写这样的信?特别是我这样一位母亲,瓦尔布尔迦!你心里很痛苦,可你应该知道,我总是站在你这边的,总还可以给你出出主意。我不是不通情理的人,我也有过年轻的时候。可是跳河……跳河什么的,这样吓唬人可不是闹着玩的。希望我说得对,施皮塔先生。瞧你们这副样子,现在马上跟我回家去!约恩太太怎么了?

瓦尔布尔迦　啊,帮帮我们!跟我们在一起,带我们走吧,妈妈!你来了,我多高兴呀!这几天不知怎么,我害怕极了。

哈森罗伊特太太　那就走吧。假如您,施皮塔先生,不在绝望之中和这孩子干出蠢事来,那就更好了。在你们这个年纪应该有勇气！决不能因为有一点儿不顺心就找个借口随随便便地结束生命。人只能活一次！

施皮塔　啊,我有勇气！我从来没想过要在生活面前退却,怯懦地结束生命,除非瓦尔布尔迦拒绝我的爱情。如果那样,我会毫不犹豫地去死！尽管我暂时很穷,不得不去贫民食堂①买一份汤混饱肚子,但这并不能摧毁我的信念,摧毁我对美好未来的希望。瓦尔布尔迦也坚信,总有一天,我们所经受的艰难困苦会得到补偿。

哈森罗伊特太太　生活的路是漫长的,你们还是孩子。对于一个大学生,一个还没有正式职业的人来说,去贫民食堂未必是坏事,可瓦尔布尔迦结婚后就苦了。我希望你们俩在那之前先准备一个炉灶,添置些必要的东西。另外,我已经说服你爸爸同意你们的婚事了。这可真不容易,要不是邮差早晨送来了他被任命为斯特拉斯堡剧院经理的消息,说服他简直是不可能的。

瓦尔布尔迦　(喜出望外)妈妈,啊,妈妈！这可真是太好了！

约恩太太　(蓦地坐起来)布鲁诺！

哈森罗伊特太太　(抱歉地)我们把您吵醒了,约恩太太。

约恩太太　布鲁诺走了吗?

哈森罗伊特太太　谁?哪个布鲁诺?

---

① 十九世纪德国城市慈善机构设立的食堂,专门向贫困者供应廉价的午餐。

约恩太太　喏,布鲁诺!您不认识布鲁诺吗?

哈森罗伊特太太　嗯,不错,您弟弟叫布鲁诺。

约恩太太　我睡着了吗?

施皮塔　睡得很熟!您在梦中还大喊大叫来着,约恩太太。

约恩太太　您没看见,施皮塔先生,院子里的那帮男孩……您没看见,院子里的那帮男孩向阿达尔贝特的坟墓扔石头?我也在那儿,我左右开弓给了他们几个耳光。

哈森罗伊特太太　这么说来,您梦见您死去的头一个儿子了,约恩太太?

约恩太太　不,不,不是这回事,我没做梦,经理太太。后来,我带着阿达尔贝特去了户口登记处。

哈森罗伊特太太　可是,阿达尔贝特已经死了……您怎么会……

约恩太太　啊,一个孩子生下来,就活在母亲的心里,要是死了,他就更加活在他母亲心里。您没听见那排木栅栏后面的狗叫吗?月亮周围有个很大的晕环!布鲁诺,你走上邪路了!

哈森罗伊特太太　(摇晃着约恩太太)您醒醒,好太太!约恩太太!约恩太太!您病了!得让您丈夫陪您去看医生。

约恩太太　布鲁诺,你走上邪路了。(钟声再次响起)外面在敲钟吗?

哈森罗伊特太太　祈祷仪式已经结束了,约恩太太。

约恩太太　(完全醒了,怔怔地望着四周)我为什么要醒来?你们为什么不在我睡着的时候用斧头把我的头砍下来?我在梦中说了些什么?嘘!别向任何人提起一个字,经理太太!(一翻身爬起来,整理她别着许多发卡的头发。

哈森罗伊特从走廊门上)

哈森罗伊特 (看见他家里人不由得愣住了)
　　　　　看哪,看哪,梯摩特乌斯,
　　　　　看伊比库斯的鹤①!
您不是说,附近有一家负责运送行李的店铺吗,约恩太太?(对瓦尔布尔迦)干得好,丫头,在你以年轻人的轻率想着你的好事的时候,你爸爸却为业务上的事来回奔跑了三个钟头。(对施皮塔)要是您知道拖着老婆孩子,每天挣得一点儿可怜的发霉的面包有多么困难,您也许就不会急于建立一个家庭了,年轻人。但愿命运保佑每一个人,使他们不至于有一天一贫如洗地被抛到柏林的最底层,同那些绝望的人一起在肮脏的地下室和下水道里为自己和家人的生存而挣扎。祝贺我吧!八天之后我们就要去斯特拉斯堡了。(哈森罗伊特太太、瓦尔布尔迦和施皮塔同他紧紧握手)一切我都会安排好的。

哈森罗伊特太太　孩子他爸,这些年来你的确体面地为我们做了英勇的斗争。

哈森罗伊特　就像把一条快要沉没的破船划向安全的彼岸一样。我那些贵重的戏装是为了将诗人的梦想展现在世人的面前,可现在不知道落到了哪个贼窝里,穿在哪些散发着汗臭的人身上。这帮下贱的无赖!咳,还是说点儿高兴的事情吧!大车小车都已经装好了,马上就可以把我

---

① 这两句诗引自席勒的叙事诗《伊比库斯的鹤》,诗中强盗杀害了希腊诗人伊比库斯,在露天剧场,曾陪伴伊比库斯的鹤群突然出现,一个强盗在惊愕中对同伙说出这句话,被众人识破,得到惩罚。在此表示十分惊奇之意。

们的全部家当运到一个但愿能给我们带来好运的地方。(突然对施皮塔)希望你们俩在绝望之中别干出不理智的蠢事来,我要求您作出保证,尊敬的施皮塔先生。只要你们提出合理的愿望,我会在经济上支援你们。另外,我得问约恩太太一件事。首先,大门口站了一帮警察,不许任何人到街上去;其次,我想知道,为什么像我这样一个人,恰恰在时来运转的时候成了报纸发动的一场卑鄙的诽谤攻势的对象。

哈森罗伊特太太　亲爱的哈罗,约恩太太不懂你的话是什么意思。

哈森罗伊特　那好,那就让我们打开天窗说亮话吧。我收到了几封信,(拿出一沓信)一封,两封,三封,五封,差不多有整整一打!在这些信里,一些素不相识的人对发生在阁楼上的那件事向我表示祝贺。要不是地方小报的这些评论,我本来没把它放在心上。可这些报纸说,在郊区一个面具出租者——你们听听……一个面具出租者的阁楼上发现了一个刚刚生下来的婴儿!……这种说法真叫我哭笑不得。毫无疑问,事情完全弄混了,可我不能背这口黑锅!特别是这帮家伙把那个出租面具的先生称为破产的蹩脚演员!瞧瞧,孩子他妈,面具出租者之鹳①!这混蛋真该吃耳光!今天晚上我被任命为斯特拉斯堡剧院经理的消息就要见报了,与此同时,我却成了公开的笑料。谁都知道,在一切诅咒之中嘲笑是最恶毒的诅咒。

约恩太太　大门口有警察吗,经理先生?

---

①　在德国,鹳鸟是新生婴儿的象征。

哈森罗伊特　是的！连克诺伯寡妇的儿子的葬礼都无法进行。他们甚至不让小棺材和虔信教会的那个抬棺材的面目狰狞的家伙上车。

约恩太太　是哪个孩子的葬礼？

哈森罗伊特　您还不知道,克诺伯太太的小儿子,就是被那两个陌生女人神秘地弄到我的阁楼上的那个孩子已经死了？就在我的眼皮底下死的,也许是由于生病。顺便问一下……

约恩太太　克诺伯太太的孩子死了？

哈森罗伊特　顺便问一下,约恩太太,您大概知道,那两个因为偷孩子而被警察抓住的女人最后怎么样了？

约恩太太　您说说,这难道不是上帝的手吗？这只手不是也抓住了小阿达尔贝特,让他夭折了吗？

哈森罗伊特　什么？我不懂这是什么逻辑。相反,我倒有点儿怀疑,那个胡言乱语的波兰姑娘,与阁楼上衣服被偷和克瓦夸罗在靴子里发现的那只奶瓶,还有报纸上乱七八糟的评论,是不是有联系。

约恩太太　您别瞎猜,经理先生,根本没有联系。您看见保尔了吗,经理先生？

哈森罗伊特　保尔？啊,他是你丈夫！不错,假如我没有弄错,他刚才还同那个胖警长说话来着,就是上我家调查衣服被偷的那家伙。

〔约恩上。

约　恩　哼,叶特,我没有说错吧？这么快就出事了。

约恩太太　出了什么事？

约　恩　路灯柱子上贴了警察局的布告,谁要是告发,就能得到一笔赏金。难道我不应该挣这一千马克?

约恩太太　怎么回事?

约　恩　你不知道吗?警察和宪兵的这次行动就是冲布鲁诺来的!

约恩太太　究竟是怎么回事?在哪里?这是谁说的?为什么要这样?

约　恩　孩子的葬礼已经停止,有两个送葬的家伙,两个地地道道的坏蛋,被抓住了!您瞧,真是报应啊,经理先生!我跟一个女人结了婚,而她的弟弟却遭到侦缉队的追捕,因为他在郊区离施普雷河不远的地方,在丁香花丛下面杀死了一个女人。

哈森罗伊特　天哪,约恩先生,上帝不会容忍这种事的。

约恩太太　撒谎,我弟弟不会干这种事!

约　恩　哼,这才新鲜哪,叶特。经理先生,前不久我还说过,她的这个弟弟是个什么货色。(发现桌上的丁香花束,一把抓起)您瞧瞧!这恶棍刚才还在这儿!他要是敢再来,我会第一个把他的手脚捆起来,让他受到正义的惩罚。(在屋里四下搜寻)

约恩太太　收起你的所谓正义吧!正义连天上都没有,更别说人间了!这儿没有人来过,这一束丁香是我从汉格斯堡带来的,你妹妹屋子后面就有一大丛。

约　恩　你根本没去过我妹妹那儿,叶特。这是克瓦夸罗刚才对我说的!警察局的人已经查明了。他们在施普雷河边的公园里看见你来着……

约恩太太　撒谎!

约　恩　你在公园的凉亭里过夜来着。

287

约恩太太　怎么？你这次回来就是要毁掉这个家么？

约　恩　就是这么回事！事情到了这种地步,赖还有什么用！这个家已经毁了！我早就料到会出事！

哈森罗伊特　（紧张地）那个不久前像一头母狮一样争夺克诺伯太太的孩子的波兰姑娘,后来又出现过吗？

约　恩　那个被杀的女人就是她。警察今天早上发现了她的尸体。我说这姑娘是布鲁诺·梅歇尔克弄死的,我的舌头绝对不会抽筋。

哈森罗伊特　（急速地）那她大概是他的情人了。

约　恩　您问我老婆吧,我不知道。我早就担心会出事,所以根本不愿意回家来。我的老婆跟这样的人混在一起,又没有力量摆脱他们,不出事才怪呢。

哈森罗伊特　走吧。孩子们！

约　恩　干吗要走？您尽管待在这儿好了！

约恩太太　你还想干什么？打开窗子大声嚷嚷吧,让全世界都知道好了！命运让我们遭到这样的不幸已经够糟糕了。呸！不久你就不会再见到我了。

约　恩　不错,就是要这样！我就是要嚷嚷,让所有的人都知道,让走廊里、大街小巷里的人都知道。院子里的木匠们,上坚信礼课的小伙子和姑娘们,我见了这些人就要告诉他们,我老婆有这样一个混账弟弟,并且因为袒护他把自己也毁了。

哈森罗伊特　那个自称是孩子母亲的漂亮姑娘真的死了吗,约恩先生？

约　恩　我不知道她是不是漂亮,不过她这会儿躺在停尸房里,这是确确实实的。

约恩太太　我知道她是个什么货色！一个黑良心的、下流的女人！和不三不四的男人乱搞，跟一个蒂罗尔人生了个孩子，又被那人一脚踢开了！那孩子还没生下来，她就恨不得掐死他，后来又和在普洛岑湖坐过一年半牢、假充圣人的娼妇基尔巴克跑到这儿来要孩子。她和布鲁诺有没有瓜葛，我怎么知道？也许有，也许没有！布鲁诺犯了罪，这和我有什么关系！

哈森罗伊特　那么您早就认识这姑娘了，约恩太太？

约恩太太　我怎么会认识呢？我根本不认识她，经理先生！只不过人人都这样说罢了。

哈森罗伊特　您是个规矩的女人，约恩太太；而您，约恩先生，是个本分的男人。您内弟所犯的罪行是个可怕的事实，但我认为，这并不能从根本上动摇你们家庭生活的基础……不过，你们得开诚布公地……

约　恩　不行！我不能生活在这样的环境中，跟这样的无赖待在一起！（用拳头捶了捶桌子和墙壁，又跺了跺地板）您听听这声音，泥灰在糊墙纸后面噼里啪啦往下掉！这儿的一切都腐朽了！木头全部腐烂了！一切都被蛀虫蛀空，被老鼠啃光了！（在地板上跳了几下）一切都在摇晃，每时每刻都可能彻底倒塌！（打开门）塞尔玛！塞尔玛！——在一切彻底完蛋，成为一堆废墟之前，我得从这儿离开。

约恩太太　你叫塞尔玛干什么？

约　恩　叫塞尔玛抱着孩子，跟我一起上我妹妹那儿去。我得把孩子交给我妹妹。

约恩太太　那你可打错了算盘！你敢碰他试试看！

约　恩　难道我的孩子应该在这样的环境中长大,像布鲁诺一样被警察追捕,并且在监狱里待上一辈子?

约恩太太　(对着他嚷道)这根本不是你的孩子!知道吗?

约　恩　什么?我倒要看看,一个合法的丈夫在他老婆失去理智和杀人犯同流合污时,应不应该为他自己的孩子作出安排。我倒要看看,究竟是谁有这种权利,谁更加强大!塞尔玛!

约恩太太　我要打开窗户喊了!经理太太,他们要抢走一个母亲的孩子!这是我的权利,我是这孩子的母亲!这难道不是我的权利?难道我错了么,经理太太?他们逼迫我,想剥夺我的权利!我把这裹着破布的、被人抛弃的孩子抱回家,又搓又揉的,费了好大劲才使他慢慢活过来。他难道不应该属于我?要不是我,三个星期前他早就被埋在土里了。

哈森罗伊特　约恩先生,调解夫妻之间的纠纷本来不是我的事,这样做的结果往往费力不讨好。您的荣誉感虽然受到了伤害,但您不应当鲁莽从事。她终究是您的妻子,她弟弟布鲁诺所干的事情不应该让她负责。别抱走孩子!您不能太绝情!事情本来已经够不幸了,您不要火上浇油,伤害您妻子。

约恩太太　保尔,孩子是我身上掉下来的肉!是我用血换来的!整个世界都跟我作对,这还不够,你也来逼我,这难道就是你的情分?我简直像是被一群饿狼包围了。你可以弄死我,可决不能碰我的孩子!

约　恩　经理先生,今天早晨我刚刚坐火车带着我的全部家当回家来。汉堡、阿尔托那,一切都已经结束了。我想,即使钱挣得少一点儿,可终于跟家人在一起了!抱抱孩子,逗孩子玩玩,这就是我的心愿……

约恩太太　保尔!来吧,保尔!(走到他跟前)把我的心掏出来吧!

〔她久久地望着他,然后跑进木板屋里。从那儿传来她很大的哭声。

塞尔玛从走廊门上。她身穿丧服,手里拿着一个小花圈。

塞尔玛　有什么事?您刚才叫我,约恩先生。

约　恩　穿好衣服,塞尔玛!去问问你妈妈,能不能跟我一起到汉格斯堡我妹妹那儿去。你可以在那儿挣点儿钱。抱上我的孩子,跟我一块儿走!

塞尔玛　不,我再也不碰那孩子了。我害怕,妈妈和那个警察都骂我。

约恩太太　(从木板屋走出来)咦,他们干吗要骂你?

塞尔玛　(大哭)那个叫希尔克的警察还狠狠地打了我一下。

约恩太太　哼!让他再……让他再试试!

塞尔玛　我怎么知道那波兰女人要抱走我弟弟!我要是晓得我弟弟会死,我就会掐她的脖子。小贡多弗里德的棺材还在楼梯上,妈妈就晕过去了,这会儿躺在克瓦夸罗家的床上。他们要把我送到孤儿院去,约恩太太。(咧开嘴哭)

约恩太太　那你得高兴!再没有比待在你们家更糟糕的了。

塞尔玛　我得受审!他们已经确定我有罪了。

约恩太太　什么罪?

塞尔玛　说我把那个波兰女人生的孩子从阁楼上抱到您——

约恩太太家来了。

哈森罗伊特　这么说来,阁楼上确实生了一个孩子?

塞尔玛　当然。

哈森罗伊特太太　在哪个阁楼上?

塞尔玛　就在那个放戏装的阁楼上。这和我有什么关系?我知道是怎么回事吗?我只能说……

约恩太太　走吧,塞尔玛!你是清白的,别管人家怎样胡说八道。

塞尔玛　我反正不对别人说,约恩太太。

约　恩　(一把抓住想溜走的塞尔玛)别走,你别想溜!说实话!你刚才说,"我不对别人说"。您听见了,经理太太,施皮塔先生和小姐也听见了。说实话!在我知道布鲁诺和他的情人干了什么,你们把那孩子弄到哪儿去了之前,你别想走出这屋子!

约恩太太　保尔,我对上帝发誓,我什么也没弄走。

约　恩　是这样吗?……快把你知道的讲出来,丫头!我早就发觉你和我老婆有点儿不对劲,现在挤眉弄眼也没用。那孩子死了还是活着?

塞尔玛　不,那孩子活着,约恩先生。

哈森罗伊特　你偷偷地把他从阁楼上抱到这儿来了吗?

约　恩　要是那孩子死了,那你就等着吧,你也会像布鲁诺一样掉脑袋!

塞尔玛　我说过,那孩子还活着。

哈森罗伊特　我想,你并没有从阁楼上抱什么孩子下来?

约　恩　而你,汉娜叶特,对这一切竟一点儿都不知道?(约恩太太怔怔地望着他。塞尔玛茫然地望着约恩太太)汉娜叶特,你把布鲁诺和那波兰女人的孩子弄走了,然后又把克诺伯太太的小家伙弄来冒充他。

瓦尔布尔迦 (脸色苍白,终于勉强地说出)您说说,约恩太太,那天爸爸上楼来,我和您愚蠢地爬到阁楼上藏起来的时候发生了什么事?我以后再向你解释,爸爸。那时候我看见那波兰姑娘同约恩太太和布鲁诺待在一起。

哈森罗伊特 你,瓦尔布尔迦?

瓦尔布尔迦 是的,爸爸,那时候你和阿丽丝·吕特布什在一起。我和艾里希约好在那儿见面来着,他因为没碰见我——我那时躲在阁楼上——就跟你说了一会儿话。

哈森罗伊特 我想不起来了。

哈森罗伊特太太 (对她丈夫)为了这件事,这丫头好几夜睡不着觉。

哈森罗伊特 假如您相信一个曾经当过律师的人,一个在检察官考试中栽了跟头并因此转向艺术的人……假如您听从我的劝告,约恩太太,那我就不得不说,在目前情况下,您为自己辩护的最好方法是把一切都毫无保留地说出来。

约 恩 叶特,你们把那孩子弄到哪里去了?我现在想起来了,刑事警察对我说,他们正在寻找那个死去的女人的孩子。看在上帝的分上,这不会是你干的,不会是你为了消灭你弟弟的罪证对刚刚生下来的孩子下了毒手吧?

约恩太太 (笑)我会对小阿达尔贝特下毒手,保尔?

约 恩 这儿谁也没说起阿达尔贝特。(对塞尔玛)你要是不说出布鲁诺和那波兰女人的孩子在哪儿,我就拧断你的脖子!

塞尔玛　他就在您家的木板屋里,约恩先生。

约　恩　他在哪儿,叶特?

约恩太太　这我可不告诉你。

〔木板房里的孩子哭。

约　恩　(对塞尔玛)说实话!要不我就把你交给警察,知道吗?你看见那根绳子吗?把你的手脚捆起来交给警察!

塞尔玛　(惊恐地,脱口而出)他不是正在哭吗,您认识那孩子,约恩先生!

约　恩　我?

〔他不解地看看塞尔玛,又看看哈森罗伊特。当他把目光投向自己的妻子时,突然似有所悟,好像明白了事情的真相,几乎站立不稳。

约恩太太　别相信这卑鄙的谎言,保尔!这都是她妈妈出于报复指使这丫头编造的谎言!保尔,你干吗这样看着我?

塞尔玛　您想把我也扯进去,约恩大娘,这可太不像话了。既然是这样,那我就要说出来了。您完全清楚,是您让我把那波兰女人的孩子抱下来,放到您家刚刚买来的婴儿车里的。这我可以发誓!

约恩太太　撒谎!你说,这孩子不是我生的?

塞尔玛　您根本就没生孩子,约恩太太。

约恩太太　(抱住约恩的膝盖)这不是真的!

约　恩　放开我!别脏了我的身子,汉娜叶特!

约恩太太　保尔,我没有别的办法,我只能这样做。我自己也被人骗了,后来只好将错就错,往汉堡给你写了封信。你高兴得不得了,我也就没法再告诉你事实真相了。当时我想,现在只能这样!假如我不那么做,那……

约　　恩　（平静得可怕）让我想一想,叶特!（他走到衣柜前,打开一只抽屉,将抽屉里的婴儿衣服扔在地上）谁知道这几个星期她用那沾满血的手白天黑夜干了些什么?

约恩太太　（像发疯似的将婴儿衣服捡起来,用一块布仔细地包好）保尔,你怎么能这样!无论你做什么都行,就是别再揭流血的伤疤!

约　　恩　（沉默,双手抱头颓然跌坐在一张椅子上）假如这是真的,叶特,我在坟墓里都会感到羞耻。（缩成一团,捂住脸。沉默）

哈森罗伊特　您怎么能用这种办法来自欺欺人呢,约恩太太?您已经陷入了可怕的深渊!我们走吧,孩子们!这儿已经没有什么事好做了。

约　　恩　（站起身）我跟你们一起走,经理先生!

约恩太太　走吧!走得远远的!我不需要像你这样的男人!

约　　恩　（转过身,冷峻地）这么说,你把孩子抱走了,当他母亲想要回孩子时,你又让布鲁诺把她杀了?

约恩太太　你不是我男人!你还想干什么?你被警察收买了,拿了他们的钱却来送我上绞架!快走,保尔,你简直不是人!你这狼心狗肺的家伙!快去呀,让他们把我抓起来!为什么还不去?我现在才看清你的真面目!直到世界末日我都要鄙视你!

〔约恩太太向门口跑去。正在这时,警察希尔克和克瓦夸罗走进来。

希尔克　站住!谁也别想从这儿溜走!

约　　恩　请进,埃米尔!警察先生,您只管进来!这儿一切都正常!一切都平安无事!

克瓦夸罗　别上火,保尔,这与你无关。

约　　恩　(怒气冲冲地)你在笑吗,埃米尔?

克瓦夸罗　咦,这是什么话!希尔克先生只不过想把孩子送到孤儿院去。

希尔克　不错,就是这么回事。孩子藏在哪儿?

约　　恩　我怎么知道那些老巫婆为了捉弄人而变出来的小精灵在哪儿呢?留神烟囱,别让他从那儿飞出去!

约恩太太　保尔,这孩子别想活了!我活不成,他也活不成!他不应该再活下去!他得和我一起完蛋!

　　〔约恩太太飞快地跑进木板屋,抱着孩子重新出现,像发疯似的向门口冲去。哈森罗伊特和施皮塔挡住她的去路,想夺下孩子。

哈森罗伊特　站住!我不能不管!这儿得听我的!无论这孩子属于谁,他是在我的阁楼上生下来的!他的母亲被人杀死了,这就更加复杂。快,施皮塔,使劲!这可是你表现自己品质的机会!使劲,小心!好了,好极了!简直像抢救刚刚生下来的耶稣一样!您现在自由了,约恩太太!我们不阻拦您,只要您把孩子留下。

　　〔约恩太太冲出门。

希尔克　不许走!

哈森罗伊特太太　这女人疯了!快拦住她!

约　　恩　(突然大惊失色)快把她追回来!拦住她!她要出事!

　　〔塞尔玛、希尔克和约恩追赶约恩太太。施皮塔、哈森罗伊特、哈森罗伊特太太和瓦尔布尔迦围住桌上的孩子忙碌着。

哈森罗伊特　（小心地把孩子安顿在桌子上）这个不祥的女人已经绝望了,可她不应该把孩子也毁掉！

哈森罗伊特太太　这女人把她全部的爱都倾注到这个孩子身上了,她爱他简直爱得发疯！但是哈罗,几句欠考虑的、过于严厉的话就可能把她逼上绝路。

哈森罗伊特　我并没说什么过于严厉的话,太太。

施皮塔　我有一种预感,这孩子将要失去母亲。

克瓦夸罗　这话不错。他父亲肯定不会认他,昨天那家伙在哈森海德刚刚和一个游乐场主的寡妇举行了婚礼。他母亲是个堕落的女人,而那个基尔巴克太太也是个坏蛋,她收养的孩子十个当中要死掉八个。看样子,这孩子不久也会完蛋。

哈森罗伊特　这一切都是天上的那个父亲一手决定的。

克瓦夸罗　您是说保尔,那个泥瓦匠吗？决不可能！我了解他,他的荣誉感可强啦。

哈森罗伊特太太　瞧这孩子,瞧他穿的衣服,做得多好,甚至还镶了花边！真是不可理解！这个胖得像洋娃娃的孩子真惹人爱,可转眼之间他就成了孤儿。

施瓦塔　假如我是以色列国王①……

哈森罗伊特　您就会为约恩建一座纪念碑！在这种毫无意义的争斗和命运中,可能有某种英勇崇高的东西,但即使是为正义而奋斗的科尔哈斯②,也无法实现他的理想。还

---

① 指古以色列国王所罗门,传说以智慧著称,曾审判两妇人争夺一婴儿案。
② 德国作家克莱斯特(1777—1811)小说《米夏埃尔·科尔哈斯》的主人公。

是让我们实际一点儿,按照基督教精神行事吧!也许我们可以收养这孩子。

克瓦夸罗　我劝您别插手这事!

哈森罗伊特　为什么?

克瓦夸罗　您得花一大笔钱,跟慈善机构、警察和法院没完没了地打官司。

哈森罗伊特　那我可花不起这个时间。

施皮塔　您不觉得这儿真的发生了一场悲剧吗?

哈森罗伊特　悲剧并不仅仅发生在出身高贵的人身上,我多次对您说过。

〔塞尔玛气喘吁吁地上。

塞尔玛　约恩先生!约恩先生,泥瓦匠先生!

哈森罗伊特太太　约恩先生不在这儿。你怎么了,塞尔玛?

塞尔玛　约恩先生,赶快到街上去!

哈森罗伊特　别嚷,安静点儿!到底出了什么事,塞尔玛?

塞尔玛　(上气不接下气)您太太……您太太……街上都是人……都是马车……挤得水泄不通……她直挺挺地……您太太直挺挺地趴在街上。

哈森罗伊特太太　这是怎么回事?

塞尔玛　天哪,上帝啊,约恩大娘跳楼自杀了!

"外国文学名著丛书"书目

第 一 辑

书 名	作 者	译 者
伊索寓言	〔古希腊〕伊索	周作人
源氏物语	〔日〕紫式部	丰子恺
堂吉诃德	〔西班牙〕塞万提斯	杨 绛
泰戈尔诗选	〔印度〕泰戈尔	冰 心 石 真
坎特伯雷故事	〔英〕杰弗雷·乔叟	方 重
失乐园	〔英〕约翰·弥尔顿	朱维之
格列佛游记	〔英〕斯威夫特	张 健
傲慢与偏见	〔英〕简·奥斯丁	王科一
雪莱抒情诗选	〔英〕雪莱	查良铮
瓦尔登湖	〔美〕亨利·戴维·梭罗	徐 迟
欧·亨利短篇小说选	〔美〕欧·亨利	王永年
特利斯当与伊瑟	〔法〕贝迪耶	罗新璋
巨人传	〔法〕拉伯雷	鲍文蔚
忏悔录	〔法〕卢梭	范希衡 等
欧也妮·葛朗台 高老头	〔法〕巴尔扎克	傅 雷
雨果诗选	〔法〕雨果	程曾厚
巴黎圣母院	〔法〕雨果	陈敬容
包法利夫人	〔法〕福楼拜	李健吾
叶甫盖尼·奥涅金	〔俄〕普希金	智 量
死魂灵	〔俄〕果戈理	满 涛 许庆道

书　名	作　者	译　者
当代英雄	〔俄〕莱蒙托夫	草　婴
猎人笔记	〔俄〕屠格涅夫	丰子恺
白痴	〔俄〕陀思妥耶夫斯基	南　江
列夫·托尔斯泰中短篇小说选	〔俄〕列夫·托尔斯泰	草　婴
怎么办？	〔俄〕车尔尼雪夫斯基	蒋　路
高尔基短篇小说选	〔苏联〕高尔基	巴　金等
浮士德	〔德〕歌德	绿　原
易卜生戏剧四种	〔挪〕易卜生	潘家洵
鲵鱼之乱	〔捷〕卡·恰佩克	贝　京
金人	〔匈〕约卡伊·莫尔	柯　青

第　二　辑

荷马史诗·伊利亚特	〔古希腊〕荷马	罗念生　王焕生
荷马史诗·奥德赛	〔古希腊〕荷马	王焕生
十日谈	〔意大利〕薄伽丘	王永年
莎士比亚悲剧五种	〔英〕威廉·莎士比亚	朱生豪
多情客游记	〔英〕劳伦斯·斯特恩	石永礼
唐璜	〔英〕拜伦	查良铮
大卫·科波菲尔	〔英〕查尔斯·狄更斯	庄绎传
简·爱	〔英〕夏洛蒂·勃朗特	吴钧燮
呼啸山庄	〔英〕爱米丽·勃朗特	张　玲　张　扬
德伯家的苔丝	〔英〕托马斯·哈代	张谷若
海浪　达洛维太太	〔英〕弗吉尼亚·吴尔夫	吴钧燮　谷启楠
哈克贝利·费恩历险记	〔美〕马克·吐温	张友松
一位女士的画像	〔美〕亨利·詹姆斯	项星耀
喧哗与骚动	〔美〕威廉·福克纳	李文俊
永别了武器	〔美〕欧内斯特·海明威	于晓红

书　名	作　者	译者
波斯人信札	〔法〕孟德斯鸠	罗大冈
伏尔泰小说选	〔法〕伏尔泰	傅　雷
红与黑	〔法〕司汤达	张冠尧
幻灭	〔法〕巴尔扎克	傅　雷
莫泊桑中短篇小说选	〔法〕莫泊桑	张英伦
文字生涯	〔法〕让-保尔·萨特	沈志明
局外人　鼠疫	〔法〕加缪	徐和瑾
契诃夫小说选	〔俄〕契诃夫	汝　龙
布宁中短篇小说选	〔俄〕布宁	陈　馥
一个人的遭遇	〔苏联〕肖洛霍夫	草　婴
少年维特的烦恼	〔德〕歌德	杨武能
德国,一个冬天的童话	〔德〕海涅	冯　至
绿衣亨利	〔瑞士〕戈特弗里德·凯勒	田德望
斯特林堡小说戏剧选	〔瑞典〕斯特林堡	李之义
城堡	〔奥地利〕卡夫卡	高年生

第 三 辑

埃斯库罗斯悲剧二种	〔古希腊〕埃斯库罗斯	罗念生
索福克勒斯悲剧二种	〔古希腊〕索福克勒斯	罗念生
欧里庇得斯悲剧二种	〔古希腊〕欧里庇得斯	罗念生
神曲	〔意大利〕但丁	田德望
西班牙流浪汉小说选	〔西班牙〕克维多　等	杨　绛　等
阿拉伯古代诗选	〔阿拉伯〕乌姆鲁勒·盖斯　等	仲跻昆
列王纪选	〔波斯〕菲尔多西	张鸿年
蕾莉与马杰农	〔波斯〕内扎米	卢　永
莎士比亚喜剧五种	〔英〕威廉·莎士比亚	方　平
鲁滨孙飘流记	〔英〕笛福	徐霞村

书　名	作　者	译　者
彭斯诗选	〔英〕彭斯	王佐良
艾凡赫	〔英〕沃尔特·司各特	项星耀
名利场	〔英〕萨克雷	杨　必
人性的枷锁	〔英〕威廉·萨默塞特·毛姆	叶　尊
儿子与情人	〔英〕D. H. 劳伦斯	陈良廷　刘文澜
杰克·伦敦小说选	〔美〕杰克·伦敦	万　紫　等
了不起的盖茨比	〔美〕菲茨杰拉德	姚乃强
木工小史	〔法〕乔治·桑	齐　香
恶之花　巴黎的忧郁	〔法〕波德莱尔	钱春绮
萌芽	〔法〕左拉	黎　柯
前夜　父与子	〔俄〕屠格涅夫	丽　尼　巴　金
卡拉马佐夫兄弟	〔俄〕陀思妥耶夫斯基	耿济之
安娜·卡列宁娜	〔俄〕列夫·托尔斯泰	周　扬　谢素台
茨维塔耶娃诗选	〔俄〕茨维塔耶娃	刘文飞
德国诗选	〔德〕歌德　等	钱春绮
安徒生童话选	〔丹麦〕安徒生	叶君健
外祖母	〔捷〕鲍·聂姆佐娃	吴　琦
好兵帅克历险记	〔捷〕雅·哈谢克	星　灿
我是猫	〔日〕夏目漱石	阎小妹
罗生门	〔日〕芥川龙之介	文洁若

第 四 辑

一千零一夜		纳　训
培根随笔集	〔英〕培根	曹明伦
拜伦诗选	〔英〕拜伦	查良铮
黑暗的心　吉姆爷	〔英〕约瑟夫·康拉德	黄雨石　熊　蕾
福尔赛世家	〔英〕高尔斯华绥	周煦良

书　名	作　者	译　者
月亮与六便士	〔英〕威廉·萨默塞特·毛姆	谷启楠
萧伯纳戏剧三种	〔爱尔兰〕萧伯纳	潘家洵　等
红字　七个尖角顶的宅第	〔美〕纳撒尼尔·霍桑	胡允桓
汤姆叔叔的小屋	〔美〕斯陀夫人	王家湘
白鲸	〔美〕赫尔曼·梅尔维尔	成　时
马克·吐温中短篇小说选	〔美〕马克·吐温	叶冬心
老人与海	〔美〕欧内斯特·海明威	陈良廷　等
愤怒的葡萄	〔美〕斯坦贝克	胡仲持
蒙田随笔集	〔法〕蒙田	梁宗岱　黄建华
悲惨世界	〔法〕雨果	李　丹　方　于
九三年	〔法〕雨果	郑永慧
梅里美中短篇小说选	〔法〕梅里美	张冠尧
情感教育	〔法〕福楼拜	王文融
茶花女	〔法〕小仲马	王振孙
都德小说选	〔法〕都德	刘　方　陆秉慧
一生	〔法〕莫泊桑	盛澄华
普希金诗选	〔俄〕普希金	高　莽　等
莱蒙托夫诗选	〔俄〕莱蒙托夫	余　振　顾蕴璞
罗亭　贵族之家	〔俄〕屠格涅夫	陆　蠡　丽　尼
日瓦戈医生	〔苏联〕帕斯捷尔纳克	张秉衡
大师和玛格丽特	〔苏联〕布尔加科夫	钱　诚
茨威格中短篇小说选	〔奥地利〕斯·茨威格	张玉书　等
玩偶	〔波兰〕普鲁斯	张振辉
万叶集精选	〔日〕大伴家持	钱稻孙
人间失格	〔日〕太宰治	魏大海

第 五 辑

书 名	作 者	译 者
泪与笑 先知	〔黎巴嫩〕纪伯伦	冰 心 等
华兹华斯 柯尔律治诗选	〔英〕华兹华斯 柯尔律治	杨德豫
济慈诗选	〔英〕约翰·济慈	屠 岸
汤姆·索亚历险记	〔美〕马克·吐温	张友松
大街	〔美〕辛克莱·路易斯	潘庆舲
田园三部曲	〔法〕乔治·桑	罗 旭 等
金钱	〔法〕左拉	金满成
果戈理小说戏剧选	〔俄〕果戈理	满 涛
奥勃洛莫夫	〔俄〕冈察洛夫	陈 馥
谁在俄罗斯能过好日子	〔俄〕涅克拉索夫	飞 白
亚·奥斯特洛夫斯基戏剧六种	〔俄〕亚·奥斯特洛夫斯基	姜椿芳 等
复活	〔俄〕列夫·托尔斯泰	草 婴
静静的顿河	〔苏联〕肖洛霍夫	金 人
谢甫琴科诗选	〔乌克兰〕谢甫琴科	戈宝权 任溶溶
维廉·麦斯特的学习时代	〔德〕歌德	冯 至 姚可崑
叔本华随笔集	〔德〕叔本华	绿 原
艾菲·布里斯特	〔德〕台奥多尔·冯塔纳	韩世钟
豪普特曼戏剧三种	〔德〕豪普特曼	章鹏高 等
铁皮鼓	〔德〕君特·格拉斯	胡其鼎
加西亚·洛尔卡诗选	〔西班牙〕加西亚·洛尔卡	赵振江
你往何处去	〔波兰〕亨利克·显克维奇	张振辉
显克维奇中短篇小说选	〔波兰〕亨利克·显克维奇	林洪亮
裴多菲诗选	〔匈〕裴多菲	孙 用
轭下	〔保〕伐佐夫	施蛰存

书　名	作　者	译　者
卡勒瓦拉(上下)	〔芬兰〕埃利亚斯·隆洛德	孙　用
破戒	〔日〕岛崎藤村	陈德文
戈拉	〔印度〕泰戈尔	刘寿康